FANPRO

Schattenland 5

Klüfte der Unterwelt

FanPro
Band 72005

Titelbild: Dirk Schulz, animagic

Redaktion: Sabine Kropp
Lektorat: Rainer Nagel
Satz und Layout: Ralf Berszuck
Umschlaggestaltung: Ralf Berszuck

Besuchen Sie unsere Website *http://www.fanpro.com*

Printed in Poland 2010

ISBN 978-389064-193-5

Die Entscheidungsschlacht zwischen den Heeren des Lichts und der Finsternis wurde abgebrochen. Der Lichtbote griff ein und verhinderte den Sieg der Dunkelmächte, indem er durch sein Erscheinen Vangor ins absolute Chaos stürzte und die Kräfte beider Seiten zersplitterte.

Viele starben bei den Katastrophen, die das Gesicht der Welt veränderten. Doch Mythor, der Sohn des Kometen, rettet sich hinüber in den Morgen einer neuen Zeit. Mythor hat einen Auftrag zu erfüllen. Denn bevor der Lichtbote Vangor verließ und zu anderen Welten weiterzog, forderte er den Sohn des Kometen auf, Ordnung in das herrschende Chaos zu bringen, Inseln des Lichts zu gründen und den Kampf gegen das Böse wiederaufzunehmen.

Aber als Mythor in der veränderten Welt erwacht, ist er seiner Erinnerung beraubt. An der Seite der jungen Ilfa, die ihn aus der Gefangenschaft einer Hexe befreite, findet sich unser Held unversehens in einen Strudel gefahrvoller Abenteuer hineingezogen.

Im Bestreben, seine Erinnerung zurückzugewinnen, schlägt Mythor den Weg eines Lichtkämpfers ein. Er wendet sich gegen Kalaun, den Herrn des Chaos, und gerät dabei prompt in Gefangenschaft. Mythors Helfer jedoch sammeln sich in den KLÜFTEN DER UNTERWELT ...

In den Klüften der Unterwelt

Peter Terrid

1

»Später«, verkündete Emmil mit vollem Mund. »Jetzt nicht.«

»Eines Tages wirst du platzen«, prophezeite Nuriau boshaft. »Dein Leib wird immer mehr aufquellen, und du wirst eines jammervollen Todes sterben.«

Emmil sah ihn strahlend an. Fryll grinste in sich hinein. Nuriau erging sich wieder einmal in düsteren Prophezeiungen. Jeder wusste, dass sie so gut wie nie eintrafen, und das erklärte auch Emmils zufriedenes Gesicht. Jetzt konnte er sicher sein, dass er seine siebte Mahlzeit des Tages überleben würde – wahrscheinlich auch die anderen.

Fryll musterte seine Schar. Der Anblick der Gefährten war wenig dazu angetan, das ohnehin umdüsterte Gemüt des Schrats aufzuhellen. Eine fabelhafte Gruppe hatte er da beisammen – jeder einzelne ein Hasenfuß wie Fryll. Emmil, der rundliche Vielfraß, schien nur eines im Kopf zu haben – essen und essen und abermals essen, mitunter auch trinken. Seine ständigen Pausen, in denen er nach allem schnappte, was nur verschlingbar war für seinen alles verdauenden Magen, hielten die ganze Gruppe auf. Dafür beschleunigte er den Vormarsch, wenn es einmal einen Abhang hinunterging. Selten konnte sich Emmil dabei gerade auf den Beinen halten, meist purzelte und rollte er kopfüber hinunter und zwang die anderen, ihm mit weiten Sätzen zu folgen.

Nuriau nervte die Gruppe mit seinen unheilschwangeren Sprüchen. Auch wenn sie unzuverlässig waren, legte sich sein ständiges Unheilgerede doch immer wieder auf die Gemüter.

Mit Voriber war es nicht besser. An allem und jedem hatte er etwas auszusetzen, ein wahrer Plagegeist. Auch jetzt schnitt er ein missmutiges Gesicht.

Als Prunkstück eines Schrats konnte auch Mirger nicht gelten. Zwar war er der Größte und Kräftigste weit und breit mit seinen vier Fuß und zwei Handbreit Körpergröße, aber er traute sich nicht, seine Kraft richtig einzusetzen. Statt dessen widmete er sich – wie auch jetzt – seiner großen Pfeife. Die Waldgeister allein wussten, was für Kräuter er hineinzustopfen pflegte – meist roch es scheußlich, nicht selten war irgendein Zauberkraut in die Mischung geraten und verursachte die aberwitzigsten Zwischenfälle. Mit Schaudern dachte Fryll an jene Nacht, in der Mirger ein Kraut verpafft hatte, das die Bäume in weitem Umkreis zum Singen brachte. Ein derartiges Geheule hatte man noch nie gehört, und an Schlaf war nicht zu denken gewesen.

Blieb noch Lomik, der in etwa Frylls Statur hatte, dazu rote Haare und ein überbordendes Temperament. Leider schlug sich diese Lebhaftigkeit meist nur in einer nervenzermahlenden Geschwätzigkeit nieder; wenn es ernst wurde, nutzte Lomik sein Temperament zu atemberaubenden Absetzbewegungen. Er war zweifelsfrei der flinkste Flieher weit und breit.

Auch Fryll, Anführer dieser seltsamen Heldenbrigade, fühlte sich nicht sonderlich wohl in seiner Haut. Ringsum lauerten Gefahren, und es gab niemanden, der den Schraten hätte zu Hilfe kommen können. Ganz im Gegenteil – sie hatten sich vorgenommen, ganz gegen ihre Gewohnheit, einem anderen mit Mut und Tatkraft zu helfen. Völlig freiwillig war dieses Unternehmen jedoch nicht – die Krause Tildi hatte der Entschlusskraft der Schrate kräftig nachgeholfen.

»Unheimlich ist es hier«, murmelte Lomik.

»Wieso?«, fragte Emmil zurück. »Es schmeckt doch hervorragend. Wollt ihr auch etwas?«

Dass er zu teilen bereit war, zeigte an, dass der gröbste Hunger gestillt war – ein Appetit, der einem Rudel Raubtiere Ehre gemacht hätte. Für Emmil war es nur ein Zwischenimbiss.

Fryll stieß einen Seufzer aus.

Er wusste, dass die kleine Expedition mit jedem Tag tiefer in die Gefahren hineinmarschierte. Den Hinterwald hatten sie längst hinter sich gelassen, das Gebiet des Finsterwaldes war durchquert. Die Landschaft, durch die sich die wackeren Sieben jetzt vorwärts arbeiteten, wurde Schattenwald genannt.

Man konnte diesen Landstrich getrost zum inneren Herrschaftsbereich des Herren des Chaos rechnen; der Schattenwald war sein Land, und wehe dem, der sich erfrechte, darin ohne seine Erlaubnis herumzustreifen.

»Genug jetzt!«, bestimmte Fryll. Die Rolle des Anführers behagte ihm gar nicht, wurde doch von ihm erwartet, dass er sich durch Umsicht und Tapferkeit auszeichnete. Das aber waren Eigenschaften, die bei den Schraten nicht eben üppig ausgeprägt waren.

Die anderen sechs stellten ihre Tätigkeiten ein. Fryll warf noch einen Blick auf den morschen Baumstamm, neben dem Mirger geruht hatte. Der Rauch seiner Pfeife hatte aus dem fauligen Holz eine Reihe prachtvoller Blüten treiben lassen. Schade, dass sie zu nichts nutze waren, kämpfen konnte man damit jedenfalls nicht.

»Ich gehe voran«, entschied Fryll. »Mirger, du bleibst an meiner Seite.«

Gehorsam stapfte Mirger neben Fryll durch das dichte Unterholz. Es war nicht leicht, vorwärts zu kommen, jeder Schritt musste freigeräumt werden, nur ab und zu fanden die Schrate einen ausgetretenen Pfad, auf dem sie ein wenig leichter ausschreiten konnten.

»Was mag das für ein Tier gewesen sein?«, fragte Fryll, als sie wenig später einen Wildwechsel erreichten. Die Bahn, die das unbekannte Tier, wohl auf dem Weg zu einer Wasserstelle, ins Unterholz getrampelt hatte, war breit genug, dass drei Schrate nebeneinander gehen konnten.

»Es muss ungeheuer groß gewesen sein, wie ein Pferd, oder noch größer.«

»Hm«, machte Fryll. Eine Waldbestie, die eine drei Schrate breite Bahn durchs Gehölz schlug, war ohne Weiteres in der Lage, sieben Schrate zu verspeisen, falls man ihr in die Fänge geriet.

Die Entscheidung lag auf der Hand – entweder mühsames Fortkommen und leidliche Sicherheit, oder bequemes Wandern mit einer unbekannten Gefahr im Hintergrund.

Fryll warf einen Blick auf die Wueler, die um die Beine der Schrate wieselten, die meisten angeleint. Die Wueler reichten den Schraten bis an die Gürtel; mit ihren breiten, verhornten Vorderpranken konnten sie in Windeseile tiefe Löcher in den Boden graben, in denen sich auch die Schrate verstecken konnten. Da die Wueler dieser Tätigkeit mit unermüdlicher Emsigkeit nachgingen, konnten sie sogar wahre Tunnel durch den Boden wühlen. Im Gefahrenfall fanden die Schrate so ein sicheres Versteck vor ihren Feinden.

»Wir folgen dem Pfad«, entschied Fryll und packte sein Bündel fester. In der Rechten hielt er den knorrigen Stecken, dessen wulstiger Knauf über sein Schädeldach hinausragte. Er war Frylls wichtigste – genau genommen die einzige – Waffe, falls es zum Kampf kam.

»Es wird ein Unglück geben«, orakelte Nuriau. »Ich spüre es ganz deutlich. Schlechte Vorzeichen, sage ich euch.«

»Halt den Mund«, fauchte ihn Fryll an. Er hatte genug an der eigenen Furchtsamkeit zu tragen, Nuriaus Angstmacherei verschlimmerte alles nur noch.

Dass es den anderen nicht besser erging als ihm selbst, bemerkte Fryll, als er sich ab und zu nach seinen Gefährten umwandte. In Wirklichkeit hielt er Ausschau, ob die furchtbare Bestie sich schon zeigte – und genau das Gleiche taten seine Mitabenteurer auch. Auf ihren Mienen drückten sich ihre Befürchtungen deutlich aus.

»Reißt euch zusammen, ihr Hasenfüße«, schalt Fryll die Freunde und verfärbte sich ein wenig; die Ermahnung galt ebenso für ihn.

Die sieben marschierten weiter. Nuriau murmelte vor sich hin und stieß unheilschwangere Laute aus. Emmil, dessen Leben ein unablässiger Kampf gegen die imaginäre Gefahr des Hungertods war, musterte das Land ringsum mit den Augen eines Vielfraßes. Was immer er sah, überprüfte er in Gedanken darauf, wie es wohl schmecken würde. Ab und zu zupfte er beiläufig ein paar Beeren vom Geäst und stopfte sie in sich hinein – wahrscheinlich, um die Kiefermuskeln nicht zu entwöhnen.

Fryll warf einen Blick auf den Boden. Was er sah, ließ ihn noch furchtsamer werden. Deutlich war der Abdruck einer Tatze zu sehen. Sie war breit genug, um Frylls Leib damit zu bedecken, und was die kleinen Löcher im Boden an der Spitze des Abdrucks zu besagen hatten, war Fryll auch klar – Krallen, lang und spitz und mörderisch, wie geschaffen dafür, einem Schrat ... Fryll brach den Gedankengang ab, bevor er vor Angst ohnmächtig werden konnte.

Mirger sammelte unterwegs ein paar trockene Blätter vom Boden auf und stopfte damit seine Pfeife. Ein betäubender Geruch legte sich über den Pfad, und als Fryll sich noch einmal umwandte, sah er eine Heerschar großer roter Ameisen, die sich dem Zug der Schrate angeschlossen hatten. Gleichzeitig tauchte ein Schwarm Vögel auf, der den Ameisenzug als Einladung betrachtete und sich an dem reichlichen Nahrungsangebot gütlich tat. Damit nicht genug, zogen nun auch spitzschnäblige Raubvögel ihre Kreise über dem Zug der Schrate und machten Jagd auf die Insektenfresser.

»Mach die Pfeife aus«, herrschte Fryll seinen Nachbarn an. »Du machst uns den ganzen Schattenwald rebellisch.«

Mirger murrte, aber er gehorchte. Der Baum, an dem er die Pfeife umständlich ausklopfte, fing sofort Feuer und schoss eine Reihe glitzernder Funken über den Weg. Wo diese Funken auf den Boden fielen, hüpften wenig später Frösche zurück ins Gebüsch.

»Sieh dir wenigstens an, was du in der Pfeife verbrennst«, schimpfte Fryll bei diesem Anblick.

»Pah«, machte Mirger. »Von dir lass ich mir nichts vorschreiben. Ich rauche, was mir passt.«

»Und wenn du uns alle damit gefährdest, wie? Was ist dann?«

»Gefährden, ich? Du träumst wohl. Wenn hier einer für Gefahr sorgt, dann bist du es.«

Die beiden blieben stehen. Zufällig kreuzte der Wildwechsel eine Lichtung, wie geschaffen, um einen Streit auszufechten.

»Hört auf, euch zu zanken«, mahnte Nuriau und gab seiner Stimme einen salbungsvollen Ton. »Es wird unser aller Unglück sein, ich sehe es ganz deutlich.«

»Ich sehe nur, dass Mirger Rauchwolken in die Höhe pustet, die man Reitstunden weit sehen kann. Wenn finstere Mächte über uns hereinfallen, ist es ganz allein seine Schuld.«

»Du bist schuld, du hast dich von der Krausen Tildi dazu überreden lassen, hierhin zu gehen, und das haben wir nun davon. Wärst du damals ein wenig energischer gewesen, könnten wir uns jetzt irgendwo gemütlich ausruhen ...«

»... und essen«, warf Emmil ein.

Fryll bedachte ihn mit einem wütenden Blick und hob seinen Stock. »Ich werde dich lehren, mir zu widersprechen«, drohte er.

»Pah!«, machte Mirger und hob die Fäuste.

»Da hast du!«, keifte Fryll. Er verwandelte den Zauberstab in eine lange grüne Schlange, deren Kopf Mirger entgegenzüngelte. Zu Frylls Überraschung ließ sich Mirger dadurch nicht beeindrucken. Er packte das Tier an der Gurgel und drückte kräftig zu. Das Reptil verdrehte die Augen, streckte die Zunge heraus und ächzte.

»Hör auf!«, schrie Fryll. »Du machst ihn kaputt!«

»Lass du mir meine Pfeife, dann lass ich dir deinen Stock.«

Fryll verwandelte den Stab in eine langstielige Blume mit Stacheln. Mirger prallte zurück, er hatte sich gestochen. Die Blüte schnappte nach Luft, als Mirgers Griff sich lockerte.

Ehe sich Fryll versah, hatte sein Gegenüber seine Pfeife wieder in Brand gesetzt und pustete ihm eine Rauchwolke ins

Gesicht. Der Anführer der Expedition hustete. Die Blume ließ schlagartig den Kopf hängen und verfärbte sich.

Fryll begann zu schniefen. Er ließ die Blume fallen, die sich auf dem Boden wieder in den Stab zurückverwandelte.

»Es ist grässlich«, schluchzte er. »Dass wir miteinander streiten müssen. Wo ich dich doch so mag.«

Mirger, der von seinem magischen Rauch ebenfalls etwas abbekommen hatte, rieb sich die Augen und stimmte ein. Die anderen traten näher, und ehe sich's die Gruppe versah, saßen sechs der sieben schluchzend auf dem weichen Moos und bejammerten ihr furchtbares Schicksal.

»Es ist alles so namenlos traurig«, klagte Nuriau. »Wie grässlich, dass alles so grässlich für uns werden wird. Wir werden die Heimat niemals wiedersehen, elend in der Fremde umkommen.«

Feneikel, der wegen seiner erbarmungswürdigen Dürre hinter jedem Schilfhalm Deckung suchen konnte, zitterte vor Angst und Traurigkeit und machte wieder einmal seinem Spitznamen »Skelett« alle Ehre. Man konnte tatsächlich seine Knochen klappern hören.

»Oh, wie traurig«, ließ sich Lomik hören. »Ich bin so voller Furcht, dass ich nicht einmal mehr weglaufen kann.«

Das Geheul der Schrate war herzerweichend, aber zu Emmil drang es nicht durch. Er allein war von dem Rauch nicht erreicht worden, und er nutzte die willkommene Rast, sich nach einem Happen umzusehen. Seit der letzten kleineren Mahlzeit war fast eine halbe Stunde vergangen, in seinen Eingeweiden wütete der Hunger wie ein Waldbrand.

»Fleisch muss es sein«, murmelte Emmil. »Ein großer, saftiger Braten.«

Unternehmungslustig stampfte er im Unterholz herum. Er fand ein paar Beeren, die sehr angenehm schmeckten, aber auf der Zunge ein eigentümliches Gefühl hinterließen. Eine Handvoll Nüsse dazu – aber nirgendwo fand sich der rechte Braten. Allmählich überfiel auch Emmil eine tiefe Trauer. Er dachte daran, wie er bei einer knappen Mannslast Nahrungsmittel pro Tag würde elendiglich verhungern müssen, noch dazu, ohne sich beim Verhungern mit warmen Mahlzeiten trösten zu können, wie er es üblicherweise zu tun pflegte.

»Grauenvoll«, ächzte er erschüttert. »Hungern müssen, und dann nicht einmal etwas zu essen haben. Grässlich.«

Er kam an einen Platz, auf dem ein Sturm ein halbes Dutzend riesiger Bäume umgerissen hatte. Der Wind hatte den Haufen mit einer dichten Lage von Blättern und Moos bedeckt, Sand und Erde hatten sich im Lauf der Zeit angehäuft und so eine gemütliche Höhlung geschaffen – der ideale Rastplatz für ein gemütliches Schläfchen und eine ausgiebige Mahlzeit.

Aus dem Innern der finsteren Höhle kam ein freundliches Brummen. War das vielleicht eine Einladung zum Essen?

Emmil trat näher, und der Gastgeber zeigte sich prompt.

Der Schrat stieß einen Schrei aus.

Es war eine Einladung zu einer Mahlzeit, aber nicht so, wie Emmil sich das vorgestellt hatte. Er sah nur riesige Pranken, gelbliche Augen, die aus Himmelshöhen auf ihn herabzustarren schienen. Was der Ausdruck dieser Augen zu bedeuten hatte, wusste er sofort, und die Speichelfäden im weitgeöffneten, zahngespickten Maul der Bestie ließen keinen Zweifel mehr zu.

»Hilfe!«, schrie Emmil. »Helft mir – ich soll gefressen werden!«

Er wandte sich zur Flucht und stolperte in der Aufregung sofort über seine kurzen Beine. Kopfüber schoss er in das Unterholz. Die Bestie kam brummend näher, und Emmil versuchte, sich so klein wie nur möglich zu machen, er rollte sich zusammen.

Eine grässliche Tatze wurde nach ihm ausgestreckt, eine Kralle hakte sich in den Gürtel seines Gewandes, und dann fühlte sich Emmil jäh angehoben. Mit einem Schlenkern beförderte das Untier ihn ins nächste Gebüsch, kam wieder und setzte das grausige Spiel fort. Der Schrat prallte gegen Baumstümpfe und Felsen, und er pries die Tatsache, dass ihn eine stattliche Polsterung vor allzu hartem Aufprall bewahrte.

Sein Kreischen und Jammern hallte durch den Schattenwald, aber niemand kam, dem Unglücklichen beizuspringen. Als Emmil für einen Herzschlag wieder Luft bekam, nahm er die Beine in die Hand und rannte los, was Beine und Lungen hergaben. Das Untier trabte gemütlich brummend hinter ihm her.

Seltsam, je länger Emmil lief, um so leichter fiel es ihm. Er wurde immer schneller und raste zurück zum Lagerplatz. Dort angekommen, fand er die Gefährten in Traurigkeit aufgelöst vor, einander umarmend und unter Tränen die ewige Freundschaft versichernd.

»Helft mir!«, kreischte Emmil. »Er ist hinter mir her.«

Die Schrate schraken hoch. Im nächsten Augenblick war das Ungeheuer da – riesig erschien es am Rand der Lichtung, dann ließ es sich auf alle viere nieder und kam mit unglaublicher Geschwindigkeit herangetrabt.

Die Schrate jagten auseinander, sprangen in das nächste Gebüsch, krabbelten an einem Baum in die Höhe und versuchten nach Kräften, sich vor dem Untier zu schützen. Den riesigen, pelzbedeckten Schädel schüttelnd, sah der Riesenbär dem Treiben der Schrate zu, dann ließ er sich auf dem Boden nieder und beschnüffelte die Habseligkeiten der Flüchtenden.

»Jag ihn weg, Fryll!«, schrie Lomik; der Wipfel seines Fluchtbaumes bog sich unter der Last seines Körpers, und Lomiks Zetern verstärkte sich, als der Bär nach der Ursache des Lärms forschte und am Baum zu rütteln begann.

Wie eine reife Frucht purzelte Lomik aus dem Geäst, landete auf dem Boden und stellte sich tot. Der Bär beroch ihn eine Zeit lang, dann trabte er ein Stück zur Seite.

Überaus vorsichtig wagten sich die anderen Schrate aus ihrer Deckung. Die Wueler zerrten an ihren Leinen und scharrten mit den Vorderpranken auf den Boden auf.

»Lasst sie los!«, rief Fryll. »Der Bär ist zu schnell für uns – er wird uns aufspüren, finden und fressen.«

»Was habe ich gesagt?«, ereiferte sich Nuriau. Er stemmte die Hände in die Hüften. »Es wird eine Katastrophe geben, habe ich gesagt. Nun, ist das vielleicht keine Katastrophe?«

Mit einem wuchtigen Fußtritt stoppte Fryll die Tiraden des Orakelschwätzers.

»Pack mit an!«

In aller Eile rafften die Schrate ihre Habseligkeiten zusammen. Derweil tat sich der Bär an einigen jungen Baumschösslingen gütlich, die er genießerisch verspeiste. Sein Anblick hätte die Schrate darüber aufklären können, dass er pflanzliche Kost vorzog und gar nicht daran dachte, einen der Ihren zu überfallen. Aber Umsicht und Aufmerksamkeit waren noch nie die Stärke der Schrate gewesen.

»Los, an die Arbeit!«, rief Fryll und trieb die Wueler an.

2

»Wenn man nur etwas sehen könnte«, seufzte Lomik. »Es ist grässlich dunkel hier unten.«

Er krabbelte unmittelbar hinter Fryll durch den Tunnel, den die Wueler gegraben hatten, daher musste sich Fryll unablässig das Jammern und Zetern anhören, ohne etwas dagegen unternehmen zu können. Der Stollen war zu eng, als dass er sich hätte umdrehen und Lomik eine wohlverdiente Maulschelle verabreichen können.

Ein paar Dutzend Schritte tief musste der Tunnel sein. Das Erdreich, durch das die sieben krabbelten, war feucht; es tropfte von der Decke – für Nuriau ein Anlass, neue Misshelligkeiten zu prophezeien. Auch ihn konnte niemand stoppen, er bildete das Schlusslicht der Gruppe.

Offenbar hatten die Wueler einen unterirdischen Hohlraum erreicht. Der Gang verbreiterte sich, ein paar Dutzend Schritte; danach konnte Fryll die Decke nicht mehr erreichen. Er stieß einen tiefen Seufzer der Erleichterung aus. Der Schrat rammte seinen Stock in den Boden und ließ den Knauf zu einem eng zusammengeballten Schwarm von Leuchtkäfern werden.

Das Licht war nicht gerade üppig, aber man konnte erkennen, dass die Gruppe eine Halle erreicht hatte, in der sie sich von der Überraschung erholen konnte. Das fahle grünliche Licht gab den Gefährten ein gespenstisches Aussehen, fast wurde ihnen wechselseitig übel von dem Anblick – vor allem natürlich Lomik.

»Gerade noch einmal davongekommen«, ächzte Nuriau und ließ sein Bündel auf den Boden fallen. »Seid ihr mir wenigstens dankbar? Hätte ich nicht mit meiner alles erspähenden

Gabe gesehen, dass wir in Gefahr geraten würden – die Bestie hätte uns alle miteinander zerrissen.«

»Unfug«, antwortete Fryll, der unterwegs einen Teil kalten Blutes zurückgewonnen hatte. »Der Bär frisst nur Pflanzen, und wenn Emmil ihn nicht in seiner Gefräßigkeit ...«

»... du sagst es selbst, er ist gefräßig«, begehrte Emmil auf.

»Ich rede von deiner Gefräßigkeit, du Gierhals«, maulte Fryll. »Ohne dich hätte uns der Bär nie bemerkt. Nun ja, jedenfalls sind wir in Sicherheit.«

»Die Decke könnte uns auf den Kopf fallen«, machte sich Lomik bemerkbar. Er besaß eine unglaubliche Gabe dafür, in jeder Lage Gefahren zu wittern.

»Ich sehe es ganz klar und deutlich.«

»Nichts siehst du, Nuriau, und jetzt schweig endlich!«, brüllte Fryll.

»Aber ...«, versuchte sich Nuriau zaghaft zur Wehr zu setzen.

»Nichts mehr!« Zur Bekräftigung seiner Worte stampfte Fryll mit dem Fuß auf.

Im nächsten Augenblick kam ein Entsetzensschrei von seinen Lippen. Der ganze Höhlenboden kam in Bewegung. Was festes Gestein schien, erwies sich als zusammengepresster Sand, der durch Frylls Fußtritt in Bewegung geraten war. Hilflos mit allen vieren herumrudernd, glitten die sieben hinab in die Tiefe, begleitet von den Wuelern, die vergeblich gegen den strömenden Sand anzuschaufeln versuchten.

Die Tatsache, dass er aus Leibeskräften brüllen und die anderen hören konnte, hätte Fryll beweisen müssen, dass er keineswegs dabei war zu ersticken, aber in seiner Panik meinte er nichts anderes, als dass seine Sterbensstunde gekommen sei.

Und dann war alles vorbei. Fryll schlug hart mit dem Kopf auf, spürte noch, wie Sand ihn überstäubte, und dann war da nichts mehr.

Tot zu sein, war eine sehr unangenehme Sache, verbunden mit argen Kopfschmerzen und einem boshaft knurrenden Magen. Fryll hatte sich das irgendwie ganz anders vorgestellt.

Immerhin gab es dort, wo er aufgewacht war – hoffentlich in den Gefilden der Seligkeit, wie er ohne viel Zuversicht wünschte –, Licht. Es kam von zahlreichen Fackeln, die in Felsspalten steckten. In ihrem Schein waren spitze Felsen zu sehen, die über Fryll hingen.

Im gleichen Augenblick wusste er, dass er nicht in den Gefilden der Seligkeit gelandet war – vielmehr an jenem Ort des Grauens und der immerwährenden Qual, von dem ihm seine Mutter immer erzählt hatte, wenn er Milch stibitzte, die Katze am Schwanz zog, seinen jüngeren Bruder verpetzte oder andere unverzeihliche Verbrechen beging.

Immer wieder hatte sie ihm vorgehalten, dass er seine gerechte Strafe schon bekommen würde, auch für die Untaten, die die Eltern nicht hatten entdecken können.

Ein Sturzbach von Erinnerungen überfiel Fryll, jede Schändlichkeit seines Schratlebens wurde ihm bewusst: wie er einmal seinen Meister geärgert hatte, wie er die Tochter des Meisters geküsst und dann trotzdem nicht zum Weib genommen hatte, wie er ... die Liste war endlos.

»Willkommen«, sagte eine Stimme, die unmittelbar aus der Finsternis zu kommen schien, tief und unheilschwer.

Fryll riss die Augen weit auf.

Lichtschein näherte sich ihm, dann beugte sich ein Schratgesicht über ihn, wie er grässlicher noch keins gesehen hatte. Daneben tauchte ein weiteres Gesicht auf – ein kummervolles Frauengesicht, das Fryll musterte.

»Er ist schon wieder wach«, sagte der Erdgeist.

»Er gefällt mir«, sagte die Frau. Beide Sätze jagten Angstschauer über Frylls Rücken.

»Wir helfen dir auf. Du hast Glück gehabt, dass du gerade hier gelandet bist – an anderen Stellen hättest du tagelang liegen müssen. Deine Freunde sind wohlauf, wir haben sie schon geborgen.«

»Wo bin ich?«, fragte Fryll. Das Lächeln der Schratfrau war entschieden zu freundlich für den Platz, den Fryll im Kopf hatte.

»In der Unterwelt«, lautete die Antwort. »In unserer Zuflucht. Du brauchst keine Angst zu haben ...«

»Pah«, prahlte Fryll. »Ich weiß gar nicht, was ... aahhh!«

»Kein Grund zur Aufregung«, sagte der Mann und hielt Fryll fest, der umzukippen drohte. »Das ist nur Lukad, unser Gastwirt.«

Lukad sah aus, wie sich Fryll einen Schratfresser vorstellte – groß, stark, grausam, boshaft und scheußlich. Seine Augen schienen Fryll gierig zu mustern.

»Komm, wir führen dich zu unserer Herberge. Du wirst sehen, es wird dir dort gefallen.«

Fryll hatte starke Zweifel, aber da er sich gegen diese Übermacht ohnehin nicht wehren konnte, unterließ er alles, was die drei irritieren konnte.

Der Marsch führte über einen kleinen unterirdischen Bach hinweg, dann einen Hang hinunter und endete in einer geräumigen Höhle, hell erleuchtet, behaglich warm – und bis auf den letzten Platz gefüllt.

Fryll traute seinen Augen nicht. Es gab Bänke und Tische aus Stein, auf denen zahlreiche Schrate und andere Waldbewohner saßen, darunter auch seine Gefährten.

Er erkannte sie sofort wieder. Nuriau erzählte gerade, wie er dank seiner seherischen Begabung die anderen vor dem Tod gerettet hatte, Mirger zog stillvergnügt an seiner Pfeife, aus der ein beängstigend grüner Rauch aufstieg, Voriber beschwerte sich über ein zu warmes Getränk, Feneikel – Fryll traute seinen Augen kaum – schmuste mit einem wildfremden Schratmädchen herum, Lomik erzählte prahlerische Geschichten.

»Einer fehlt«, stellte Fryll fest.

»Der Dicke ist in der Küche«, sagte die Schratfrau. Der Blick, mit dem sie Fryll betrachtete, ließ einen angenehmen Schauder über seinen Körper laufen.

»Setz dich, wärm dich auf, iss und trink. Hier brauchst du dir keine Sorgen zu machen – wir haben alles, was das Herz begehrt.«

»Wirklich alles«, sagte die Schratfrau und sah Fryll verheißungsvoll an.

Dessen Spannung löste sich allmählich. Es war sicherlich nur gut für alle Beteiligten, wenn die Gruppe eine Zeit lang die Gastfreundschaft der Unterweltleute genoss, schließlich mussten die Kräfte wiederhergestellt werden, und Mythor war sicherlich nicht damit gedient, wenn die Schrate völlig erschöpft und ausgepumpt am Ziel ankamen. Und Kalaun, der Herr des Chaos, würde ihnen wohl nicht davonlaufen.

Also setze sich Fryll an den Tisch. Wie herbeigezaubert erschien ein Krug mit schäumendem Wurzelbier, eine Schüssel des feinsten Sprossensalats dazu, und als dann noch die Frau sich neben Fryll setzte, war das Glück des Schrats beinahe vollkommen.

»Ihr seid nicht aus dieser Gegend«, sagte die Schratfrau. Ihr Begleiter mit der tiefen Stimme – Olluk hieß er – hatte sich Fryll gegenübergesetzt. »Man kann es an deiner Kleidung sehen.«

»Wir sind tatsächlich aus einer anderen Gegend«, berichtete Fryll. Er nahm einen tiefen Schluck von dem Wurzelbier, es schmeckte vorzüglich nach so langer Zeit der Enthaltsamkeit. »Wir haben hier einen wichtigen Auftrag zu erfüllen.«

Die Frau zeigte sich beeindruckt und rückte ein wenig näher. »Auftrag?«

»Nun ja«, sagte Fryll leichthin. »Das Übliche halt – kämpfen und so.«

»Kämpfen?«

Die unverhohlene Bewunderung in der Frauenstimme tat Fryll überaus gut; ein etwas aufmerksamerer Beobachter hätte eher einen Unterton von Ungläubigkeit herausgehört.

»Was so ein Auftrag mit sich bringt. Wir sollen jemanden suchen und ihm bei einem wichtigen Kampf helfen, weil er ohne uns nichts vermag.«

Emmil war ein paar Augenblicke zuvor aus der Küche getreten. Seine Suche war erfolgreich gewesen, wie das Bratenstück in seiner Hand bewies. Welche Wirkung Frylls Worte auf ihn hatten, war kundigen Beobachtern daran ersichtlich, dass er vor Staunen vergaß, in den Braten zu beißen. Der Bratensaft tropfte auf den Boden und wurde von einer getigerten Katze gierig aufgeleckt.

»Und wer ist dieser Jemand?«

»Ein gewisser Mythor und seine Begleiter«, berichtete Fryll weiter.

»Nie gehört«, sagte Olluk. »Sollten wir ihn kennen?«

»Aber sicher doch«, beteuerte Fryll. »Jeder kennt ihn – oder wird ihn jedenfalls kennenlernen.«

»Es wird grässlich werden, ganz schauerlich, ich kann es deutlich sehen«, erklang es aus dem Hintergrund. Nuriau natürlich.

»Und warum sollten wir ihn kennen?«

Fryll machte eine wegwerfende Handbewegung; sie hätte Souveränität ausgedrückt, hätte er dabei nicht den Krug beinahe ausgeschüttet.

»Nun, er wird diesem Kalaun-Spuk ein Ende machen«, verkündete Fryll. »Das steht zweifelsfrei fest.«

Für ein paar Augenblicke wurde es sehr still in der Unterweltherberge. Die Gäste starrten Fryll an – wie es dem Schrat schien, mit einem Ausdruck der Bewunderung.

»Alle Wetter«, stieß Olluk hervor. Er drehte sich um, sah die anderen scharf an; wahrscheinlich, so dachte Fryll, wollte er sie von überschwänglichen Beifallsbekundungen abhalten. Ein weiterer Wink galt der Schratfrau, die noch näher an Fryll heranrückte. Auch Frylls Gefährten bekamen weibliche Nachbarn, die sich eifrig um die Gäste kümmerten.

»Du musst ein Held sein«, stieß Frylls Nachbarin hervor, ein wenig atemlos, wie Fryll nicht entging.

»Nun ja«, sagte Fryll bescheiden. »Was man halt so braucht, wenn man Tag und Nacht mit den furchtbarsten und unüberwindlichsten Gegnern zu tun hat.«

»Tag und Nacht«, wiederholte die Frau. Wenn sie noch näher heranrücken wollte, würde sie sich auf Frylls Schoß setzen müssen. »Du schläfst wohl nie?«

»Nun, ab und an muss ich mich ausruhen, das ist selbstverständlich, wenn es auch schwerfällt. Schließlich trage ich die Verantwortung.«

»Gewiss doch. Wie ist es hier und jetzt? Bist du müde?«

Fryll grinste in sich hinein. Er hatte es immer gewusst, immer. Wenn ein Schrat von seinem Format ankam ...

»Ein wenig Ruhe würde mir sicher guttun«, sagte er nachlässig.

»Ich sehe Unheil voraus«, erklang von hinten Nuriaus Stimme. Fryll drehte sich um und sah, dass Nuriau auf einen Gnomen einredete. »Eine ganz grässliche Sache wird das.«

Die Schratfrau lächelte verheißungsvoll.

»Du wirst es bereuen bis ans Ende deiner Tage, das sicherlich nicht lange auf sich warten lassen wird.«

»Hm«, machte Fryll. »Ehrlich gesagt, ich bin vom Kämpfen so müde, dass ich es kaum bis ins Bett schaffen werde.«

»Dem Schrat kann geholfen werden«, gurrte die Frau.

»Am besten ist es, du läufst so schnell wie möglich weg, falls das überhaupt noch etwas nutzt.«

Nuriaus Gerede ging Fryll auf die Nerven.

»Es gibt Dinge, die sind noch viel aufregender als Kämpfen«, klang es in Frylls anderes Ohr.

»Das Wenigste, was passieren wird, ist eine ungeheure Blamage. Du wirst zum Gespött der Menge werden, glaube mir, ich sehe es ganz deutlich. Es wird grässlich.«

»Ich hatte noch nie mit einem Helden zu tun, obwohl ...«

Fryll wurde immer verwirrter.

»Und ich sehe Krankheit. Dein Rückenmark wird zerfallen, deine Glieder werden zittern, dir wird der Atem stocken.«

Fryll stieß einen Seufzer aus.

»Nun, wie ist es? Verspürst du noch einen Appetit auf irgendetwas?«

»Lammbraten«, mischte sich eine jubelnde Stimme ein. »Das muss es sein, nichts anderes.«

Die Schratfrau beugte ihren Kopf zur Seite und flüsterte etwas in Frylls rechtes Ohr.

»Und damit wäre die Katastrophe dann perfekt«, erklärte Nuriau mit lauter Stimme.

»Sonderlich zart ist das Fleisch nicht, ein bisschen alt und abgelagert«, machte sich Emmil bemerkbar.

Fryll schwitzte Blut und Wasser. Die appetitliche Schratfrau wisperte ihm verführerische Angebote ins eine Ohr, während das andere vom Gerede der anderen dröhnte.

»Deine Mutter würde sich schämen, würde sie davon hören«, tönte Nuriau von hinten. »Dein Vater wird sich von dir abwenden, wenn das ruchbar wird. Lass ab, mein Freund, von deinem leichtsinnigen Vorhaben!«

Fryll seufzte tief. Zur Ablenkung nahm er einen großen Schluck von dem Bier. Die Schratfrau rutschte ein Stück zur Seite und begann zu schmollen.

»Es scheint Dinge zu geben, bei denen deine Heldenhaftigkeit zu wünschen übrig lässt«, bemerkte sie spitz. Fryll seufzte noch einmal. Er sah, dass Voriber ihn ansah und anzüglich grinste. Die Lage wurde immer peinlicher, und Fryll wusste nicht, wie er sich da herauswinden konnte, ohne dass sein Ansehen dabei Schaden erlitt.

»Sind das alle Leute, die hier unten leben?«, fragte er seine Nachbarin, um vom Thema abzulenken.

»Nur ein kleiner Teil«, verriet die Frau; sie stürzte einen Becher mit scharfem Schnaps in einer Geschwindigkeit herunter, die auf eine beängstigend geläufige Gurgel schließen ließ. »Es gibt sehr viele Höhlen, und hierhin haben sich alle geflüchtet, die mit denen da oben nichts zu schaffen haben wollen.«

»Hm«, machte Fryll. Er konnte die Unterweltler gut verstehen. Auch er zog es vor, beim Anzeichen von Gefahr zu verschwinden, und bis in die Tiefe des Bodens schien Kalauns Macht wohl nicht zu reichen.

»Es lässt sich sehr gut bei uns leben«, sagte die Frau. Über den Rand des wieder gefüllten Bechers hinweg sah sie Fryll an. Dem wurde schon wieder beängstigend warm. »Wirklich, es fehlt uns an nichts. Was immer dein Herz begehrt, hier kannst du es finden ...«, ein spitzer Blick, »... falls du damit überhaupt etwas anfangen kannst oder willst.«

Fryll hüstelte.

Im Hintergrund lamentierte Emmil mit dem Wirt, der den Schrat darauf hinwies, dass auch die anderen Gäste Hunger hätten und er infolgedessen nicht willens sei, seine Vorratskammer leer fressen zu lassen.

»Sieh dir deinen Freund Feneikel an«, erklärte der Wirt so laut, dass es jeder hören konnte. »Es sieht aus, als gäbe es eine Hungersnot im Lande, und wenn man dich ansieht, weiß man auch, wer daran schuld ist.«

Betroffen blickte Emmil auf die üppige Wölbung seines Leibes.

»Meinst du wirklich?«, fragte er kläglich.

»Sinnlos«, mischte sich Nuriau ein. »Ich sehe es ganz deutlich – er wird fressen, bis es ihn zerreißt. Ein schlimmes Ende.«

»Aber eins mit einer warmen Mahlzeit«, hielt ihm Emmil entgegen. »Ich bemühe mich ja, aber es geht nicht, ich kann einfach nicht anders.«

»Ach Unsinn, du willst nicht, das ist das Problem.«

Fryll, der aufmerksam zugehört hatte, obwohl er diese Sprüche bereits auswendig kannte, spürte plötzlich eine zarte Hand in seinem Nacken, die ihm in seinen Haaren herumwühlte.

Plötzlich war die Hand verschwunden, und als Fryll aufsah, erkannte er auch sofort den Grund dafür.

Neue Gäste waren eingetroffen.

3

Fast sechs Fuß hoch war die Gestalt auf der Schwelle, und sie war weiß wie der Tod. Ein falber Umhang fiel von den mageren Schultern bis auf den Boden; unter dem Saum ragten drei helle Füße mit glänzenden Nägeln hervor.

Das Gesicht war vollkommen rund und ebenfalls fast weiß, die Augen leuchteten in einem düsteren Rot. Von Ohr zu Ohr zog sich über den sonst kahlen Schädel ein Kranz wirrer schwarzer Haare, die wie geölt wirkten. Der Mund, blass und schmallippig, entblößte eine Reihe schwärzlicher Zähne. Hinter dieser Gestalt waren zwei grimmig dreinblickende Menschen zu sehen. Sie trugen Schwerter in den Händen.

»Wo sind sie?«, fragte die Gestalt mit seltsam hoher Stimme. Der Wirt kippte bei seiner untertänigen Begrüßung fast vornüber.

»Dort sitzen sie, Wroggo«, antwortete er atemlos.

Fryll sah, dass die Zechkumpane auseinanderwichen. Gleichzeitig drängten sich seine Leute in Frylls Nähe.

»Sieben also«, sagte Wroggo und kam näher. Seine Bewegungen waren überaus weich und fließend, fast schien es, als schwebte er über den Boden. In jeder Hand trug Wroggo einen silberbeschlagenen Stock; die dritte Hand, die aus einem Schlitz im Umhang in Brusthöhe hervorstieß, machte unablässig beschwörende Gesten.

»Ihr wollt gegen Kalaun kämpfen?«, wollte Wroggo wissen. Fryll musste den Kopf in den Nacken legen, um zu ihm hinaufsehen zu können.

»Wollen ist vielleicht nicht das rechte Wort«, begann Fryll seine Verteidigung. »Man hat uns gesagt, wir sollten, weißt du.«

»Aha«, meinte Wroggo. »Und so seid ihr also losgezogen, um Kalaun zu suchen und ihm größtmöglichen Schaden zuzufügen.«

»Nur wenn wir müssen«, beeilte sich Fryll zu versichern. »Wenn er sich ergibt ...«

Schallendes Gelächter antwortete ihm. Die Gäste hielten sich die Bäuche vor Lachen.

Die mittlere Hand schoss nach vorn und erwischte Fryll an der Nase. Er wagte nicht, sie zurückzuziehen.

»Man nennt mich den Weichen Wroggo, weil ich das Leben hier mit sanfter Hand leite. Mitunter aber kann ich auch sehr zornig werden. Dann beispielsweise, wenn irgendwelche Fremdlinge den Frieden und die Ruhe unseres Lebens stören wollen.«

»Das wollen wir nicht, wahrhaftig nicht«, erklärte Fryll. Seine Nase fühlte sich an, als stecke sie in einer Schale heißen Puddings. »Niemand denkt daran.«

»Pah«, machte Wroggo. »Wenn Kalaun erfährt, dass wir seinen Feinden Unterschlupf und Hilfe gewähren, wird es mit unserem freien Leben vorbei sein. Wir werden ihn nicht auf uns aufmerksam machen – und ihr werdet es auch nicht tun. Geht das in deinen Schratschädel hinein?«

»Aber gewiss doch«, beeilte sich Fryll zu versichern. Er bemerkte, dass seine Nase zu schwitzen begann, und das war ihm peinlich.

Wroggo nickte zufrieden, und von den anderen war ein zustimmendes Brummen zu hören. Furchtsam schielte Fryll auf die Schwerter der beiden Menschenkrieger. Hinter ihnen waren noch zwei Dutzend anderer Gestalten aufgetaucht, auch sie bewaffnet, auch sie mit grimmigen, abweisenden Gesichtern.

»Dann werden wir nun dafür sorgen, dass ihr uns keinen Schaden zufügen könnt«, verkündete der Weiche Wroggo. »Steht auf!«

Fryll erschrak heftig. Er war fast davon überzeugt, dass Wroggo ihn und seine Freunde töten lassen wollte.

»Ist das nötig?«, erkundigte er sich zaghaft. Er musste aufstehen, da Wroggo ihn an der Nase zog.

»Wir wollen großzügig sein«, gab Wroggo bekannt. »Esst und trinkt, und dann werden wir uns auf eine weite Reise machen.«

Fryll plumpste auf den Sitz zurück und fasste sich an die Gurgel. Eine letzte Mahlzeit wurde ihnen also noch zugestanden – was danach folgen musste, war eindeutig.

»Nun, iss und trink!«

Die Stimme klang einigermaßen freundlich, aber Fryll traute dem Herrscher der Unterwelt nicht, der Wroggo offenkundig war. Der Wirt schob mit finsterem Gesicht einen großen Braten über den Tisch. Zaghaft griff Fryll nach dem Messer, um sich eine Scheibe abzuschneiden.

Emmil, der den Sinn dieser Mahlzeit ebenso begriffen hatte wie die anderen, saß wie versteinert da, mit wächsernem Gesicht und stierte aus trüben Augen auf den Braten. Feneikel klapperte am ganzen Leib, Lomiks Augen wanderten verzweifelt umher, auf der Suche nach einem Schlupfloch, das aber nicht zu finden war.

Einzig Nuriau machte ein zufriedenes Gesicht. Nun, da es wohl ans Sterben ging, hatten sich seine Prophezeiungen bewahrheitet. Es war wohl die größte Stunde im nicht mehr sehr lange währenden Leben des Deuters.

Fryll kaute langsam und gründlich. Das Fleisch war hervorragend, zart und saftig, aber Fryll nahm nichts davon wahr. Er überlegte fieberhaft, wie lange er wohl so weiteressen konnte, um die schreckliche Stunde hinausschieben zu können.

Es gelang ihm nur für kurze Zeit, dann wollte beim besten Willen kein Bissen mehr in ihn hinein. Das Wurzelbier tat seine Schuldigkeit, und Frylls Glieder wurden immer träger. Aus leicht verglasten Augen starrte er Wroggo wie das verkörperte Unheil an, ab und zu kicherte der Schrat in sich hinein.

»Genug jetzt«, entschied Wroggo. »Packt sie.«

»Nicht doch!«, schrie Fryll auf.

Zu spät. Harte Fäuste zwangen ihn auf die wackligen Beine, und dann ging es hinaus ins Dunkel. Fryll schwankte heftig. Das Bier war ihm in die Beine gesackt, seinen Freunden ging es nicht viel besser.

»Möchtest du meinen Stab haben?«, fragte der Schrat den neben ihm gehenden Wroggo. »Er hat zauberische Wirkung.«

»Ich brauche ihn nicht«, lautete die knappe Antwort. »Pass auf, wo du hintrittst. Du wirst dir noch den Hals brechen.«

Das ginge wenigstens schnell und schmerzlos, dachte Fryll. Im Innern verfluchte er seine Nachgiebigkeit gegenüber der Krausen Tildi. Nur ihr hatte er es zu verdanken, dass er jetzt so tief im Elend steckte.

Endlos lang zog sich der Marsch hin. Wahrscheinlich wollten Wroggos Leute einen abgelegenen Platz für ihr Vorhaben erreichen. Fryll schauderte um so mehr, als plötzlich eine kühle Luft über seinen angstschweißnassen Körper strich. *Ich werde mich erkälten,* dachte er, *selbst wenn ich meine Ermordung überleben sollte, werde ich am Fieber sterben, wie grässlich.*

»Ich gebe euch noch einen Ratschlag mit auf den Weg«, verkündete Wroggo mit düsterer Stimme.

»Und das wäre?«

»Lasst euch nie wieder bei uns sehen!«

In Frylls jäh aufflackernde Hoffnung traf ihn der Tritt in die Kehrseite. Er flog ein paar Schritte weiter durch die Luft, landete auf dem Boden und stellte beglückt fest, dass er auf weiches Moos gefallen war. Wenig später kam sein Gepäck angeflogen. Einer nach dem anderen tauchten auch die Freunde neben ihm auf, später die Meute der Wueler, die sich während der Rast dick und faul gefressen hatte.

»Merk es dir – niemals wieder!«, klang Wroggos Stimme durch die Dunkelheit, dann war ein paar Herzschläge lang das Geräusch sich entfernender Schritte zu hören, wenig später gar nichts mehr.

»Nun, Nuriau? Was ist nun mit deinem schrecklichen Ende? Herausgeworfen haben sie uns, mehr nicht.«

Voriber fand wieder einmal in Nuriau eine bequeme Zielscheibe für seine Nörgeleien.

»Wartet es ab«, murmelte Nuriau. »Ich weiß es genau, es wird böse enden.«

Fryll machte in der Dunkelheit eine abwehrende Handbewegung. Er wollte noch etwas sagen, aber ihm klappten die Augen zu. Wenig später war er eingeschlafen und träumte von dem, was ihm entgangen war.

»Ein bodenloser Leichtsinn«, murmelte Fryll, als er bei hellem Licht erwachte. »Keiner hat gewacht. Wie leicht hätten wir in der Nacht überfallen werden können.«

»Wer hätte uns angreifen sollen, es weiß doch niemand, dass wir hier sind«, entgegnete Mirger und rieb sich die Augen. Die nächste Bewegung galt seiner Pfeife, die er umständlich zu stopfen begann.

Emmil war bereits seiner üblichen Morgenbeschäftigung nachgegangen und tummelte sich ein Stück querab in einem vor Beeren prangenden Gebüsch. Sein Gesicht war von Fruchtsaft beschmiert, aber ihn störte es nicht. Wenn er Hunger hatte, war ihm alles andere gleichgültig.

Auch die anderen Schrate wurden allmählich wach, reckten und streckten sich. Der Tag versprach schön zu werden – sofern ein Tag in diesem Teil der Welt überhaupt schön genannt werden konnte. Fryll dachte an Kalaun. Die Macht dieses Wesens lag wie ein schwarzer Schatten über dem Land und durchtränkte alles.

»Wir müssen weiter«, bestimmte Fryll. »Auf die Beine, meine Freunde!«

»Langsam, langsam«, meinte Voriber. »Ich bin noch nicht soweit. Meine Glieder sind noch ganz steif. Ich verwünsche den Tag, an dem wir zu diesem Unsinn aufgebrochen sind.«

Fryll ließ ihn quengeln. Er wusste, Voriber brauchte das. Wenn er keine kleinen Ärgernisse fand, über die er sich lamentierend auslassen konnte, pflegte er sich über seine Gefährten zu beschweren, und das ging den Schraten auf die Nerven.

Nach einigem Hin und Her schaffte es Fryll schließlich, seine Mannschaft auf die Beine zu bringen und in Marsch zu setzen. Die Schrate hatten es nicht eilig – überall im Schattenwald konnten Gefahren lauern, und die Begegnung mit dem Weichen Wroggo steckte ihnen noch in den Knochen.

Leise unterhielt sich Fryll mit seinem Nachbarn Mirger.

»Wie lange, glaubst du, werden wir so wandern müssen, bis wir eine Spur von Mythor finden?«, wollte Mirger wissen.

Fryll wiegte den Kopf. Er wusste die Antwort nicht, aber es erschien ihm ratsam, das nicht zuzugeben. Sein Ruf als Anführer konnte darunter leiden. »Nicht mehr lange«, sagte er schließlich. »Ich bin sicher, wir werden bald von ihm hören.«

»Und dann?«

Fryll lächelte. »Dann wird Mythor Kalaun verjagen oder töten, und das Ende der Schreckenszeit ist gekommen. Dann wird wieder Frieden sein im Wald, wir werden in Ruhe unseren Geschäften nachgehen können und brauchen uns nicht mehr zu fürchten.«

»Fürchtet sich denn jemand?«, fragte Mirger ahnungslos.

»Niemand, am wenigsten wir«, behauptete Fryll, und in diesem Augenblick glaubte er sogar, was er sagte.

Seine Zuversicht schwand blitzartig, als er Geräusche hörte – das Huftrappeln von Pferden. Das konnte nichts Gutes bedeuten.

Die Schrate sammelten sich um Fryll.

»Ganz leise«, wisperte dieser.

Das Trappeln wurde lauter. Der weiche Boden dämpfte den Hufschlag, daher mussten die Reiter schon recht nahe sein. Und es waren wohl einige, nicht nur ein einzelner. Wenig später war ein zweites Geräusch zu hören – das leise Klirren von Metall.

»Schwerter!«, flüsterte Fryll.

Bewaffnete kamen in großer Zahl. Für die Schrate gab es in dieser Lage nur eines zu tun – weglaufen. Leider verriet der Schall nicht, aus welcher Richtung die Reiter kamen – eine übereilte Flucht hätte sie möglicherweise genau vor die Lanzen und Schwerter der Unbekannten gebracht. Fryll, dem schon beim Gedanken an eine Rauferei unter Schraten übel werden konnte vor Angst, versuchte sich die grässlichen Gestalten vorzustellen – höchstwahrscheinlich waren es die entsetzlichen Mangoreiter Kalauns, die den Wald durchstreiften, auf der Suche nach Opfern.

»Wohin?«, meldete sich Lomik mit klagender Stimme.

Auf diese Frage hätte auch Fryll gern eine Antwort gewusst. Wegzulaufen war sinnlos, solange nicht klar war, woher die Reiter kamen. Sich in den Boden einzuwühlen, war gleichfalls nicht empfehlenswert; der Weiche Wroggo würde das sicherlich übel aufnehmen.

Zu Kletterpartien fehlte den Schraten die Geschicklichkeit – es sah alles in allem entsetzlich trostlos aus.

»Kannst du mit deiner Pfeife irgend etwas bewirken?«, fragte Fryll. »Einen Rauch, der uns unsichtbar macht?«

»Ich will es versuchen«, erbot sich Mirger. Bedächtig setzte er die Pfeife in Brand, nachdem er aus einer seiner Taschen ein blauschimmerndes Pulver auf die Kräutermischung gestreut hatte.

»Was ist das?«, wollte Fryll wissen.

»Ein Zauberstein, zermahlen«, antwortete Mirger. Er sprach undeutlich, weil er die Pfeife zwischen die Zähne geklemmt hatte.

»Wie wirkt er?«

»Ich habe es noch nicht ausprobieren können«, gestand Mirger. Er nahm einen tiefen Zug und blies dann einen Rauch aus, der strahlend gelb war.

»Heilige Hexenkunst«, stieß Fryll hervor, als er die Schwaden sah. »Hör auf, damit sind wir mühelos zu finden!«

Mirger hörte nicht auf ihn. Statt dessen wurde er allmählich unsichtbar. Fryll riss die Augen weit auf.

»Es wirkt«, stotterte er. Lomik, der neben ihm stand, wurde von dem gelben Dunst eingehüllt und verschwand ebenfalls.

»Kannst du mich hören, Mirger?«

»Sehr gut«, antwortete der Schrat. »Nur – ich kann weder mich noch Lomik sehen, und du wirst auch immer durchsichtiger.«

»Prachtvoll«, freute sich Fryll. »Spute dich, sie sind bald hier!«

Es war ein atemberaubendes Gefühl, unsichtbar zu sein, stellte Fryll fest. Er starrte hinab auf den Boden, und er konnte seine Füße nicht erkennen – nur das Gras, auf dem er stand. Auch die anderen waren nun spurlos verschwunden.

»Wenn die Reiter kommen«, befahl Fryll, »keinen Laut. Bleibt ganz still.«

»Und wenn sie uns auf die Füße treten?«, erkundigte sich Lomik aus dem Nirgendwo.

»Wir gehen ein Stück zur Seite, dann sind wir sicher. Dort vorn ist ein Gebüsch!«

Die sieben setzten sich gerade noch rechtzeitig ab. Ein paar Herzschläge später tauchten die Reiter auf.

Es waren fünf Menschen auf großen, schnaubenden Pferden. Fryll sah die Waffen, die an den Flanken der Pferde klirrten, er sah die Lanzen, die schimmernden Panzer. Diese Reiter erweckten nicht den Anschein, als gehörten sie zu Kalauns Mangoreitern – aber ganz sicher konnte man da nie sein, und angesichts von so viel Waffen hielt Fryll es für ratsam, sich nicht bemerkbar zu machen.

Die fünf Reiter hielten an.

»Kein schönes Land«, sagte einer. Ein üppiger Helmbusch sollte ihn wohl als Anführer kenntlich machen. »Man kann sich leicht verirren. Und ich werde niemals das Gefühl los, als würden wir beobachtet.«

Fryll hielt sich die Hand vor den Mund, um ein Kichern zu unterdrücken.

Das Pferd des Anführers tänzelte ein wenig, drehte sich – und blieb schließlich genau vor Fryll stehen. Der Schweif hing fast bis auf sein Gesicht herab. Dem Schrat quollen vor Schreck fast die Augen aus dem Kopf. Wenn das Tier jetzt auskeilte ...

»Unsinn«, wehrte einer der anderen ab. »Hier ist niemand. Wir sollten weiterreiten. Schließlich haben wir einen Auftrag zu erfüllen.«

»Du hast recht«, stimmte der Anführer zu. Sein Gesicht wirkte grimmig und hart.

Die Pferde schnaubten. Das Tier über Fryll machte einen Schritt zur Seite. Entgeistert sah Fryll die Pferdeäpfel auf den Boden kollern. Wenn das Tier nicht diesen Schritt gemacht hätte – der Schrat hätte diese Schande nicht überlebt.

»Wir sollten uns ein wenig die Beine vertreten«, sagte der Anführer plötzlich. »Herunter von den Gäulen.«

Die Reiter stiegen ab.

Fryll konnte sehen, dass sie sich zuzwinkerten. Das hatte etwas zu bedeuten. Aber was?

Die Krieger dehnten und reckten die Glieder – und dann machte einer von ihnen einen weiten Schritt. Frylls Augen flogen in die gleiche Richtung, und er sah, was auch dem Reiter aufgefallen war.

Auf seltsame Weise verschwanden von dem Strauch mit den saftigen blauen Beeren eine Beere nach der anderen, und wer für dieses Verschwinden verantwortlich war, quiekte einen Augenblick später in den Händen des Reiters.

»Hilfe!«, kreischte Emmil. »Fryll, rette mich.«

»Was haben wir denn da?«, fragte der Anführer.

»Irgendein unsichtbares Geschöpf, so scheint es«, sagte der Reiter lachend, der Emmil gesehen und gefangen hatte. »Dem Quieken nach zu schließen, ein überaus tapferes Geschöpf.«

»Lasst mich los«, keifte Emmil. »Ewiger Fluch über eure Häupter, wenn ihr mich nicht auf der Stelle freilasst!«

Der Anführer ging hinüber und betastete den Körper, dessen Zuckungen in den Händen des Reiters deutlich zu erkennen waren.

»Fühlt sich an, als hätten wir es mit einem Schrat zu tun«, sagte der Mann mit dem Helmbusch. »Rede, Wicht, in wessen Auftrag bespitzelst du uns?«

»Ich bespitzele niemanden. Ich esse nur. Wirklich, ich verfolge niemanden. Ich esse nur, ich tue nie etwas anderes.«

Der Reiter warf einen Blick auf den Strauch. Emmil hatte eine regelrechte Bresche in die Beerenpracht gefressen.

Im nächsten Augenblick vergrößerte sich das Durcheinander. Mirger begann zu husten, Feneikel begann hörbar mit allen Knochen zu klappern, und Lomik, der fliehen wollte, rannte genau in die Arme eines Reiters hinein.

Der Anführer lachte. »Scheint, dass wir ein ganzes Nest dieser Wichte gefunden haben. Sie werden uns allerlei zu erzählen haben.«

»Wir wissen nichts«, erklärte Fryll eifrig. Auch er war mittlerweile erwischt worden. Vorsichtshalber leistete er keinen Widerstand. »Lasst uns los.«

»Nichts da«, stieß der Anführer hervor. »Wir werden diese Bürschlein ein wenig zusammenbinden, und dann wollen wir sehen, wie lange diese Unsichtbarkeit anhält. Hier geht es wohl mit Zauberei zu.«

Fryll zappelte und versuchte sich loszureißen, aber es half nichts. Es dauerte nicht lange, und die sieben Schrate lagen auf dem Boden, an Armen und Beinen gebunden.

Und auf die Stelle, an der sie auf dem Boden lagen, zielten fünf große Lanzen mit schrecklichen Spitzen.

Fryll stieß einen Seufzer aus.

4

Fryll betrachtete seine Füße. Sie waren wieder sichtbar. Der Pfeifenzauber, den Mirger bewerkstelligt hatte, hielt nicht lange vor. Dann sah der Schrat auf.

Die Gesichter der Reiter waren noch immer sehr grimmig. Noch gefährlicher wirkten die Lanzen, die sie auf die Schrate gerichtet hielten. Ein paar Dutzend Schritte entfernt steckten die Wueler ihre Köpfe vorsichtig aus dem Boden.

»Ihr seid in der Fremde«, stellte der Anführer der Lanzenreiter fest. »Was wollt ihr hier?«

Fryll versuchte, sich eine gute Geschichte auszudenken, aber ihm wollte beim besten Willen nichts Überzeugendes einfallen. Die Lanzenspitze zuckte kurz nach vorn und berührte Frylls Kleidung.

»Nicht doch!«, rief Fryll aus.

»Rede, Schrat!«, sagte der Anführer. »Wir haben nicht alle Zeit der Welt.«

»Wir wollen jemandem helfen«, erklärte Fryll.

Die Reiter lachten.

»So seht ihr sieben auch aus, prachtvolle Helfer. Und wer ist es, dem ihr helfen wollt?«

Langsam beruhigten sich Frylls Gedanken. Mangoreiter lachten wohl nicht so oft und herzhaft wie diese fünf. Vielleicht handelte es sich gar nicht um Feinde.

»Mythor«, sagte Fryll.

Die fünf Reiter wechselten Blicke der Überraschung.

»Woher kennst du den Namen, Schrat?«

»Wir sind Freunde«, behauptete er ziemlich dreist. »Wir suchen Mythor, er soll hier irgendwo sein.«

Der Anführer der Lanzenreiter machte ein nachdenkliches Gesicht. Er schien zu wissen, dass Schrate nicht gerade zu den Helden zählten. Die von Furcht gezeichneten Gesichter der sieben verrieten überdeutlich, welche Ängste sie ausstanden – schwerlich konnten so untaugliche Geschöpfe zu den Helfern Kalauns zählen. Der Herr des Chaos zog kaltblütigere und mutigere Kreaturen vor.

»Wir wollen euch glauben«, sagte der Reiter ernst. Die Spitze seiner Lanze durchschnitt die Fesseln an Frylls Armen, dann die Bande um die Füße.

»Und wer seid ihr?«, wollte nun Fryll seinerseits wissen. Gleichzeitig machte er sich an die Arbeit, seine Gefährten zu befreien.

»Wir gehören zu einem großen Heer«, bekam Fryll zu hören. »Zehn Tausendschaften Lichtkämpfer sind aufgebrochen, um der Herrschaft Kalauns ein Ende zu bereiten. Wir gehören zu einem Trupp von fünf Hundertschaften, der das Gelände erkunden soll.«

»Wer führt euch?«

»Tubrass aus den Steppen der Stürme, ein großer Held in allen Gefechten. Eine gewaltige Schlacht wird vorbereitet.«

»Wir werden das alles unserem Freund berichten, sobald wir ihn gefunden haben«, versprach Fryll. Er hatte sich aufgerichtet, die Rechte an die Hüfte gestemmt, aber der Anführer der Reiter ließ sich von der Pose nicht beeindrucken.

»Sag Mythor, er sollte eigentlich an unserer Seite kämpfen. Das ist sein Platz in diesem Streit.«

»Ich werde es ausrichten«, gelobte Fryll.

Der Lanzenreiter bedachte ihn mit einem langen Blick.

»Wenn ihr etwas tun wollt, dann dies: Bringt die Bewohner dieses Landes dazu, sich gegen Kalaun zu erheben. Die Zeit ist gekommen, die Knechtschaft zu beenden.«

»Hm«, machte Fryll, der an seine eigene Stimmungslage dachte. »Man ist hierzulande vom Kämpfen nicht gerade begeistert.«

»Man ist – sofern man nicht selbst das Schwert zu führen hat«, entgegnete der Krieger kalt. »Ihr könntet uns eine große Hilfestellung geben, auch ohne zu den Waffen zu greifen. Es gibt hier einen reißenden Strom, den unser Heer zu überqueren hat. Die Aegyser ist ein wildes, tückisches Gewässer, wir könnten manchen Mann darin verlieren. Seht zu, dass ihr eine Brücke über diesen Fluss baut – arbeiten werdet ihr wohl können.«

»Wir sind unermüdlich«, versprach Fryll. Ein Blick auf die Gesichter seiner Begleiter hätte ihn eines Besseren belehrt.

Der Mann mit dem Helmbusch wollte gerade etwas sagen, als es unversehens laut wurde.

Hufklänge, Waffenklirren – und die deutliche Vorahnung, dass sich eine unheimliche Gefahr näherte.

»Zu den Waffen!«

Die Reiter ließen die Schrate Schrate sein und stürzten zu den Pferden. Sie waren noch nicht ganz in den Sätteln, als die Angreifer auftauchten.

Fryll stieß einen grellen Schrei aus.

Mangoreiter.

»Nichts wie weg!«, schrie Fryll. Er rannte los.

Sie kamen herangejagt wie ein Sturmwind, nach wenigen Augenblicken hatten sie die Lichtkämpfer erreicht. Es war ein aussichtsloser Kampf, vom ersten Augenblick an.

»Warnt Mythor – und helft!«

Fryll hörte die Worte nur mit halbem Ohr. Er warf sich zur Seite, um nicht unter ein Pferd zu geraten.

Überall klirrte und blitzte es. Funken stoben auf, wo Schwerter gegeneinander prallten. Die Rosse schnaubten und stampften. Fryll war einer Ohnmacht nahe. Mit letzter Kraft schaffte er es, wieder auf die Beine zu kommen.

»Zu den Wuelern!«, schrie er.

Hinter ihm stürzte ein Körper zu Boden und rührte sich danach nicht mehr. Freund oder Feind, Fryll sah nicht hin. Er hatte nur noch Augen für den Wueler, der sich in den Boden zu graben begann. Die anderen Schrate rannten, was die Beine hergaben.

Schreie ertönten, Kampflaute, Wehrufe. Am anhaltenden Waffenlärm war abzulesen, dass sich die Lichtkämpfer erbittert gegen die Übermacht wehrten, auch wenn sie wissen mussten, dass es für sie kein Entrinnen gab.

Fryll hatte das Erdloch gerade erreicht, als es hinter ihm plötzlich erschreckend still wurde.

»Fangt die Wichte!«, sagte eine Stimme, deren Klang Fryll fast das Blut in den Adern gerinnen ließ. »Wenigstens einen brauchen wir lebend!«

»Vorwärts, vorwärts!«, trieb Fryll den Wueler an. Das Tier arbeitete sich emsig vorwärts. Hinter sich konnte Fryll hören, wie jemand mit einer Lanze oder einem Schwert im Gang herumstocherte. Es wurde höchste Zeit, ein sicheres Versteck zu erreichen.

»Weiter!«

Fryll wusste nicht, wo seine Freunde waren. Es war ihm auch gleichgültig. Er wusste nur, dass Mangoreiter ihm auf den Fersen waren und dass es ihm sehr schlecht ergehen würde, wenn die ihn zu fassen bekamen.

Dann krachte hinter ihm der Stollen zusammen. Damit war der Schrat vorläufig in Sicherheit, aber das genügte ihm nicht. Immer wieder trieb er den Wueler an.

Erst nach geraumer Zeit beruhigte sich Fryll etwas. Sein Atem ging gleichmäßiger, sein Herz schlug nicht mehr so schnell. Er wandte seine Aufmerksamkeit einem neuen Problem zu – wo konnten die Gefährten stecken?

Bei den Wuelern wusste man nie genau, wohin sie ihre Stollen gruben. Hatten sie es eilig, wühlten sie den Weg des geringsten Widerstands, auch wenn sie dabei Umwege in Kauf nehmen mussten. Etwas Eiligeres als eine Flucht gab es nicht, und jeder Wueler reagierte anders – es war möglich, dass die sieben Schrate über eine beträchtliche Fläche verteilt waren. Dazu kam noch die unterschiedliche Tiefe der jeweiligen Stollen.

Fryll stieß eine Verwünschung aus.

Er war allein, hatte kein Licht, wie er verärgert feststellte, und auch kein Wasser. Er wusste nicht, wo seine Freunde waren. Er wusste nur eines sehr genau: Über ihm veranstalteten die Mangoreiter ihre grässliche Jagd, und unter Fryll war das Herrschaftsgebiet des Weichen Wroggo. Wohin Fryll sich auch wenden mochte – Ärger würde er überall bekommen.

Er ließ den Wueler weitergraben.

Nach einiger Zeit durchstieß das Tier eine dünne Erdschicht. Es hatte einen anderen Stollen gefunden – wahrscheinlich den eines Gefährten. Der Schrat erlaubte sich einen leisen Seufzer. Wenigstens eine Spur. Er beschloss, dem Stollen zu folgen.

Er führte sehr steil in die Tiefe hinab, und die Wände waren nass und glatt. Fryll musste sich anstrengen, um nicht einfach hinabzugleiten. Als er eine kleine Verschnaufpause einlegte, nahmen seine Ohren ein erschreckendes Geräusch wahr.

Es war noch jemand in dem Stollen – und dieser Jemand war hinter Fryll.

Jetzt gab es für den Schrat kein Halten mehr. Er arbeitete sich so schnell wie möglich weiter, selbst auf die Gefahr hin, mitten in Wroggos Herberge zu landen.

Der Verfolger wurde ebenfalls schneller, es war deutlich zu hören. Fryll spürte, wie ihn wieder einmal die Angst packte. In seiner Verzweiflung kam er gar nicht auf die Idee, sich mit seinem Wueler abzusetzen und den Verfolger zu zwingen, sich für eine von zwei Möglichkeiten zu entscheiden. Fryll hörte nur das Scharren und Prasseln hinter ihm, dazu ein – wie es schien – gieriges Keuchen. Und dieses Keuchen kam immer näher.

Fryll krümmte und wand sich. Er versuchte, noch schneller zu werden. Dann erklang vor ihm ein grässlicher Schrei, unverkennbar eine Schratstimme in höchster Not.

Jetzt war es mit Frylls Fassung endgültig vorbei. Er zappelte nur noch, verlor den Halt, glitt immer schneller in die Tiefe – und dann war da plötzlich kein Boden mehr. Der Schrat stürzte hinab ins Dunkel. Er landete nach wenigen Augenblicken auf etwas Weichem, das aufschrie, und einen Herzschlag danach spürte er den gierigen Griff des Verfolgers im Nacken.

»Zu Hilfe!«, kreischte Fryll.

»Hilfe!«, schrie eine Stimme, die Fryll als die von Lomik erkannte.

»Erbarmen!«, wimmerte Emmil und übertönte fast das Angstklappern von Feneikel.

Fryll, der sein letztes Stündchen gekommen glaubte, schlug wild um sich. Wenn er hier schon sterben sollte, dann wollte er sein Leben so teuer wie möglich verkaufen. Aber seine Gegner – wie viele eigentlich? – ließen nicht locker, kratzten und bissen und schlugen auf ihn ein. Fryll bekam Fußtritte ab und teilte selbst welche aus.

Es war ein gnadenloser Kampf, bei dem keiner der Beteiligten dazu kam, zur Waffe zu greifen – jede Bewegung wurde unterbrochen, weil ein Arm oder ein Bein dazwischenkam. Fryll spürte ein paar Zähne an seinem linken Arm, einen Fuß, der ihm auf die Nase drückte, einen Bauch auf seinen Schultern. Er zerrte und strampelte, um seine Glieder freizubekommen, während er gleichzeitig versuchte, den Fuß aus seinem Gesicht zu schieben.

Vor seinen Augen tanzten feurige Schleier, die immer heller wurden. Fryll glaubte, dies sei das Verlöschen seiner Kräfte, das sich solcherart anzeigte, und verdoppelte seine Bemühungen, dem gnadenlosen Feind zu entkommen.

Dann traf ihn etwas mit unglaublicher Wucht und Härte, eine schreckliche Empfindung durchströmte seinen Körper. Fryll glaubte spüren zu können, wie sein Herz stillstand.

»So etwas hat noch niemand gesehen«, sagte eine furchtbare Stimme. »Man soll es nicht für möglich halten.«

Der Gegner erstarrte. Fryll schlug die Augen auf.

Zehn Fuß über ihm erkannte er auf einem Felsvorsprung den Weichen Wroggo, neben ihm eine Reihe Unterweltler, die sich die Bäuche hielten vor Lachen.

Fryll schielte zur Seite.

Da war Emmil, da war Feneikel. Mirger war zur Stelle und die anderen auch – nur von dem schrecklichen Feind war nichts zu sehen.

Fryll begriff jetzt, was geschehen war. Irgendwo hatten sich alle Wueler zu ein und demselben Gang durchgegraben. Im Dunkeln hatten sich die Schrate wechselseitig für Verfolger gehalten, und dementsprechend hatten sie miteinander gekämpft, als sie nacheinander auf dem Boden gelandet waren.

Fryll betastete seine Nase. Sie war geschwollen. Seine Zähne schmerzten, und mehr noch plagte ihn die Demütigung dieses Spektakels.

»Ihr närrisches Volk, was macht ihr in meinem Reich?«, fragte Wroggo. »Welcher Ungeist hat euch getrieben, zu mir zurückzukehren? Ihr wisst, dass ihr dafür werdet büßen müssen.«

Fryll stand auf. Seine Gefährten blickten sich verdutzt und verlegen an.

»Wir sind nicht freiwillig gekommen«, stieß Fryll hervor. Die Demütigung der letzten Augenblicke gab ihm die Kraft, seinen Standpunkt energisch vorzutragen. »Oben wimmelt es von Mangoreitern, und ich würde gern wissen, ob deine Macht, Weicher Wroggo, auch gegen diese Scheusale etwas vermag.«

»Wären wir sonst *hier?*«, gab Wroggo zurück.

»Wären *wir* sonst hier?«, antwortete Fryll. »Die Not hat uns getrieben. Oben ist niemand seines Lebens sicher. Gerade haben die Reiter Kalauns eine Schar Lichtkämpfer niedergemacht. Du weißt, was das bedeutet?«

Wroggo rümpfte die Nase. »Es hat Kampf gegeben, nicht mehr.«

Er machte sich an den Abstieg. Hinter ihm stapften seine Waffenträger. Wie üblich machten sie Gesichter, als würden sie von Leibschneiden geplagt.

»Es bereitet sich eine gewaltige Schlacht vor«, erzählte Fryll. »Sie wird Kalauns Ende bedeuten.«

»Mag sein«, meinte Wroggo mit unechter Freundlichkeit. Er musterte Fryll. »In jedem Fall bedeutet dieses Eindringen dein Ende, Schrat. Ich dulde es nicht, dass man sich meinen Befehlen widersetzt.«

»Was wirst du tun?«, erkundigte sich Fryll.

»Ich werde euch töten lassen«, verkündete Wroggo und richtete sich ganz auf. »Ihr werdet sterben.«

»Wahrscheinlich«, antwortete der Schrat mit einer Ruhe, die ihn selbst erstaunte. »Aber erst nach dir.«

Im nächsten Augenblick hatte Wroggo Frylls Schwertspitze an der Kehle. Der Unterweltler riss die Augen auf.

»Was wagst du, Wicht!«, brüllte Wroggo. Er zeigte Wut, aber nicht das kleinste bisschen Angst. Fryll seinerseits war viel zu aufgeregt, um sich von so etwas Nebensächlichem wie der Hoffnungslosigkeit seiner Lage beunruhigen zu lassen.

»Ich zeige dir, wie es ist, wenn einem ein Schwert an der Kehle sitzt«, sagte Fryll kalt. »Wie fühlt es sich an?«

»Kalt und spitz«, antwortete Wroggo spontan, dann knirschte er: »Du wirst dafür büßen, Wurm!«

»Lass deine Schergen zwei Schritte zurücktreten«, befahl Fryll.

»Ich denke nicht daran«, gab Wroggo zurück.

»Hm«, machte Fryll. Eigentlich hätte er jetzt zustoßen müssen, um seiner Forderung Nachdruck zu verleihen, aber er brachte es nicht fertig, einen anderen zu verletzen, nur um etwas so Unwichtiges zu erreichen wie zwei Schritte Zurückweichen der Wachen.

Statt dessen trat er Wroggo mit Kraft vor das Schienbein. Dem Herrscher der Unterwelt verschlug es die Sprache. Er ächzte.

»Geht zurück«, stieß er hervor. Mit dem dritten Arm massierte er sein Bein. Ein wütender Blick traf Fryll.

»Du überlegst jetzt, wie du mich bestrafen kannst für diesen Frevel«, vermutete Fryll. »Denk lieber darüber nach, wie wir aus dieser Lage herauskommen – du kannst nichts unternehmen, und wir auch nicht. Und während wir hier festsitzen, machen die Mangoreiter den Wald unsicher.«

»Was forderst du?«, fragte Wroggo.

»Nur ein wenig Zeit«, antwortete Fryll. »Wir wollen nicht ewig bei euch bleiben, hier ist es uns zu unfreundlich. Lass uns einige Tage ausruhen, dann werden wir verschwinden – und zwar an einer anderen Stelle, weitab von hier.«

In Wroggos Gesicht arbeitete es.

»Zugestanden«, stieß er schließlich hervor. »Ich gewähre euch eine Woche. Ihr werdet auch Speise und Trank bekommen ...«

»... viel Speise!«, warf Emmil von hinten ein. Für einen winzigen Augenblick huschte ein Grinsen sowohl über Frylls Gesicht als auch über das von Wroggo.

»Viel Speise«, bestätigte Wroggo. »Ihr werdet ruhig schlafen können. Aber ihr werdet euch aus unserer Welt heraushalten. Wenn ihr unter der Erde weitergehen wollt, dann lasst euch von euren Wuelern Gänge graben – unsere Geheimnisse werdet ihr nicht lüften.«

»Einverstanden«, sagte Fryll. »Dein Wort?«

»Mein Wort!«

Fryll steckte das Schwert in die Scheide zurück. Im nächsten Augenblick machte er einen Luftsprung. Sein Schienbein hatte etwas abbekommen.

»Das war ich dir noch schuldig«, sagte Wroggo freundlich, dann verfinsterte sich seine Miene. »Eins sage ich dir – solltest du dich danach noch einmal bei uns sehen lassen, werden wir nicht mehr miteinander reden. Ich werde euch die Schädel vor die Füße legen lassen. Mein Wort darauf!«

»Angenommen«, sagte Fryll. »Kommt, Freunde, lasst uns gehen.«

»Ich habe Hunger«, stieß Emmil kläglich hervor.

Fryll seufzte.

Dann wurde ihm mit einem Schlag bewusst, was er getan hatte. Er hatte den Herrscher der Unterwelt bedroht, erpresst und misshandelt – alles Dinge, die Fryll mit klarem Kopf niemals gewagt hätte. Und er hatte es überlebt, ja es schien sogar, als sei er durch diese Frechheiten in der Achtung Wroggos gestiegen. Auch in den Gesichtern der Gefährten las Fryll ein bewunderndes Staunen.

Sollte er am Ende gar tapfer sein?

Der Gedanke erschreckte Fryll über die Maßen. Wenn sich diese Geschichte herumsprach, würde man ihn womöglich gar für einen echten Helden halten, einen, den man von einem gefährlichen Abenteuer ins nächste schicken konnte. Während Hasenfüßigkeit in aller Regel schon bei der ersten Gelegenheit als außerordentlich glaubwürdig angesehen wurde, mussten Helden immer aufs Neue ihre Tapferkeit unter Beweis stellen – und dazu hatte Fryll nicht die geringste Lust.

Nuriau trat näher und legte seine Hand auf Frylls Schulter.

»Ich bewundere dich«, sagte er und sah Fryll an. »Ich kann es ganz klar und deutlich sehen – dir steht eine große, heldenhafte Zukunft bevor. Alle Schrate, vor allem die Frauen, werden dich bewundern. Von jeder Narbe deines Körpers wird man die Geschichte berichten können, unter welchen heldenhaften Umständen du sie dir eingehandelt hast.«

»Aufhören!«, schrie Fryll. »Ich will nichts mehr davon hören.«

Er schüttelte sich vor Entsetzen. Alles, nur das nicht.

Fryll nahm sich vor, bei der nächsten Gelegenheit ein Musterbild von Feigheit und Jämmerlichkeit abzugeben – dann war er diese Verantwortung los.

Und er hatte das unangenehme Gefühl, dass diese Gelegenheit schneller kommen würde, als ihm lieb sein konnte.

5

Gelächter schallte durch den großen Raum. Die Versammlung amüsierte sich. Wroggo klatschte Beifall mit allen drei Händen. Dankend nahm Fryll das Lob entgegen.

Er genoss das Leben in vollen Zügen. Wroggo hatte sich von der besten Seite gezeigt. Die Schrate wohnten bei ihm, wurden beköstigt, teilweise neu eingekleidet, es gab feurige Getränke in jeder Menge, ein Fest jagte das nächste.

»Du bist ein hervorragender Geschichtenerzähler, Fryll«, sagte Wroggo. Er nahm einen großen Schluck aus dem Goldpokal.

»Dieses Fest hat mich beflügelt«, gab Fryll die Artigkeit zurück. Die junge Frau neben ihm zwinkerte. Der Tag war noch nicht beendet, das versprachen ihre Augen.

Den anderen Schraten erging es ähnlich. Auch sie waren von Wroggos Gastfreundschaft überwältigt. Welches Ausmaß seine Großzügigkeit erreicht hatte, bewies am besten Emmil, der fassungslos vor einem wohlgefüllten Bratenteller saß und sich mit dem Problem auseinanderzusetzen hatte, dass nicht das kleinste bisschen Appetit übriggeblieben war, das er auf diese Köstlichkeiten hätte verschwenden können.

Mit traurigen Augen sah er Fryll an, zuckte mit den Schultern. »Ich bin satt«, klagte er. »Zum ersten Mal in meinem Leben. Entsetzlich.«

Wieder schallte das Gelächter durch den großen Raum. Fryll hätte gerne gewusst, woher das Unterweltvolk die ganzen Kostbarkeiten geholt hatte – es gab Pokale und Gewänder aus allen Himmelsgegenden, prachtvolle Wandbehänge, kunstvoll geschnitzte Möbel aus dunklem Holz, das es nirgendwo in der

Nähe zu finden gab. Wie schon oft in den letzten Tagen spürte Fryll die Versuchung, alles zu vergessen und einfach hier zu bleiben. Wohin sonst er sich auch wenden mochte, überall lauerten Gefahren für ihn und seine Begleiter, während hier Luxus und Üppigkeit zu finden waren.

»Auf euer Wohl«, rief Wroggo aus und hob den Pokal. Fryll trank ihm zu und lehnte sich dann in die weichen Polster zurück.

Mit geschlossenen Augen gab er sich einem Tagtraum hin, der erst endete, als der Stundenbläser sein Instrument hob und das Stundensignal ertönten ließ.

Schlagartig wurde es still. Verwirrt öffnete Fryll die Augen und richtete sich auf.

Wroggos Gesicht wirkte wie versteinert. »Eure Zeit ist um«, sagte er hart. »Nehmt Abschied – für immer. Ihr werdet nie mehr hierher zurückkehren.«

Fryll schluckte. Was denn, alles schon vorbei? Es hatte doch gerade erst richtig angefangen.

»Ich will dir sagen, Fryll, warum ich euch so bewirtet habe. Ihr sollt wissen, was für uns auf dem Spiel steht, wenn ihr die Zwistigkeiten der Oberwelt in unsere Gefilde zu zerren versucht. Dies alles haben wir zu verteidigen, gegen jedermann, der unser Leben bedrohen will. Sei also auf der Hut – wenn ihr euch wieder bei uns sehen lasst, ist euer Leben verwirkt. Wir werden keine Gnade kennen.«

Fryll stand auf. Er schwankte leicht. In seinem Kopf drehte sich alles. Die freundliche Stimmung des Festes war umgeschlagen in eine eisige Ablehnung. Finstere Blicke trafen die Schrate.

»Kommt«, sagte Fryll schließlich. »Wir gehen.«

Verwirrt und enttäuscht sammelten sich die Schrate. Bedienstete führten die Wueler heran, die den Schraten den Weg zurück bahnen sollten.

»Folgt mir!«, bestimmte Wroggo.

Er führte die Gruppe in eine Nebenhöhle, ein finsteres, feuchtigkeitsschwangeres Loch im Boden.

»Dorthin führt euer Weg«, sagte der Anführer der Unterweltler. Er hielt in jedem seiner Hände ein Schwert, und sein Gesicht verriet, dass dies mehr war als nur eine Geste. »Vorwärts!«

Die Wueler machten sich an die Arbeit. Die Schrate warfen keinen Blick zurück.

»Die Luft ist hier besser«, behauptete Mirger.

»Das ist aber auch alles«, murrte Fryll. Er war noch immer verärgert über den unfreundlichen, ja groben Abschied von Wroggo und seinen Leuten. Vor allem aber machte er sich Sorgen über die Zukunft.

Fortan waren die Wueler als Rettungsmittel sinnlos geworden. Fryll war absolut sicher – sollten sich die Schrate jemals wieder in der Unterwelt zeigen, würde Wroggo sie töten lassen. Und auf der Oberfläche trieben sich Kalauns Mangoreiter herum.

Der Schrat versuchte herauszufinden, wo er mit seinen Freunden steckte. Das war nicht ganz einfach, schließlich kannten sie sich in diesem Landstrich überhaupt nicht aus.

»Dorthin«, bestimmte Fryll schließlich aufs Geratewohl und streckte den Arm aus.

»Wie du meinst«, murmelte Nuriau. »Aber ich sage dir, es wird übel enden.«

»Weißt du eigentlich schon, wie du enden wirst?«, erkundigte sich Fryll boshaft.

Nuriau schauderte. »Grauenvoll«, sagte er. »Ganz entsetzlich, ich weiß es genau.«

»Dann bin ich beruhigt«, versicherte Fryll spöttisch. »Wird es bald sein?«

»Wahrscheinlich«, antwortete Nuriau. Er sah sich scheu um, als lauere der Tod bereits hinter dem nächsten Gestrüpp.

»Noch besser«, spottete Fryll, der seinen Ärger gern an Nuriau und seinen Schwarzmalereien ausließ. »Dann brauchen wir uns für die nächsten Tage jedenfalls keine Sorgen zu machen.«

»Lästere nicht«, begehrte Nuriau auf. »Du wirst schon sehen, wie recht ich habe.«

»Hoffentlich«, gab Fryll zurück und dachte an die letzten Warnungen des Propheten des Unheils. Bis jetzt hatten die Schrate zwar allerhand Aufregungen durchmachen müssen, aber keiner von ihnen war verletzt worden. Wenn es so weiterging, konnten sie zufrieden sein.

Nach dem ruhigen und üppigen Leben bei den Unterweltlern fiel den sieben Schraten das Wandern alles andere als leicht – mit einer Ausnahme. Emmil, noch immer gesättigt, vertrödelte keine Zeit mit der Suche nach Essbarem.

Stunde um Stunde marschierte die kleine Gruppe, bis es so dunkel wurde, dass man kaum mehr die Hände vor Augen sehen konnte. Glücklicherweise fand sich bald eine Lichtung, auf der man sich zur Ruhe legen konnte. Fryll übernahm die erste Wache.

Es war ausgesprochen langweilig, dazusitzen und auf die Gefährten zu achten, die auf weichem Moos schliefen. Feneikel schien einen Alptraum zu haben, man konnte ihn klappern hören. Emmil schmatzte mitunter vernehmlich, während Nuriau ab und an beängstigende Seufzer ausstieß. Ein paar Schritte entfernt hatten sich die Wueler zusammengerollt.

Fryll legte ein paar Aststücke auf das glimmende Feuer und wärmte sich die Hände.

Im Wald war es recht still. Nur ab und zu war schwerer Flügelschlag zu hören, leises Tappen weicher Pfoten, dann ein Knacken, Blätterrascheln und ein hohes Fiepen – irgendeine Waldbestie hatte einen kleinen Nager gerissen und schleppte die Beute nun fort. Wind strich leise durch die Wipfel, und im spärlichen Licht konnte Fryll die weißen Dämpfe sehen, die aus dem Boden quollen und das Land bedeckten. Fryll drehte sich herum und kehrte dem Feuer den Rücken zu. Es war besser, nicht in die helle Glut zu starren, die Augen brauchten dann viel länger, mit dem schwachen Licht ringsum fertig zu werden.

Die Geräusche verstärkten sich. Fryll konnte hören, wie ein Schwarm Vögel hochschreckte und davonflatterte. Etwas glitt kühl über sein Bein und verschwand züngelnd in einem Erdloch. Ein Hase hoppelte auf die Lichtung, beäugte die Schläfer und stob dann davon. Fryll sah dem Tier grinsend nach.

Der Schrat zog sein Schwert, besorgte sich in der Nähe einen passenden Stein und machte sich daran, die Klinge zu schärfen. Zwar konnte er sich nicht vorstellen, die Waffe jemals in ernsthaftem Kampf zu gebrauchen, aber es konnte nicht schaden, wenn die Schneide so scharf war, dass man damit ein fallendes Blatt zerspalten konnte. Außerdem wurde das Schwert vom vielen Schleifen langsam ein wenig dünner und gab dem Träger so den Anstrich eines in vielen Schlachten erprobten Kämpfers.

Fryll hielt inne.

Es war jetzt völlig still. Kein Laut war mehr zu hören. Der Schattenwald schien den Atem anzuhalten.

Fryll konnte sich nicht erinnern, jemals so viel Angst empfunden zu haben. Er sah nach oben, als suche er dort einen großen schwarzen Schatten, der sich über den Wald legte, aber dort war nichts. Nur Stille, in der er sein Herz sehr schnell und laut schlagen hören konnte.

Etwas näherte sich – das stand für Fryll fest. Es kam lautlos, und es war gefährlich – eben weil es so lautlos kam.

Fryll raffte eine Handvoll Erde zusammen und erstickte das Feuer, dann ging er leise zu den Gefährten hinüber. Er stieß Mirger und Lomik an. Lomik machte sofort einen Satz ins nächste Gebüsch, das Knacken der Zweige schallte grässlich laut in der Stille.

»Leise!«, zischte Fryll.

Er weckte auch die anderen. Gleich ihm empfanden sie die Stille als bedrückend und gefahrverkündend.

»Wir verschwinden von hier«, sagte Fryll leise.

»Und wohin?«, wollte Mirger wissen.

»Wir graben uns mit den Wuelern ein.«

»Zu den Unterweltlern? Bist du verrückt, sie werden uns umbringen, wenn sie uns erwischen.«

»Nur so tief, dass man uns nicht sehen kann«, bestimmte Fryll. »Los, macht zu. Je länger das hier andauert, um so gefährlicher wird es.«

Die Wueler machten sich am Rand der Lichtung an die Arbeit. Es dauerte nicht lange, dann waren die Schrate verschwunden. Dichtes Gebüsch über ihren Köpfen gab ihnen in der Dunkelheit genug Sichtschutz.

»Worauf warten wir jetzt?«, fragte Mirger.

»Ich weiß es nicht«, gab Fryll zurück.

Er sah nach oben. Auch die Blätter bewegten sich nicht mehr. Der Wind war eingeschlafen. Nur der weiße Nebel bewegte sich ganz langsam, bildete seltsame Gestalten, die Fryll mit Angst und Schrecken erfüllten. Seine Augen hatten sich an das Dunkel gewöhnt, er konnte sogar Einzelheiten sehen.

Dann schob sich aus dem Dunst eine Gestalt heraus, wenig später eine zweite.

»Kruuks«, flüsterte Mirger. Fryll nickte. »Was machen die hier?«

Fryll antwortete mit einem Schulterzucken. Er mochte die ungeschlachten, wilden Barbaren überhaupt nicht. Wo sie sich zu Rotten sammelten, war stets Gefahr im Verzug.

Ein Dutzend, dann immer mehr. Die Lichtung füllte sich mit den Gestalten, die sich auf den Boden hockten und dort stumm saßen, eine Bedrohung, die immer mehr anwuchs.

»Es werden zehn Hände voll«, murmelte Mirger. »Das ist mehr als eine Horde.«

»Ich weiß, und jetzt bleib still. Sie haben feine Ohren.«

Die anderen Schrate wagten vor Aufregung kaum zu atmen. Fast der gesamte freie Platz zwischen den Bäumen war jetzt angefüllt mit schweigend hockenden Kruuks. Wehe dem Unvorsichtigen, der ihnen in die Pranken geriet.

Es gab solche Wesen. Eines tauchte gerade am Rand der Lichtung auf, genau gegenüber dem Versteck der Schrate.

Fryll spürte, wie sich sein Rücken versteifte. Etwas Kaltes kroch an seinem Rückgrat hoch.

Ein Mangoreiter, dann ein zweiter und dritter. Sie blieben am Rand der Lichtung stehen. Ihre Pferde standen wie gemeißelt. Einer der Kruuks stand auf und stapfte schwerfällig auf den vordersten Reiter zu.

»Feneikel, bleib ruhig. Man kann dich hören!«, zischte Fryll. Hoffentlich wurde Feneikels Geklapper vom Boden so verschluckt, dass es keinem der Kruuks auffiel.

Was Fryll sah, erfüllte ihn mit steigendem Entsetzen.

Es war nicht nur die bloße Tatsache, dass die Mangoreiter Kontakte zu den Kruuks unterhielten. Das Bild als solches reichte schon aus, dem Betrachter schlaflose Nächte zu machen.

Im Hintergrund die schwarze, kompakte Masse des nächtlichen Schattenwalds, durchwoben vom Nebel. Davor, finster gegen den Nebel abgehoben, die Kontur des Mangoreiters; die Füße des Pferdes wurden vom Nebel umflossen, der zum Teil aus dem Umhang des Reiters zu strömen schien. Vor dem Reiter der Kruuk. Er redete auf ihn ein.

Fryll konnte die kehligen Laute nicht verstehen, aber er begriff den ungefähren Sinn der Gesten. Der Kruuk verhandelte mit dem Mangoreiter – und das konnte für alle Bewohner des Schattenwalds nur Unheil bedeuten.

Der Mangoreiter antwortete. Seine Worte waren so leise, dass Fryll nur hören konnte, dass er überhaupt sprach – trotzdem erfüllten sie den Schrat mit steigender Furcht.

Der Sinn der Unterredung ging aus den Gesten hervor. Die Mangoreiter wollten sich mit den Kruuks verbünden. Fryll hatte die dumpfe Ahnung, dass es sich bei der Versammlung nicht um eine einzelne Horde, sondern vielmehr um eine Zusammenkunft der Hordenführer handelte – das hätte bedeutet, dass Kalauns Mordreiter sämtliche Kruuks in weitem Umkreis anwerben wollten. Gelang das, war kein Lebewesen mehr seines Lebens sicher.

Der Kruuk stieß ein unwilliges Knurren aus.

Offenbar stellte er dem Mangoreiter Bedingungen. Der Vermummte hob die Hand und machte eine Geste, die jeder im Land verstand. Mit der Daumenseite der flachen Hand strich er über die Kehle. Der Kruuk knurrte, diesmal zufrieden, wie es schien.

Fryll beobachtete das Geschehen mit angehaltenem Atem.

Die Mangoreiter versprachen den Kruuks, so schien es, reiche Beute und freies Streifen und Plündern im ganzen Gebiet des Waldes, und die Kruuks waren wohl damit zufrieden. Aus den Reihen der Hordenführer stiegen Laute der Billigung auf.

»Wenn die losgelassen werden ...«, murmelte Mirger. Zufällig berührten sich die Hände der beiden Schrate. Fryll konnte fühlen, dass Mirgers Hand eiskalt war und der Gefährte schwitzte.

Der Anführer der Kruuks kehrte zu seinen Leuten zurück. Sie steckten die Köpfe zusammen. Die drei Mangoreiter blieben ruhig auf ihren Pferden und sahen zu. Sie schienen sich vor der Übermacht der Kruuks nicht im Mindesten zu fürchten.

»Wenn Mythor das erfährt«, murmelte Fryll. Die natürliche Furchtsamkeit der Schrate ließ ihn deutlicher als andere sehen, was sich da auf der Lichtung zusammenballte – eine Verschwörung, der die friedlichen Bewohner des Landes kaum etwas entgegenzusetzen hatten. Mochten die Mangoreiter in den unzugänglichen Dickichten der Wälder nicht sonderlich erfolgreich operieren können – mit den Kruuks im Bund hatten sie dieses Problem gelöst. Was die Scharen des Schreckens übrig ließen, musste unweigerlich den barbarischen Horden zum Opfer fallen. Wenn es zu einem Bündnis kam ...

Der Anführer der Kruuks kehrte zu dem Mangoreiter zurück. Seine Geste war eindeutig. Das Bündnis war geschlossen, so schien es. Fryll, der sehr genau aufpasste und die Gebärdensprache der Kruuks besser als seine Gefährten verstand, konnte aber erkennen, dass einige Kruuks aber noch nicht zur Gänze gewonnen waren. Das Bündnis galt nur vorläufig – feierlich bekräftigt werden sollte es erst später.

Das gab den Bewohnern des Schattenwalds eine letzte Frist – eine sehr kurze.

Wer bei dieser Verbindung das Sagen hatte, wurde wenig später offenbar. Mit herrischer Gebärde forderte der Mangoreiter die Kruuks zum Gehen auf. Ein paar grollten hörbar, aber der größte Teil der Schar machte sich auf den Weg. So leise, wie sie aufgetaucht waren, so leise verschwanden sie auch wieder.

Zuletzt waren nur noch die drei Mangoreiter übrig. Sie wandten ihre Pferde, dann tauchten sie im Nebel unter. Schnell verklang der Hufschlag, es war wieder still im Schattenwald.

»Uff!«, stieß Fryll hervor.

Er kroch aus der Erdhöhle, die ihm sein Wueler gegraben hatte. Jetzt erst spürte er, dass er schweißnaß war. Seine Glieder zitterten, die Furcht war ihm in die Knochen gefahren.

»Das ist das Ende«, orakelte Nuriau. »Ich habe es euch gesagt, stimmt es nicht?«

Fryll nickte. Ausnahmsweise konnte er Nuriau nur beipflichten. Kam es wirklich zu einer dauerhaften Verbrüderung zwischen Mangoreitern und Kruuks, dann war das Waldgebiet für alle Zeit an Kalauns Heerscharen verloren, der Kampf der Lichtreiter war dann völlig aussichtslos.

»Und was jetzt?«, wollte Mirger wissen. Seine Stimme verriet Verzweiflung.

»Allein schaffen wir es nicht«, murmelte Fryll. »Wir brauchen Hilfe, vor allem schnell. Jede Stunde zählt.«

»Hilfe?«, fragte Lomik. »Wo soll die herkommen?«

Fryll deutete auf den Boden.

»Von dort? Von den Unterweltlern? Die werden uns die Hälse durchschneiden, bevor wir sie noch begrüßt haben.«

»Nicht, wenn wir ihnen klarmachen können, dass es mit ihrem Leben vorbei ist«, sagte Fryll leise.

»Du bist wahnsinnig«, stieß Nuriau hervor. »Das ist Selbstmord. Ich denke nicht daran, noch einmal mit Wroggo zusammenzutreffen.«

»Wem möchtest du lieber begegnen? Den Kruuks? Oder den Mangoreitern? Wir haben gar keine andere Wahl. Es ist die letzte und einzige Möglichkeit, den Untergang abzuwenden.«

6

Fryll starrte an die Decke und sah zu, wie die Tropfen von der kalkigen Felsspitze herabfielen und auf dem Boden auftrafen. Viele Jahre schon musste es an dieser Stelle tropfen – es gab bereits ein daumentiefes Loch dort, wo das Wasser auftraf. Als Mittel zur Vertreibung von Langeweile war dieser Anblick nicht geeignet.

Über Langeweile brauchte sich Fryll allerdings auch nicht zu beklagen. Wie er sich auch drehte, krümmte und wand – in den Fesseln ließ es sich sehr schlecht liegen. Seit zwei Tagen lag er nun schon in dieser Höhle, von den Freunden getrennt, ohne Wasser und Speise. Wollte Wroggo ihn verhungern lassen?

Bisher hatte sich der Herr der Unterwelt noch nicht gezeigt. Wahrscheinlich brauchte er so lange, um die ungeheuerliche Frechheit der Schrate zu verdauen, die auf dem kürzesten Weg von der Oberfläche in seine Welt vorgestoßen waren. Die Wachen, die Wroggo aufgestellt hatte, waren nicht wenig überrascht gewesen, als die Schrate vor ihren Speeren landeten. Sie hatten sich mit betrüblicher Eile aber wieder gefasst und die Eindringlinge entwaffnet und gefesselt.

Jetzt blieb Fryll nichts anderes übrig, als auf Wroggos Auftauchen zu warten – wenn er sich überhaupt zeigte. Das Schlimmste, was Fryll sich ausmalte, war, dass der Mann beiläufig den Befehl gab, die Frechlinge zu töten. Er rechnete allerdings damit, dass Wroggo sich noch einmal zeigen würde – er an seiner Stelle hätte sich das nicht entgehen lassen, schon aus Gründen der Neugierde.

Frylls Rechnung ging auf.

Er hörte Schrittgeräusche, dann wurde der Felsbrocken, der den Eingang versperrte, zur Seite geschoben. Wenig später trat Wroggo mit bewaffnetem Gefolge in den Raum.

Er machte ein grimmiges Gesicht. »Ich wollte es zuerst nicht glauben, was mir berichtet worden ist. Ihr seid tatsächlich zurückgekommen.«

»Wir sind«, entgegnete Fryll, »und wir ...«

»Einmal habe ich dir zugehört, das reicht. Du weißt, was ich dir und deinen Kumpanen versprochen habe. Ich pflege mein Wort zu halten.«

»Man wird es nach deinem Tod zu rühmen wissen«, gab Fryll zurück. »Nur bedenke – dieser Tod wird bald kommen, und ich fürchte, dass es wenig später niemanden mehr geben wird, der auch nur in der Lage wäre, deine Vorzüge zu preisen.«

»Das Reden hat er jedenfalls nicht verlernt, obwohl er wahnsinnig sein muss«, stieß Wroggo hervor. »Nur ein Wahnsinniger kann es wagen, hierher zurückzukehren und zu hoffen, dass er uns entgeht.«

»Ich habe nicht gehofft, dir zu entgehen. Ich wollte zu dir«, behauptete Fryll. Er versuchte sich trotz der Fessel aufzurichten. Er empfand es als demütigend, mit Wroggo zu reden, während er auf dem Rücken lag.

»Du wolltest mich herausfordern?«

Fryll schüttelte den Kopf. »Warnen«, sagte er und sah Wroggo an.

»Wovor?« Die Frage kam schnell und scharf.

»Vor einer Gefahr, die so gewaltig ist für uns alle, dass wir es trotz deiner Warnung gewagt haben, zu dir zu kommen.«

Wroggo rieb sich mit der mittleren Hand die Nase.

»Ich will ehrlich sein«, begann Fryll.

Wroggo stieß ein meckerndes Gelächter aus, Fryll brachte ihn mit einem wütenden Blick zum Schweigen.

»Wir Schrate sind nicht gerade als Helden bekannt«, gab er zu.

»So kann man es auch nennen«, höhnte Wroggo. Ein wenig Verwunderung schwang in der Stimme mit. »Ihr seid Hasenfüße, alle miteinander.«

»Völlig richtig«, gestand Fryll. »Und du hältst ein einmal gegebenes Wort, auch das ist richtig. Was also kann einen Hasenfuß dazu bringen, geradewegs in ein offenes Schwert zu rennen?«

Der Anführer der Unterweltler zwinkerte. Fryll versuchte sich ein wenig zu bewegen, weil ihm die Arme schmerzten.

»Also sprich«, sagte Wroggo schließlich.

»Wir haben oben gesehen, dass sich die Mangoreiter mit den Kruuks verbünden wollen – offenbar mit allen Kruuk-Rotten in weitem Umkreis. Kannst du dir vorstellen, was das bedeutet?«

Wroggo grinste höhnisch. »Ein hartes Leben für euch Schrate und andere Wesen.«

»Hart? Eher kurz«, meinte Fryll. »Es wird ein fürchterliches Gemetzel geben. Und ihr werdet die Nasen nicht mehr aus dem Erdboden stecken können – auf immer und ewig werdet ihr hier unten hausen müssen, ohne die geringste Verbindung nach oben. Wie lange haltet ihr das durch? An Wasser wird es nicht fehlen, gewiss. Vielleicht bekommt ihr hier unten auch genügend Nahrung zusammen, um überleben zu können – aber mehr bestimmt nicht. Und auch das gilt nur, wenn Kalaun den Kruuks nicht den Befehl gibt, euch hier unten aufzustöbern.«

Wroggo trat einen Schritt zurück und betrachtete Fryll. Der Schrat redete weiter. Er wusste, dass er sein Gegenüber zuerst aus dem Gleichgewicht bringen musste, danach konnte er ihn vielleicht überzeugen.

»Es wird im Anfang ein ziemlich elendes Leben hier unten sein. Von Pracht und Verschwendung ist dann keine Rede mehr. Wie lange werden deine Leute das mitmachen? Wie lange wirst du es durchhalten?«

»Das ist meine Sorge«, sagte Wroggo scharf.

»Es ist deine Sorge«, gab Fryll zurück. »Was ich sage, ist nämlich kein Spaß, dafür ist mir mein Hals zu kostbar.«

»Beweise!«, forderte Wroggo. Fryll unterdrückte den Seufzer der Erleichterung, den er ausstoßen wollte. Des Mannes Gedanken waren in andere Bahnen gelenkt, die halbe Arbeit war erledigt.

»Wie soll ich das beweisen? Du hast selbst Leute genug – schick sie nach oben, sie sollen sich umsehen. Aber vorsichtig, damit sie niemandem in die Hände fallen.«

»Selbst wenn du recht hast, wird es dein Leben nicht retten«, stieß Wroggo hervor. »Ich stehe zu meinem Wort.«

»Nur zu«, antwortete Fryll.

Wroggo kniff die Augen zusammen. Diese Antwort hatte er nicht erwartet. Der Schrat kam ihm wohl nicht geheuer vor.

»Wir haben Freunde«, meinte Fryll. »Freunde, die Kalaun und seiner Bande den Garaus machen werden. Wenn wir alle zusammenarbeiten, können wir unser aller Leben retten – und Mythor wird schwerlich mit jemandem zusammenarbeiten, der seine Freunde aus Sturheit getötet hat. Denk daran, Wroggo – von deiner Entscheidung hängt nicht nur unser Leben ab, auch das deine. Und du hast nur eins – wie wir.«

»Du wirst hier unten sterben, das schwöre ich«, sagte Wroggo. Er beugte sich zu Fryll herab und zischte in sein Ohr: »Entweder weil du gelogen hast – oder weil du die Wahrheit gesagt hast. Ich kann es nicht zulassen, dass ein jämmerlicher Schrat sich als stärker erweist als ich.«

»Suche nach den Beweisen, du wirst sie rasch finden«, antwortete Fryll, dem sich die Haare sträubten. Wroggos Stimme hatte ihm keinerlei Hoffnung mehr gelassen – der Schrat wusste, dass der Weiche Wroggo diesen Schwur halten würde, gleichgültig, was geschah.

»So sieht es aus, Freunde«, erklärte Fryll. Man hatte seine Gefährten in einen Kerker geführt. »Seit drei Tagen sind Wroggos Späher auf der Oberfläche unterwegs. Sie werden mehr als genug Beweise finden.«

»Das mag sein«, jammerte Lomik. »Aber sie werden uns umbringen, jeden von uns.«

Fryll nickte.

Die Tapferkeit, die er für kurze Zeit gezeigt hatte, war verflogen wie Tau in der Mittagshitze. Was ihn jetzt erfüllte, war dumpfe Verzweiflung. Er hatte nur noch eine einzige Hoffnung – dass es Mythor irgendwie gelang, die sieben Schrate zu finden und Wroggo zu überzeugen. Wie dieses Irgendwie aussehen sollte, konnte sich Fryll nicht vorstellen – niemand wusste, wo Mythor sich in dieser Stunde aufhielt.

»Sie kommen«, sagte Feneikel, der an dem Sperrfelsen gelauscht hatte. Er wurde zur Seite geschoben, dann betrat Wroggo den Raum. Sein Gesicht war ernst.

»Du hast die Wahrheit gesagt«, stieß er hervor. »Meine Späher berichten mir, dass überall Kruuk-Scharen den Wald durchstreifen. Sie scheinen sich versammeln zu wollen. Und wo sie sich zeigen, fließen Tränen und Blut.«

»Sie werden auch hier auftauchen – früher oder später«, sagte Fryll. »Du weißt das.«

Wroggo schwieg.

»Wir müssen gemeinsam den Kampf aufnehmen«, beschwor Fryll den Herrscher der Unterwelt. »Jeder für sich kann nur verlieren – aber gemeinsam sind wir stark genug.«

»Pah«, machte Wroggo. »Eure Sorgen, nicht unsere. Sie werden uns hier in Ruhe lassen, wenn wir sie in Ruhe lassen.«

»Das hoffst du, aber es wird nicht eintreffen«, antwortete Fryll.

Wroggo starrte ihn durchbohrend an. »Sei es, wie es sei«, sagte er schließlich. »Ich habe mein Wort gegeben, ich werde es halten. Ihr werdet hier unten sterben.«

»Das ist richtig«, antwortete Fryll. »Es fragt sich nur, wann und wie das geschehen wird.«

Wroggos Augen öffneten sich weit. »Du hinterlistiger Schelm«, entfuhr es ihm. »Was meinst du damit?«

Fryll machte ein verschmitztes Gesicht. »Wir haben dort oben noch allerlei zu erledigen«, sagte er. »Wenn alles vorbei ist, kehren wir zurück, und dann wollen wir gern hier unten bleiben und in Frieden leben, bis unsere Stunde gekommen ist.«

Wroggo lachte laut los. Die Wachen fielen in das Gelächter ein, auch die Schrate begannen zu kichern. Fryll fand das Ganze noch nicht so spaßig, er wartete auf Wroggos Entscheidung.

»Wahrhaftig«, prustete der Weiche Wroggo. »Wozu die Angst um den Hals manchmal gut ist. Gibst du mir dein Ehrenwort darauf, dass du zurückkehrst?«

»Ich schwöre es«, antwortete Fryll.

»Gut, dann werden wir beide unsere Schwüre halten«, entschied Wroggo. »Eins muss ich dir lassen, Schrat – ich habe noch keinen von deiner Sorte gesehen, der so viel Mut und Witz aufgebracht hat. Deswegen lasse ich dich laufen. Wenn du zurückkommst, wirst du mir erzählen müssen, wie es oben ausgegangen ist.«

»Das wirst du früh genug merken«, entgegnete Fryll. »Wenn unsere Mühen vergeblich sind, brauchst du nicht auf uns zu warten – dafür werden sich dann Kalauns Horden bei dir melden. Begreife doch – ihr müsst mit uns streiten.«

»Wir müssen gar nichts«, hielt ihm Wroggo entgegen. »Kümmert ihr euch um eure Haut, wir beschützen die unsrige.«

»Du wirst es bereuen«, stieß Fryll hervor.

»Schrat, hüte deine Zunge!«, donnerte Wroggo. »Hier gebiete ich, reize mich daher nicht.«

»Einverstanden«, sagte Fryll. Froh, seine Haut gerettet zu haben, war er zu jedem Zugeständnis bereit. »Weißt du etwas von unserem Freund Mythor?«

»Wir haben einen Mann gesehen, auf den deine Beschreibung passt. Nur ist er wohl nicht so ein Held, wie du behauptest. Einer von Kalauns Jägern hat ihn gefangen und führt ihn zum Herrn des Chaos. Er ist verloren.«

»Kannst du uns zu ihm führen?«

Wroggo wölbte die Brauen. »Was willst du tun? Ihn befreien?«

»Wenn es möglich ist – ja.«

Wroggos Gelächter hallte von den Wänden des Kerkers zurück. »Das möchte ich erleben«, kicherte er schließlich.

»Das kannst du – begleite uns«, konterte Fryll geschickt. Wroggo zögerte. »Du hast die einmalige Gelegenheit, Schrate kämpfen zu sehen.«

Den Mienen der anderen war zu entnehmen, wie sie diese Worte aufnahmen. Wroggo und seine Wachen amüsierten sich, den Schraten war offensichtlich alles andere als wohl bei dem Gedanken.

»Das Spektakel werde ich mir nicht entgehen lassen«, versprach Wroggo. »Schrate im Kampf – wir werden viel zu lachen haben.«

Das Brausen und Donnern war deutlich zu hören. Der Boden zitterte leicht, ab und zu brachen nussgroße Steine aus der Decke.

»Was ist das?« fragte Fryll.

»Die Aegyser«, antwortete Wroggo. »Ein wilder, reißender Fluss.«

Fryll erinnerte sich an die Bitte der Lichtkämpfer, eine Brücke über die Aegyser zu bauen. »Können wir uns den Fluss ansehen?«

»Erst wenn wir die andere Seite erreicht haben«, entschied Wroggo. »Wir werden ihn unterqueren – die Wueler werden uns dabei helfen.«

Es dauerte lange und war mühsam, aber das Unternehmen gelang. Vorsichtig arbeiteten sich die Schrate und ihre Gefährten nach oben.

»Beobachter haben mir gesagt, es gehe dort oben schaurig zu«, gab Wroggo bekannt. »Wir müssen vorsichtig sein. Ich möchte nicht, dass man etwas von unseren Aktivitäten erfährt.«

Als die Wagemutigen ihre Nase über die Oberfläche steckten, sahen sie bald, dass die Warnung ihren Grund hatte.

Die Aegyser erwies sich als ungestüm dahinschießendes Gewässer, die Oberfläche weißschäumend, die Ufer steil aufragend, felsig und kalt. Das Flussbett war mit Felsen durchsetzt, an denen die Wasser aufspritzten. Kaum vorstellbar, dass man ohne Brücke hinüber konnte.

»Deckung«, wisperte Wroggo.

Am jenseitigen Ufer regte sich etwas. Eine finstere Gestalt schob sich aus dem Unterholz hervor, andere folgten.

»Kalte Mangoreiter«, murmelte Fryll und spürte, wie er zu zittern begann.

Ein Dutzend der Reiter erschien, eine zweite Abteilung. Es wurden immer mehr. Sie ballten sich am Ufer zusammen, eine furchtbare Streitmacht.

»Was ist das?«, fragte Fryll.

Er deutete auf etwas, das zwischen den Bäumen gerade zu erkennen war und langsam näher rückte.

Wroggo stieß einen Laut des Entsetzens aus. Fryll sah hinüber – und auch er begriff.

Ein gewaltig großes Wesen schimmerte durch das Geäst, eine Gestalt, die aus reiner, wabernder Schwärze zu bestehen schien, Verkörperung des Unheils, der Herr des Schreckens.

»Kalaun!«, entfuhr es Fryll.

Einzelheiten konnte er nicht erkennen, aber die dräuende Schwärze genügte völlig, ihn vor Angst erstarren zu lassen. Unvorstellbar schien es ihm, gegen dieses Geschöpf anzutreten und siegreich zu bestehen; auch wenn Mythor noch so viele Freunde und Kampfgefährten sammelte – Kalaun zu bezwingen, schien völlig unmöglich zu sein.

»Seht!«

Von Kalaun ausgehend, breitete sich eine Wolke aus tiefem, alles verschluckendem Schwarz aus. Sie war körperlos, völlig undurchsichtig. Reine, alles verzehrende Schwärze, die sich vergrößerte, vorstieß zum Ufer, es übertrat.

Fryll schluckte.

Langsam schob sich das Gebilde aus schrecklichem Schwarz weiter, formte allmählich einen weiten Bogen, von einem Ufer der Aegyser zum anderen.

»Was tut er?«, fragte Fryll von Furcht erfüllt.

Wroggo starrte wie gebannt hinüber. »Wir werden es sehen«, murmelte er.

Der Brückenschlag war vollendet, ein makelloser Bogen spannte sich von einem Ufer zum anderen. In die Scharen der Mangoreiter kam Bewegung. Sie lüfteten ihre Umhänge. Fryll konnte sehen, wie das leise Spiel des Windes mit den Gräsern aufhörte. Starr blieben die Halme stehen. Wenn sich eines der Pferde bewegte, bog sich das Gras nicht unter der Last, es brach und zersplitterte.

Der Schrat zitterte wieder.

Dann senkte sich die Kälte, die aus den Umhängen der Mangoreiter strömte, hinab auf den Fluss. Mitten in der Bewegung erstarrte das Wasser, gefror in der Zeit eines Herzschlags. Wirbel erstarrten, als kristallener Schaum blieb die Gischt stehen. Schritt für Schritt schob sich diese eisige Kälte weiter. Auf engem Raum zusammengedrängt, tobten die Wasser der Aegyser noch wilder und ungestümer, aber gegen die Kälte der Mangoreiter kamen auch diese Naturgewalten nicht an.

Der Fluss erstarrte.

Eine Eisbrücke bildete sich von einem Ufer zum anderen. Und sie verbreiterte sich. Mannslänge um Mannslänge wuchs die Zone des Eises, ein immer größer werdendes Stück der Aegyser erstarrte zu völliger Ruhe. Es war ein Anblick, der die Zuschauer erbeben ließ.

Das Ufer wurde erreicht. Ein Baum an der Kante wurde berührt. Das Ächzen war zu hören, als der Eishauch den Stamm umfing. Die Blätter fielen knisternd herab, dann kippte der Baum selbst, stürzte hinab – und zerschellte auf der Oberfläche in Myriaden von glitzernden Splittern.

Ein Tier, das neugierig den Kopf aus dem Bau gesteckt hatte, wurde erfasst und erstarrte.

»Weg von hier!«, stöhnte Wroggo auf.

In weitem Umkreis drohte alles Leben zu erstarren, und Fryll spürte, dass dieser Eishauch des Todes tief hinabreichte in den Boden.

Die Wueler gruben, was ihre Körper hergaben. Tief hinein in den Boden, nur weg von der Eisbrücke, bevor sie den Neugierigen zum Verhängnis werden konnte.

In Frylls Schädel überschlugen sich die Gedanken. Er ahnte, was es mit der Eisbrücke über die Aegyser auf sich hatte. Sie war als Falle gedacht – als mörderischer Hinterhalt für Mythor oder die Schar der fünfhundert Lichtkämpfer, vielleicht sogar für das ganze Heer aus zehn Tausendschaften.

Wer sollte die Arglosen warnen, wer die Katastrophe aufhalten?

Fryll ahnte, dass es ihm und seinen Gefährten beschieden sein würde, das zu tun.

7

»Gib ihn heraus. Wir werden dir die mühevolle Arbeit abnehmen. Du hast genug getan.«

Torcay schüttelte den Kopf. »Sie sind meine Gefangenen und werden es bleiben.«.

Mythor verhielt sich ruhig, desgleichen Ilfa. Die beiden Jäger, die unversehens aufgetaucht waren, waren offenkundig auf eine Belohnung aus, die ihnen Kalaun gewähren sollte, wenn sie die wertvollen Gefangenen vorführten. Offen zu sagen wagten sie das nicht; die Gier in ihren Augen verriet sie aber deutlich.

»Geht aus dem Weg«, sagte Torcay. Er sprach ruhig. Seine Stimme hätte jedem Zuhörer klarmachen können, dass er nicht willens war, Mythor und Ilfa zu übergeben. Die beiden Beutemacher aber hörten den Ton nicht. Ihre Augen hingen an den beiden Gefangenen. Erst nach geraumer Zeit wandten sie sich wieder Torcay zu.

Der Größere von beiden sah ihn an und presste die Lippen aufeinander.

»Wie du willst«, sagte er schließlich. Der Kleinere sah seinen Gefährten mit einem Ausdruck der Verwunderung an. »Es ist dein Wille.«

Die beiden machten Platz. Torcay trieb sein Pferd an und ließ es an den beiden vorbeitraben. Die Tiere, die Mythor und Ilfa trugen, führte er an einem langen Zügel nach.

»Gute Jagd«, wünschte Torcay. Die beiden erwiderten den Gruß. Auch ihre Pferde setzten sich in Bewegung.

»Torcay!«

Mythors Warnruf kam zu spät. Eine Wurfkeule kam herangeflogen, streifte den Fährtensucher am Kopf und riss ihn halb aus dem Sattel. Torcay schwankte heftig. Er war halb betäubt.

Lachend kam der Werfer näher. Er hatte das Schwert gezückt und hielt es stoßbereit in der Hand.

Mythor machte ein furchtsames Gesicht und duckte sich im Sattel zusammen. Torcay kam langsam wieder hoch. Er war noch zu benommen, um sich gegen den heimtückischen Angriff zur Wehr setzen zu können. Der Schwertstreich musste ihn wehrlos treffen.

Mit aller Kraft trat Mythor zu.

Der Jäger war auf diesen Angriff nicht gefasst gewesen. Er schrie auf, während er das Schwert verlor und aus dem Sattel flog. Dumpf schlug er auf dem Boden auf.

Mit zwei kräftigen Rucken befreite sich Mythor von der Fesselung. Er sprang vom Pferd und nahm das Schwert auf, das dem Jäger entfallen war.

Der zweite Beutesucher kam herangaloppiert, das Schwert in der Hand. Auch er machte einen dummen Fehler – er nahm Ilfa nicht ernst.

Noch bevor er Mythor erreichen konnte, hatte Ilfa ihr Pferd angetrieben. Die beiden Tiere prallten aufeinander, das des Jägers brach in die Knie. In hohem Bogen flog der Mann aus dem Sattel, landete auf dem Boden und prallte dort so hart auf, dass er das Bewusstsein verlor.

»Den überlass mir«, stieß Torcay hervor. Er war wieder bei Besinnung, in seinen Augen funkelte die Wut über den heimtückischen Verrat.

Der zweite Jäger hatte sich gerade wieder aufgerappelt. Er konnte den Ausdruck in Torcays Gesicht erkennen – und er handelte danach. Mit zwei weiten Sprüngen erreichte er das Unterholz und verschwand darin. Dann konnten die Zurückbleibenden ihn durch die Büsche rennen hören, bis das Knacken und Knistern allmählich verstummte.

Torcay schnaubte verächtlich. »Memmen«, murmelte er und sah Mythor und Ilfa an. »Zurück auf die Pferde, wir haben noch einen weiten Weg vor uns.«

Der Ritt wurde fortgesetzt.

Es war ein düsteres, unheimliches Land, das die kleine Gruppe durchquerte. Es war, als laste ein Fluch auf dem Schattenwald und auf allen seinen Bewohnern. Spuren von Leben waren kaum zu entdecken. Nirgendwo huschten Tiere durch die Büsche oder turnten in den Ästen der Bäume. Die Reiter scheuchten keine Vögel auf, keine Schlangen brachten sich vor den Hufen in Sicherheit. Fast konnte man glauben, die Tiere des Waldes hätten sich in andere Regionen geflüchtet.

Mythor wusste, was diese Zeichen zu bedeuten hatten. Über dem Schattenwald lastete der Alpdruck von Kalauns Herrschaft; der Herr des Chaos war es, dessen unsichtbare Macht und Bedrohung die Tiere vertrieben hatte.

»Unheimlich«, murmelte Ilfa.

Mythor nickte. Das Schweigen ringsum machte ihm die Bedrohung durch Kalaun deutlich. Es waren die Vorboten dessen, was nach der endgültigen Machtergreifung Kalauns auch anderen Regionen bevorstand. Der Einfluss des Herrn des Chaos lähmte alles Lebendige, und wer unter seiner Herrschaft leben musste, hatte nichts zu lachen.

Die stille Drohung machte auch deutlich, welche Schwierigkeiten zu überwinden waren, wenn der Alpdruck Kalauns von diesem Land genommen werden sollte.

Mythor schauderte.

Er zog den Umhang fester um die Schultern.

»Es ist plötzlich sehr kühl geworden«, stellte Ilfa fest. »Woher mag die Kälte kommen?«

Torcay antwortete mit einem Wort: »Kalaun!«

Der Eishauch des Todes wurde mit jeder Wegstunde stärker. Die Luft war kristallklar, der Atem der Pferde und Menschen wurde sichtbar – auf dem Waldboden häufte sich abgeworfenes Laub, zum größten Teil noch grün, nicht herbstlich verfärbt.

Torcay hob die Hand. Die Pferde hielten an.

»Reiter vor uns«, sagte der Fährtensucher leise. Er sah Mythor und Ilfa prüfend an. Bei einer oberflächlichen Kontrolle musste jeder annehmen, sie seien Torcays Gefangene. Wer die

Fesselung genauer ansah, würde allerdings bemerken, dass ein kräftiger Ruck genügte, die Bande abzuwerfen. Den dreien blieb nur zu hoffen, dass niemand so genau hinsah.

Dann tauchten sie auf, sieben an der Zahl. Mangoreiter stellten sich dem kleinen Trupp in den Weg.

»Wohin willst du, Jäger?«, fragte der Anführer der Reiterschar.

»Gefangene abliefern«, antwortete Torcay mürrisch.

Mythor sah sich um. Es sah nicht sehr günstig aus. Sein Pferd und das Tier Ilfas standen dicht nebeneinander, rechts und links davon dickstämmige Bäume. Ein Ausweichen zur Seite war ebenso ausgeschlossen wie eine rasche Flucht zurück. Und voraus standen die sieben Bewaffneten, eine Streitmacht, der die drei in jedem Fall unterlegen waren.

»Wo?«

Torcay zuckte mit den Schultern und gab keine Antwort.

»Rede, Jäger«, wurde er angefahren. »Du hast hier nichts verloren. Wenn du uns keine Antwort gibst, werden wir dich zu unserem Gefangenen machen.«

»Sie sind für Kalaun bestimmt, und ich werde sie ihm überbringen.«

Die Köpfe der Mangoreiter richteten sich auf Mythor und Ilfa. Viel war von den Gestalten in ihren Vermummungen nicht zu sehen, aber das wenige reichte aus, die beiden frösteln zu machen. Eine unheimliche Heerschar hatte Kalaun mit diesen Mangoreitern aufgestellt.

»Wer sind sie?«

»Sie werden Mythor und Ilfa genannt, und nun lass mich passieren. Ich habe Auftrag, sie auf dem schnellsten Weg zu Kalaun zu führen. Der Herr des Chaos wird zürnen, wenn du mich länger aufhältst.«

»Die Sorge werden wir dir abnehmen. Übergib sie uns.«

»Nein«, antwortete Torcay sofort. Sein Pferd tänzelte ein wenig zurück. Die rechte Hand lag am Griff des Schwertes, die Linke hielt den Zügel.

»Du widersetzt dich?«

»Ich habe den Auftrag sie abzuliefern, nicht ihr. Ich werde diesen Auftrag erfüllen.«

»Wir entheben dich der Pflicht«, entgegnete der Anführer der Mangoreiter. »Geh zur Seite.«

Torcays Schwert flog aus der Scheide. Die Spitze zielte auf Mythors Kehle.

»Ich werde beide töten, wenn du versuchst, sie mir abzunehmen«, drohte er.

Der Mangoreiter stutzte. Mythor wusste, dass Kalaun Anweisung gegeben hatte, ihn lebend auszuliefern. Torcay machte ein entschlossenes Gesicht, und der Mangoreiter schien nicht zu wissen, was er tun sollte. »Dieser Widerstand kann dich den Kopf kosten, Jäger«, warnte er.

»Mein Kopf«, antwortete Torcay. »Weicht aus und lasst uns durch. Ich will nicht länger säumen.«

Die sieben Reiter dachten nicht daran auszuweichen. Die Lage war verfahren, keine der beiden Parteien kam vor oder zurück.

»Allein für diese Widersetzlichkeit hast du den Tod verdient«, erklärte der Mangoreiter.

»Den Kopf verliere ich auch, wenn ich meinen Auftrag nicht so erfülle, wie es Kalaun mir geboten hat – ich werde diese beiden abliefern. Möglich, dass ich deine Anmaßung nicht erwähne.«

So gefürchtet die Mangoreiter auch allenthalben waren – vor Kalauns Macht und Zorn fürchteten auch sie sich. Torcays Warnung hatte ihre Berechtigung.

Auf der anderen Seite machte ihn seine Widersetzlichkeit in hohem Maß verdächtig. Der Reiter schien das genau zu spüren und wich nicht einen Schritt zur Seite. Statt dessen zog er langsam das Schwert.

Mythor spürte Torcays Klinge an seinem Hals. Die Spitze berührte seine Haut. Mythor strengte sich an, ein möglichst furchterfülltes Gesicht zu machen. Dabei rollte er mit den Augen – weniger aus gespielter Verzweiflung als vielmehr in dem Bemühen, irgendeinen Ausweg zu finden.

»Wenn dein Befehl so zwingend ist, wirst du es nicht wagen, ihn zu töten. Kalauns Rache wird fürchterlich sein.«

»Sie wird dann uns alle treffen«, warnte Torcay.

Die Spannung zwischen den beiden Gruppen wuchs. Die Mangoreiter waren jetzt wahrscheinlich fest davon überzeugt, dass etwas mit diesem Mann und seinen Gefangenen nicht stimmte. Um so größer war ihr Verlangen, Mythor und Ilfa in die Hand zu bekommen.

Um so größer aber auch Torcays Wunsch, sie nicht herauszugeben. Es schien ein Spiel zu sein, in dem es nur Verlierer geben konnte.

»Wir werden sehen«, stieß der Anführer der Mangoreiter hervor. Er reckte das Schwert in die Höhe. »Fangt sie!«

Der Trupp setzte sich in Bewegung.

Mythor sprengte schnell die Fesseln und griff zum Schwert, während der Anführer der Mangoreiter auf ihn losstürmte.

Der Vermummte kam nicht weit.

Jäh öffnete sich der Waldboden, das Pferd brach ein, überschlug sich und warf dabei den Reiter ab, der nach dem Sturz reglos auf dem Boden liegen blieb.

Auch die anderen Pferde brachen in die Knie. Eine Unzahl von Öffnungen erschien im Grund und ließ die Mangoreiter stürzen.

Aus einer der Höhlungen kam eine Schlange angeflogen, wand sich um einen der Mangoreiter und nahm ihm den Atem, bis er bewusstlos zu Boden ging.

Ein anderer geriet in eine Rauchwolke, die von unten aufquoll. Er warf plötzlich die Waffe weg und rannte laut lachend davon.

Mythor hatte keine Ahnung, was sich da abspielte. Er wusste nur eins – diese Hilfe kam gerade noch rechtzeitig und war hochwillkommen. Er streckte einen der Mangoreiter nieder, ein weiterer wurde von Ilfa außer Gefecht gesetzt.

Torcay erledigte auch einen, der letzte sah sich plötzlich einer Schar kleiner, grimmiger Wesen mit dicken Knüppeln gegenüber, griff an und brach wenig später betäubt zusammen. Schrate!

»Lasst die Pferde stehen und kommt mit!«, rief eine laute Stimme. »Beeilt euch, weitere Mangoreiter sind im Anmarsch!«

Hastig schnallte Mythor seine Habseligkeiten vom Sattel, dann trieb er das Pferd in den Wald.

»Hierher!«

Die Erdhöhle machte keinen sehr gemütlichen Eindruck, aber sie war das einzige Versteck in Reichweite.

»Nehmt diesen Gang, er ist groß genug für euch!«

Mythor zwängte sich als erster in die Röhre. Sie war gerade groß genug, ihn aufzunehmen. Auf allen vieren robbte er vorwärts, hinein in die stickige Dunkelheit.

Es war keine Kleinigkeit, sich so unter der Erde zu bewegen. Der Gang führte tief in den Boden hinab, die Enge war schier unerträglich. Dazu kam das Bewusstsein, dass über den Köpfen der Menschen mehrere Schritte dick der Boden lastete, der jeden Augenblick zusammenstürzen und die Kriechenden ersticken konnte.

Mythor schnappte nach Luft. Er war gewiss kein Feigling, aber diese tödliche Enge schlug auch ihm aufs Gemüt.

»Kannst du mich hören, Ilfa?«

»Ich kann deine Füße fühlen. Mach schnell, es ist grauenhaft in dieser Röhre!«

Endlich erweiterte sich der Stollen. Die Wände bestanden nun aus massivem Felsgestein, und auch die Luft wurde besser. Dann tauchte Lichtschein auf.

Ein Schrat mit einer Fackel, der in der Höhle stand, die Mythor nach der Enge des Fluchtstollens wie ein Palast erschien.

»Willkommen, Mythor«, sagte die kleine Gestalt. »Wir sind froh, dass wir dich gefunden haben.«

»Fryll«, staunte Mythor. Er wollte gerade hinzufügen, dass der Schrat so ziemlich das letzte Lebewesen war, das Mythor an einem solchen Ort anzutreffen vermutet hätte – noch dazu als Teilnehmer eines Kampfes mit den gefürchteten Mangoreitern. Er unterdrückte die Bemerkung, sie hätte Fryll sicherlich verletzt.

Ilfa und Torcay tauchten auf, nach kurzer Zeit war die Gruppe versammelt. Als Letzte erschienen die Wueler, die sorgfältig die oberen Teile der Fluchtstollen zum Einsturz gebracht hatten. Vor den Mangoreitern war man einstweilen in Sicherheit.

Fryll war sichtlich gerührt, als Mythor ihn in die Arme schloss.

»Ihr seid es gewesen, die uns aus der Patsche geholfen haben?« Mythor staunte. »Ich bin überrascht, Fryll – und sehr stolz, dass ihr euch dazu aufgerafft habt. Es sieht aus, als sei die Tapferkeit bei euch ausgebrochen. Ihr wenige gegen die Mangoreiter – eine beachtliche Leistung.«

Fryll drehte und wand sich verschämt. »So toll war es nicht«, ließ er schließlich verlauten, und seine Stimme platzte schier vor Stolz. »Aber immerhin, ihr seid da, und die Mangoreiter haben das Nachsehen.«

»Wir sind euch auch sehr dankbar«, sagte Ilfa; das Lob ließ Fryll erröten.

»Und wie geht es nun weiter?«, wollte Torcay wissen.

Mythor wandte sich an Fryll. Der Schrat musste noch am besten wissen, wie es zurzeit stand.

Seine Mitteilungen waren indes wenig geeignet, Mythors Zuversicht zu heben. Es sah übel aus.

»Einer der Lichtkämpfer hat noch gesagt, du solltest eigentlich zusammen mit ihnen kämpfen«, berichtete Fryll.

Mythor unterbrach ihn. »Er kannte mich?«

»Wenigstens deinen Namen«, antwortete Fryll, der nicht begriff, was es mit der Frage auf sich hatte. Mythor und Ilfa wechselten einen raschen Blick.

Mythor spürte, wie ihn Erregung erfasste. Es gab jemanden, der seinen Namen kannte – möglicherweise sogar ihn selbst aus früheren Zeiten! War das endlich die Fährte, die ihn zu den verlorenen Erinnerungen führen konnte?

»Kannst du mich zu diesem Mann bringen?«, wollte Mythor wissen. Fryll schüttelte den Kopf.

»Diese Reiter sind alle tot – im Kampf mit Mangoreitern gefallen. Und den anderen wird es wohl nicht anders ergehen.«

»Den anderen?«

Eilig berichtete Fryll, was er erfahren und gesehen hatte. »Die Eisbrücke über die Aegyser ist sicherlich eine Falle für die Lichtkämpfer«, schloss er seinen Bericht. »Und wir können nichts machen.«

Mythor presste die Lippen aufeinander.

Jetzt begriff er, warum es draußen an der Oberfläche so kalt gewesen war. Und er verstand auch, warum die Mangoreiter Torcay nicht hatten weiterreiten lassen. Die heimtückische Falle sollte von niemandem bemerkt werden.

»Du musst uns dorthin führen«, bestimmte Mythor. »Auf dem schnellsten Wege. Vielleicht können wir noch etwas retten.«

»Zur Aegyser zurück?«, fragte Fryll mit einer Stimme, die sein Entsetzen verriet.

Sehr weit her ist es mit der neuerworbenen Tapferkeit wohl nicht, dachte Mythor.

Wroggo, der sich im Hintergrund gehalten und Mythor unausgesetzt beobachtet hatte, mischte sich ein. »Ich werde euch führen. Kommt.«

Die Stollen und Wege, die die Unterweltler gegraben hatten, waren für Mythor und Torcay zu eng. Sie zu erweitern, kostete Zeit. Die Wueler taten ihr Bestes, aber Mythor spürte, dass er kostbare Zeit verlor. Er drängte zur Eile.

»Es wird immer schwieriger«, jammerte Fryll. »Seht nur – der Boden ist völlig vereist.«

Mythor konnte es sehen. Die Feuchtigkeit im Innern der Gänge hatte sich als dicke Eiskruste an den Wandungen niedergeschlagen, und man musste aufpassen, um nicht auszugleiten und sich die Knochen zu brechen. Auch den Grabschaufeln der Wueler setzte der hartgefrorene Boden erheblichen Widerstand entgegen. Immerhin war diese Frostzone ein Beweis dafür, dass man sich allmählich der Eisbrücke näherte.

»Still!«, rief Mythor plötzlich.

Die Wueler stellten ihre Tätigkeit ein. Die Gruppe hielt den Atem an.

Sehr schwach und gedämpft waren die Geräusche, aber sie waren zu hören. Hufschläge auf eisfestem Boden. Es mussten viele Hufe sein, und sie bewegten sich rasch. Ab und zu war ein dumpfer Schlag zu hören.

Mythor stieß den Atem aus. »Weiter!«, forderte er.

Er ahnte, woher die Geräusche stammten. An der Oberfläche waren viele Reiter unterwegs. Die schnell aufeinanderfolgenden Tritte ohne erkennbaren Rhythmus ließen nur einen Schluss zu – dort ritt keine geschlossene Gruppe. Es hörte sich nach Schlachtgetümmel an. Offenbar war der Kampf zwischen den Mangoreitern und den Lichtkämpfern bereits entbrannt. Und auch was das dumpfe Poltern anging, hatte Mythor eine Ahnung – jedes dieser Geräusche stammte vom Körper eines vom Pferd gestoßenen Kämpfers, wenn er auf dem Boden landete. Gleichgültig für welche Seite – der Kampf schien verlustreich zu sein.

»Es ist nicht mehr weit«, stieß Fryll hervor.

Auch unter der Erde war es jetzt entsetzlich kalt. Mythor konnte das Klappern seiner Zähne hören.

Er sah, dass Frylls Augen sich plötzlich weiteten. »Was gibt es?«

»Sieh nur – die Wueler!«

Plötzlich waren die Tiere erheblich schneller geworden. Mythor griff nach dem Boden, den sie zur Seite geräumt hatten. Er war kühl – aber nicht mehr festgefroren.

Mythor wusste, was das zu bedeuten hatte. Sein Verdacht fand seine Bestätigung, als er die Oberfläche erreichte.

Die Eisbrücke über die Aegyser bestand nicht mehr. Die Falle der Mangoreiter war zugeschnappt.

Und sie war nicht ohne Opfer geblieben.

Mythor konnte Körper und Waffen sehen, die an den Felsen hängen geblieben waren. Offenbar hatten die Mangoreiter die Eisbrücke unter der übersetzenden Vorhut zusammenbrechen lassen. Die Lichtreiter, die das Ufer dennoch erreicht hatten, waren von den überlegenen Mangoreitern niedergekämpft worden.

Was das hieß, brauchte niemand auszusprechen. Jeder wusste, wie die Mangoreiter mit ihren Gegnern verfuhren.

Die Lichtkämpfer hatten eine schwere Niederlage einstecken müssen.

8

Tam, tamtam, tam, tamtam – unablässig war das Pochen und Klopfen zu hören, in jedem Winkel des Schattenwalds.

»Kruuk-Trommeln«, murmelte Mythor.

Torcay nickte. Das Trommeln war vor einigen Stunden losgegangen, und es wollte nicht aufhören. Es schien von allen Seiten zu kommen. Wo immer Kruuks hausten, wurden die Instrumente geschlagen.

Sie riefen die Horden zusammen, und die Kruuks folgten dem Ruf.

Überall schlichen sie durch den Schattenwald, einzeln, in kleinen Gruppen und ganzen Rotten. Kein Winkel des Waldes, der vor ihnen sicher gewesen wäre. Was sich ihnen in den Weg stellte, wurde niedergemacht. Vereinzelte Unterweltler, so hatte Wroggo erfahren, hatten ihre Neugierde bitter gebüßt, als sie die Köpfe aus den Verstecken geschoben hatten.

»Es werden Tausende sein«, sagte Ilfa leise.

Die Gruppe hatte sich in einem Farngebiet versteckt – Mythor, Ilfa und Torcay, die sieben Schrate mit ihren Wuelern und Wroggo mit einer kleinen Schar von Bewaffneten. Sowohl die Schrate als auch die Unterweltler waren von Furcht erfüllt.

Anders als Mythor und dessen Gefährten sahen sie in diesem Aufmarsch nur die Bedrohung – nicht die Herausforderung, sich der Gefahr zu stellen und sie zu bezwingen. Mythor hatte dem Reden der anderen entnommen, dass die meisten nur an Flucht, Weglaufen und Verstecken dachten, kaum einer an Kampf.

»Es wird schwer werden«, erklärte Torcay.

Mythor wusste, was der Fährtensucher meinte. Die vordringliche Aufgabe war jetzt, die Hauptmasse des Lichtkämpferheers unter dem Heroen Tubrass zu warnen. Wenn diese Truppe ebenfalls in einen Hinterhalt geriet und geschlagen, vielleicht sogar vernichtet wurde, dann konnten die Waldbewohner alle Hoffnung auf Besserung der Verhältnisse fahren lassen, gleichgültig, ob sich die Kruuks mit Kalaun verbündeten oder nicht.

Selbst wenn das Unternehmen gelang, selbst wenn Tubrass und seine Scharen gewarnt wurden – es blieb immer noch als schreckliche Drohung eine Verbrüderung der Kruuks mit den Mangoreitern.

Mythor wandte sich zur Seite. Wroggo lag neben ihm auf dem Boden und starrte aus sicherer Deckung eine Gruppe Kruuks an, die ihre Beute durch den Wald schleppten. Sie hatten wohl eine Siedlung überfallen.

»Hast du eine Ahnung, wohin sie ziehen?«

Wroggo nickte. »Meine Kundschafter waren eifrig: Zum Tempel Genrals. Im Hain des Finstergotts wird das Bündnis besiegelt werden.«

»Und wann wird das sein?«

»Sehr bald«, antwortete Wroggo, dann fügte er bitter hinzu: »Und die Kruuks halten solche Versprechungen ein. Auch wenn sie nicht richtig reden können – ein einmal geschlossenes Bündnis werden sie treu befolgen.«

»Das wird das Ende eures Lebens in der Unterwelt sein«, sagte Mythor.

Er wollte versuchen, Wroggo klarzumachen, wie gefährdet er und seine Leute waren – dass es in dieser verzweifelten Notlage gar keine andere Wahl gab als die, der Gefahr entgegenzutreten.

Der aber hob nur die Schultern. »Vielleicht werden wir uns noch tiefer eingraben müssen«, sagte er nachdenklich.

»Wie tief? Wisst ihr, was dort auf euch wartet?«

»Das wissen wir nicht«, antwortete Wroggo. Er wälzte sich auf den Rücken und machte beschwörende Gesten mit allen Händen. »Es gibt Legenden und Gerüchte, dass unsere Welt nicht die eigentliche Unterwelt ist. Aber da weiß man nichts Genaues.«

»Die Kruuks werden in euer Höhlensystem eindringen«, sagte Mythor. »Sie werden die Schrate zwingen, alle Wueler für diesen Zweck herzugeben. Und die werden schneller sein als eure Gräber und Buddler. Im günstigsten Fall seid ihr beide gleich schnell – dann lebt ihr ewig auf der Flucht.«

»Immerhin – wir würden dann leben.«

»Und wie lange?«

Wroggo hielt inne und stieß einen Seufzer aus.

Er sah Mythor an. »Was verlangst du von uns?«

»Kämpft«, sagte Mythor. »Wehrt euch.«

Wroggo stieß ein bitteres Lachen aus. »Du wirst ein Heer von Helden brauchen, um gegen Kalaun bestehen zu können – mehr als die zehn Tausendschaften der Lichtreiter. Wenn wir zu den Waffen greifen, die wir seit ewig langer Zeit nicht mehr benutzt haben – was käme dabei heraus? Gibt es einen Sinn, wenn wir Ungeübten uns dahinmetzeln lassen, bis Kruuks und Mangoreitern der Schwertarm lahm wird?«

Wroggo wälzte sich auf den Bauch zurück. Eine neue Gruppe Kruuks zog vorbei. Der Anführer der Unterweltler knirschte mit den Zähnen.

Mythor überließ ihn seinen Gedanken. Er spürte, dass er nur auf Widerstand stoßen würde, wenn er jetzt drängte.

Es dauerte lange, bis Wroggo sich wieder umwandte. Inzwischen war auch Fryll nähergekommen. Ilfa schlief irgendwo im Hintergrund, sie war sehr müde.

»Also gut, wir werden euch helfen. Aber nur auf geheime Weise. Kalaun darf niemals erfahren, dass wir verbündet sind. Ihr könnt unsere Gänge und Kammern benutzen, unsere Hilfsmittel stehen euch zur Verfügung. Wir werden eure Waffen instand setzen, eure Verwundeten pflegen und die Toten eingraben – aber alles im Geheimen. Ich will nicht Kalauns Zorn auf unsere Häupter ziehen – seine Macht ist zu schrecklich und groß.«

Mythor sah Fryll an. Der machte ein klägliches Gesicht. »So ähnlich habe ich es mir auch vorgestellt«, sagte er leise.

»Hm«, machte Mythor. Torcay bedachte den Schrat und den Herren der Unterwelt mit einem Blick der Geringschätzung.

Besser diese Hilfe als gar keine, überlegte Mythor. Sollte es wirklich zu einer großen Schlacht kommen, war Wroggos Einwand wahrscheinlich berechtigt – es würde kaum hilfreich sein, wenn sich zwischen den Reihen der Lichtkämpfer Haufen verängstigter, zagender und jammernder Unterweltler und Schrate herumtrieben und allen mehr im Wege standen, als dass sie nutzten. Wie Mythor Kalauns Mangoreiter einschätzte, würden die mit diesen jämmerlichen Truppen kurzen Prozess machen – und das konnte der Sache der Lichtkämpfer nur schaden. Wenn sich im Wald herumsprach, dass es in den Reihen dieser Hilfstruppen ein fürchterliches Gemetzel gegeben hatte, war mit weiterer Hilfe überhaupt nicht mehr zu rechnen.

»Ich nehme dein Angebot an«, sagte Mythor. »Und ich glaube, ihr werdet uns sehr nützen können – auf eure Weise.«

»Wirklich?«, fragte Wroggo zweifelnd.

Mythor sah ihm an, dass er dieses Bündnis nur ungern schloss; Kämpfen behagte Wroggo und seinen Leuten so wenig wie den Schraten. Mythor konnte das gut verstehen – auch er war kein Freund des Schwerterschwingens und Schädelspaltens. Aber anders als die Unterweltler war er willens, zur Waffe zu greifen, bevor die Lage aussichtslos geworden war.

Tam, tamtam – das Trommeln hörte nicht auf.

Jedem lebenden Geschöpf im Schattenwald wurde damit der Aufmarsch der Kruuks angekündigt – die Wirkung auf die Gemüter musste verheerend sein. Wer ein Versteck wusste, hatte sich jetzt sicherlich verkrochen. Die anderen rannten wahrscheinlich um ihr Leben.

Mythor und Torcay sahen sich an. Es war an der Zeit, den Marsch fortzusetzen. Mythor weckte Ilfa, während der Fährtensucher die recht unwilligen Schrate aufscheuchte.

Die Gruppe wollte gerade aufbrechen, als wieder eine Schar Kruuks erschien und sie in die Deckung zurückzwang. Mythor spähte beiläufig hinüber.

»Roar!«, stieß er leise hervor. Er zog Ilfa an seine Seite. Auch sie erkannte den Kruuk.

»Was willst du tun?«, flüsterte sie in Mythors Ohr.

»Versuchen, ihn zu erreichen«, gab Mythor ebenso leise zurück. »Vielleicht kann ich etwas erfahren.«

Ilfa krauste die Stirn. »Gib auf dich acht«, sagte sie. »Es sind zwar nur drei, aber das reicht für dich.«

»Ich werde auf der Hut sein«, versprach Mythor.

Rasch verließ er die Deckung. Geduckt rannte er los, schlug einen Haken und kam den drei langsam dahinwandernden Kruuks entgegen.

Vorsichtshalber hielt er die Waffe in der Hand – und richtig, kaum hatten die drei ihn gesehen, da stürmten sie auch schon auf ihn los. Mythor hob das Schwert.

»Roar!«, rief er laut.

Der vorderste Kruuk hielt an, als sei er gegen einen Baumstamm gerannt. Prompt wurde er von seinen beiden Gefährten umgerissen, die sich flink aufrappelten und den Angriff fortsetzen wollten. Mit energischem Zugriff hielt Roar sie davon ab.

Langsam kam er näher, schnüffelte und beäugte Mythor.

Die Augen des Kruuks waren groß, er wiegte den Kopf hin und her. »Müttrr!«, kam es aus seiner Kehle.

Etwas in Mythor zitterte. Es war, als habe diese seltsam verstümmelte Form seines Namens in ihm eine längst verschollene Erinnerung zum Klingen gebracht.

»Müttrr!«, sagte Roar noch einmal, dann hatte er den Mann ohne Gedächtnis erreicht.

Mythor wartete ab. Noch hielt er das Schwert kampfbereit, aber dann warf sich ihm Roar zu Füßen. Mythor versenkte die Waffe in der Scheide. Mit bellenden Lauten rief Roar seine beiden Gefährten heran. Sie kamen scheu näher, auch sie begrüßten Mythor unterwürfig.

Möglicherweise hatten sie sich an den Mann erinnert, der unter der Wirkung eines »Trunks der Erinnerung« bei den Kruuks einmal beachtliche Wirkung erzielt hatte. Ergebener konnten sie auch Kalaun nicht begrüßen.

Ein wahnwitziger Gedanke durchfuhr Mythor. Vielleicht war es noch nicht zu spät für einen kühnen Plan. »Kommt«, sagte er. Er führte die drei Kruuks zum Versteck der Gruppe, wo die Barbaren vor allem auf die Schrate und Unterweltler einen starken Eindruck machten. Die Schrate klammerten sich aneinander, und in den Händen von Wroggos Wachen zitterten die Speere.

Roars Freunde hätten sich am liebsten auf die Furchtsamen gestürzt, aber Roar und Mythor hielten sie davon ab. Mythor machte die eigentümliche Feststellung, dass wohl nichts die Kampfeslust eines Wesens so anstacheln kann wie die offenkundige Feigheit und Wehrlosigkeit seines Gegenübers – Wroggo, der sich mutig und ruhig verhielt, nahmen die Kruuks gar nicht wahr.

»Was hast du vor?«, fragte Ilfa, nachdem sie Roar begrüßt hatte. Der Kruuk wich nicht von ihrer Seite.

Mythor breitete die Hände aus. »Ein aberwitziger Plan«, sagte er. »Offenbar habe ich damals einen großen Eindruck auf die Kruuks gemacht. Wahrscheinlich halten sie mich für einen mächtigen Dämon, vielleicht auch für einen furchtbaren, ich weiß es nicht. So verrückt es auch klingen mag – ich halte es für möglich, dass sich die Kruuks möglicherweise mit mir verbünden und sich gegen Kalaun entscheiden.«

Wroggo ließ ein skeptisches Hüsteln hören. »Dazu wirst du beweisen müssen, dass du mächtiger bist als Kalaun oder Genral«, sagte er zweifelnd.

»Richtig«, sagte Mythor. »Ich werde mich mit Genral treffen müssen, und ich weiß auch wo – in Genrals Tempelhain.«

Ilfa hob abwehrend beide Hände. »Das geht nie und nimmer gut. Es werden Heerscharen von Kruuks da sein, und nicht alle werden dich kennen. Und es werden Mangoreiter da sein. Es ist aussichtslos.«

Mythor lächelte. Je mehr die anderen ihm seinen wahnwitzigen Plan auszureden versuchten, um so deutlicher gewann dieser Plan Gestalt in ihm. Immer mehr Einzelheiten klärten sich.

»Ich werde allerdings eure Hilfe brauchen«, sagte er. »Ich weiß, es wird gefährlich werden. Genau genommen ist es fast unmöglich ...«

»Das sage ich ja«, rief Ilfa.

»... und aus diesem Grund haben wir eine Chance. Niemand wird damit rechnen, dass wir etwas so unerhört Dreistes planen und durchführen. Wir werden Kalaun dort angreifen, wo er sich im Augenblick unverwundbar fühlt – bei seinem Bündnis mit den Kruuks. Sind die Kruuks erst von Kalaun abgefallen, dann haben die Lichtkämpfer die Hoffnung auf einen Sieg.«

»Und wenn es danebengeht?«, fragte Torcay trocken.

Mythor sah ihn an. »Dann werden wir beide sterben müssen«, antwortete er ruhig.

Torcay hatte die Arme auf der Brust gekreuzt. In seinem Gesicht zuckte kein Muskel. »Du erwartest, dass ich mitmache?«

Mythor lächelte. »Ja«, sagte er einfach.

Torcay lachte. »Einverstanden. Wie hast du dir die Sache vorgestellt?«

»Entsetzliches Unheil«, hörte Mythor den Propheten des Unheils sagen. »Ich sage dir, Mythor, du wirst dein Leben verlieren. Ich kann es ganz genau sehen – es wird schrecklich werden.«

Der Mann ohne Gedächtnis lachte. »Dann muss der Plan gelingen.« Fryll hatte ihn über Nuriaus seherische Begabung aufgeklärt. »Kommt, ich will ihn euch erklären.«

Ilfa hielt Fryll an der Hand. Der Schrat schlotterte am ganzen Leib. Er hatte allen Grund, sich zu ängstigen.

Je näher der kleine Trupp dem Tempelareal kam, um so größer wurden die Mühen, die sie hatten, den Kruuks auszuweichen, die aus allen Windrichtungen zusammenströmten. Zum Glück für Ilfa und ihre Begleiter waren die grünhäutigen Barbaren fest davon überzeugt, dass sich in der Nähe des Tempels kein Unbefugter sehen lassen würde – schon aus Angst vor den Kruuks. Infolgedessen gab es keine Wachen und Posten, und die umherziehenden Wilden hatten andere Dinge in den Köpfen, als nach ungebetenen Gästen Ausschau zu halten.

Aufmerksam hingegen waren die Mangoreiter, die ab und an zu sehen waren. Mit scharfen Sinnen durchspähten sie den Wald, und mehr als einmal hatte Ilfa alle Geschicklichkeit aufbieten müssen, um im letzten Augenblick noch ein sicheres Versteck zu finden.

Von Vorteil war, dass Roar und seine beiden Freunde die Gruppe begleiteten – sie kannten einige Schleichwege und Unterschlupfmöglichkeiten, im Notfall hätten ihre ungestümen Freunde auch von ihnen ablenken können. Bislang war das nicht notwendig geworden.

Roar hielt an. Er deutete auf eine Baumgruppe, knapp vierhundert Schritt voraus. Mit Gesten versuchte er sich verständlich zu machen.

Ilfa strengte sich an und kam langsam hinter den Sinn der Gebärden. »Dort sollen wir uns verstecken?«

Roar stieß ein zustimmendes Knurren aus. Er legte beide Hände über die Augen.

»Und schlafen? Nein? Abwarten, bis es dunkel ist?«

Roars Knurren bestätigte, dass Ilfa richtig geraten hatte. Sie sah sich die Baumgruppe an – sieben Riesen mit dicken, hochaufragenden Stämmen, ineinander verflochtenem Geäst und einem auffallend dichten Laubwerk. Zweifellos ein gutes Versteck, wenn auch ein ziemlich augenfälliges.

Gewandt turnte Roar hinauf, seine Begleiter folgten. Die kräftigen Kruuks hatten wenig Mühe, die Schrate hinaufzuziehen. Ilfa war die letzte, die an dem Stamm in die Höhe kletterte und im Laub verschwand.

Der Kruuk deutete nach oben und setzte die Kletterei fort.

Im Wipfel des höchsten Baumes fand sich ein hervorragender Beobachtungsposten. Von dort aus konnte Ilfa einen Teil des Tempelareals überblicken, außerdem einen beachtlichen Teil des Waldes ringsum.

Es sah danach aus, als hätten sich sämtliche Kruuks weit und breit zusammengefunden. Es mussten einige Tausendschaften sein, die da herantrotteten und dem feierlichen Bündnisschwur zusehen wollten. Noch immer tönten die Trommeln durch den Wald und riefen die Barbaren zusammen.

Roar versuchte, sich mit Gesten verständlich zu machen. Wenn Ilfa ihn recht verstand, sollte sie mit ihren Begleitern warten, bis es ganz dunkel geworden war. Dann erst konnte sie das Versteck verlassen und sich einen Platz suchen, von dem aus sie das Geschehen am Tempel beobachten konnte. Ilfa gab Roar zu verstehen, dass sie begriffen hatte.

Mit heftigen Gesten machte Roar seinen Begleitern verständlich, dass es an der Zeit war, zu verschwinden. Wenig später waren die drei Kruuks den Baum hinuntergeklettert und machten sich auf den Weg zum Tempelbezirk.

Jetzt gab es für Ilfa und ihre Freunde nur eines zu tun – warten. Besonders Emmil fiel die Pause schwer, denn im Geäst der Baumriesen ließ sich nichts finden, was er seinen nimmersatten Kiefern hätte anbieten können. Entsprechend miserabel war seine Stimmung. Mirger ärgerte sich darüber, dass er nicht rauchen durfte – der Rauch hätte die Gruppe verraten. Feneikel fiel es schwer, still zu sitzen – einem Schrat mit so wenig Fleisch am Körper musste das Geäst als besonders harte Unterlage vorkommen. Nuriau brütete dumpf vor sich hin und malte sich vermutlich aus, welch schreckliches Ende das Unternehmen haben würde.

Wroggo versuchte die Würde zu bewahren, die seinem Amt als Herrscher der Unterwelt zukam. Es fiel ihm schwer. Der Anblick der zusammenströmenden Kruuks hatte ihm die Augen darüber geöffnet, was ihm und seinen Leuten bevorstand, wenn es zu dem gefürchteten Bündnis kam. Danach würden die Kruuks zusammen mit den Mangoreitern eine ebenso gründliche wie gnadenlose Jagd auf alles beginnen, was auf, in oder unter dem Schattenwald lebte.

Auch Ilfa machte sich Sorgen. Ihre Gedanken waren bei Mythor.

9

Ilfa fühlte ihr Herz schnell und hart klopfen. Sie lag in einem Gebüsch versteckt und blickte über das Tempelareal.

Es war dunkel. Der Platz wurde von Fackeln erhellt, die in den Boden gerammt worden waren. In großen steinernen Schalen loderten Flammen, die sich verfärbten, wenn die Priester des Genral betäubend riechendes Harz hineinstreuten.

Ilfa konnte das Standbild sehen.

Es war mindestens sechs bis sieben Mannslängen hoch, und in seinem Innern barg es den eigentlichen Tempel des Finstergottes. Davon konnte Ilfa wenig sehen – das Abbild genügte ihr vollauf.

Eine monströse Gestalt, hässlich und feist, das Gesicht zu einer dämonischen Fratze verzogen. Aus Augen, Ohren, Nasenlöchern und dem weitgeöffneten Mund quollen farbige Dämpfe. Die Gestalt kniete, eine lange Treppe führte hinauf zum Maul des Götzen. Jetzt waren nur einige Priester zu sehen, die diese Treppe benutzten.

Sechs Arme besaß das Götzenbild, teilweise angewinkelt, teilweise ausgestreckt. Arme und die krallenbewehrten Hände formten Gesten der Wut, des Abscheus, der Vernichtung. Eine der Pranken schien gerade ein wehrloses Opfer zerquetschen zu wollen, eine andere befahl mit gesenktem Daumen den Tod eines anderen Opfers.

Moos und Flechten hatten sich auf dem Standbild festgesetzt, sie sahen aus der Ferne aus wie schwärende Wunden. In den Falten eines angedeuteten Gewands baumelten Gerippe, auf dem Boden neben dem Standbild waren Schädelpyramiden zu sehen.

Das Standbild war Spitze eines spitz zulaufenden hohen Gemäuers, das die Einfriedung des Tempelbezirks bildete. Roh zurechtgehauene Bildwerke an diesen Mauern sollten dem Betrachter die Macht und Furchtbarkeit des Finstergottes vor Augen führen – es war eine Auflistung der Qualen und Martern, die jeder zu erdulden hatte, der sich Genral widersetzte. In zwei langen Reihen, parallel zu den Mauern, hockten Kruuks auf dem Boden und schlugen die Trommeln. Mit leichtem Grausen sah Ilfa, dass die Kruuks zum Schlagen Knochen verwendeten.

Das *Tamtamtam* verstärkte sich. Die Zeremonie stand bevor.

In den Reihen der Kruuks war es unruhig. Irgendwo in diesem mehrtausendköpfigen Haufen musste jetzt Roar mit seinen Begleitern stecken; er hatte eine wichtige Rolle in dem Plan, den Mythor entworfen hatte – hoffentlich konnte er sie erfüllen.

Unbeweglich hingegen war die doppelreihige Phalanx der Mangoreiter. Starr saßen die Krieger des Schreckens auf ihren Pferden, die Lanzen gefällt. Eine Reihe schirmte die Versammlung nach außen ab, die anderen hatten ihre Waffen den Kruuks zugekehrt.

Aus dem Innern des Standbildes erklang Getöse. Poltern und Scharren, dazwischen gellende Schreie. Aus den Augen schossen mannslange Flammen und erhellten den Platz.

Mit einem Schlag brach das Trommeln ab. Die Versammlung der Kruuks war eröffnet, bald sollten sie sich Genral verschwören – geschah das, waren die Bewohner der Zone des Schreckens verloren. Ilfa hielt den Atem an.

Gelber Rauch quoll aus den Nasenlöchern des Finstergottes und legte sich über die Versammlung. Der betäubende Geruch wehte bis zu Ilfa hinüber, und sie spürte die magische Verlockung, die dieser Rauch beschwor. Ilfa war sicher, dass sie es nicht mit Genral selbst zu tun hatte – nur mit einem widerwärtigen Zauberspuk seiner Priester. Die Wirkung war dennoch furchterregend.

Ilfa sah sich kurz um. Zwei Schritte entfernt lag der Weiche Wroggo in seinem Versteck, das Gesicht gezeichnet von Furcht und Entsetzen. Der Herrscher der Unterwelt schien zu begreifen, dass er es hier mit Mächten zu tun hatte, denen er nichts entgegenzusetzen vermochte.

Aus dem Graben, der das Standbild umgab, schossen plötzlich Flammen in die Höhe. Der Boden grollte und zitterte. Für die Zeit einiger Herzschläge war die Statue hinter der Flammenmauer nicht mehr zu sehen. Als sie ebenso rasch wieder erloschen, stand auf der Plattform der Freitreppe ein Priester Genrals, gekleidet in ein bodenlanges schwarzes Gewand mit allerlei schaurigem Zierrat. Ein dichter Kranz von Zähnen bildete den Besatz des Saumes, der über den Boden schleifte. Magische Symbole, auch sie aus Knochen geschnitzt, bedeckten Brust und Rücken des Hohepriesters. Gegürtet wurde das Gewand von einem Kranz dünner Schlangen, deren grüne Leiber sich unaufhörlich bewegten, ihre Köpfe schossen züngelnd hin und her.

Ilfa sah auf die Hände des Priesters – langgliedrig, dürr und fast fleischlos, die Nägel handspannenlang und zu Krallen gekrümmt. Das Gesicht war nicht zu sehen – eine Wolke undurchdringlicher Schwärze zuckte dort, wo es hätte sein sollen. Darüber war ein glänzender Helm zu sehen, gekrönt von einem sich bewegenden Abbild des Finstergottes. Auch dieses handspannenlange Götzenbild spie Rauch und Feuer.

Durch die Reihen der Kruuks ging ein Raunen, dann wurde es sehr still. Wenn der Anblick des Priesters seine Wirkung auf Ilfa nicht verfehlte, wie mochte er dann auf die halbwilden Barbaren wirken? Mythors Plan, diese Verschwörung des Grauens zu vereiteln, erschien Ilfa von Herzschlag zu Herzschlag aussichtsloser.

Der Priester bewegte sich, stieg eine der Stufen hinab.

Gleichzeitig schlugen die Trommler zu, der Schlag dröhnte über die Versammlung hinweg. Ilfa sah, während sie selbst zusammenzuckte, wie die Kruuks von Furcht erfüllt die Köpfe senkten.

TAM-TAM.

Schritt für Schritt stieg der Hohepriester die lange Treppe hinunter, jeder Schritt begleitet von einem Trommelschlag. Die Kruuks kauerten sich auf dem Boden immer kleiner zusammen, duckten sich vor der Macht des Grauens, das der Priester verkörperte.

Ilfa holte tief Luft, um sich zu beruhigen. Wroggo hatte zwei Hände vor die Augen geschlagen, die dritte vollführte unablässig beschwörende Gesten.

Als der Hohepriester den Boden erreichte, lagen die Kruuks regungslos auf den Bäuchen. Lange ließ der Abgesandte Genrals seinen Blick über die Versammlung schweifen.

Dann streckte er den Arm aus, deutete auf einen der Kruuks in der vordersten Reihe.

Aus dem Hintergrund schoben sich zwei andere Priester heran. Sie schleppten eine schwarze eiserne Kette. Wieder deutete der Oberpriester auf den Kruuk. Bebend kam der Barbar auf die Füße, taumelte auf den Vertreter Genrals zu und warf sich vor ihm auf den Boden.

Der Oberpriester beugte den Kopf und sagte leise etwas zu dem verängstigten Kruuk. Der wagte nicht den Kopf vom Boden zu heben, drehte ihn nur, um eine ängstliche Antwort krächzen zu können. Die beiden anderen Priester traten heran, nach kurzer Zeit war der Kruuk mit schweren Ketten gefesselt. Die Priester richteten ihn auf, er stand vor dem Abgesandten Genrals und schien vor Angst oder dem Gewicht der Ketten zusammenbrechen zu wollen. Durch die Reihen der Kruuks ging ein Ächzen.

Der Oberpriester legte seine Krallenhand auf den Kopf des Kruuks. Ilfa konnte sehen, wie er zusammenzuckte, als sei sein Leib von einer unsichtbaren Macht erfasst worden.

Halb wandte sich der Oberpriester zur Seite, streckte die Linke nach dem Standbild Genrals aus. Die Augen des Finstergottes spieen rötliches Feuer. Ilfa sah, wie der Kruuk am ganzen Leib zu zittern begann; die Bewegung übertrug sich auf den Arm des Oberpriesters.

Ilfa spürte, dass sie selbst zu zittern begann. Sie schwitzte.

Das Feuer in Genrals Augen erlosch, der Oberpriester trat einen Schritt zurück, ließ den Kruuk los und machte eine auffordernde Bewegung.

Im nächsten Augenblick war nur das Klirren der Ketten zu hören. Mit einer kurzen Kraftanstrengung sprengte der Kruuk die Fesseln, die auf den Boden fielen. Fassungslos staunend sah er den Priester Genrals an. Der deutete auf die Ketten. Über das Gesicht des Kruuks flog eine Grimasse. Er packte die Ketten und riss sie kurzerhand in Stücke, dann begann er wild herumzuhüpfen. Tobendes Beifallsgebrüll seiner Freunde begleitete ihn.

Ilfa begriff den Sinn dieses Spektakels – den Kruuks sollte vorgeführt werden, welche Macht sie mit Genrals Hilfe erlangen konnten, wenn sie sich ihm verschworen.

Wie sollte Mythor dagegen angehen?

Wieder ließ der Oberpriester seinen Blick schweifen, winkte einen anderen Kruuk heran. Dieser stürmte sofort nach vorn und baute sich vor dem Genral-Priester auf. Wieder streckte der den rechten Arm aus – und im gleichen Augenblick schoss eine der Gürtelschlangen den Kopf nach vorn und biss den Kruuk. Mit einem gellenden Schrei brach der Barbar zusammen und wand sich am Boden.

Dumpfer Trommelschlag begleitete die Szene. Der Kruuk kam wieder hoch, er schwankte. Wenig später – der Oberpriester stand regungslos wie ein Standbild daneben – begann sich der Leib des Kruuks zu verfärben. Das unverkennbare Grün wich einem fahlen Rot.

Mit einer herrischen Bewegung scheuchte der Priester den halbbetäubten Kruuk davon. Torkelnd durchquerte der Barbar die Reihen seiner Gefährten, auch die Mangoreiter ließen ihn in Ruhe. Er verschwand im Wald – für alle Zeiten gezeichnet als vogelfreie Beute für jeden, der ihm ans Leben wollte. Auch dieses Schauspiel verfehlte seine Wirkung auf die Kruuks nicht; es wirkte noch mehr, da es ohne Blutvergießen abgegangen war. Hätte der Oberpriester den Verräter oder was immer seine Verfehlung war, vor den Augen seiner Gefährten getötet, hätte das die Kruuks wenig beeindruckt – den Tod fürchteten sie weniger als die vollzogene Ächtung.

Der Oberpriester klatschte in die Hände.

Gegenstände tauchten auf. Sie kollerten die Rinnen herunter, die es an jeder Seite der Freitreppe gab. Von den Kruuks kam knurrender Beifall.

Einige stürzten nach vorn. Niemand hinderte sie. Offenbar beschenkte Genral seine neuen Bundesgenossen mit Nahrung – in rascher Folge purzelten die Nahrungsmittel die Rinnen herab.

Welche Wirkung der Genral-Priester bereits erzielt hatte, konnte Ilfa einer Kleinigkeit entnehmen – gebieterische Handbewegungen der Priester genügten, um die Kruuks daran zu hindern, sich um die Nahrung zu raufen, wie sie es üblicherweise wohl getan hätten. Mit einer für Kruuks sehr ungewöhnlichen Geduld warteten die hinteren Reihen der Barbaren, bis auch sie etwas zu essen bekamen.

Ilfa warf einen Blick auf Wroggo. Der Herr der Unterwelt schüttelte sich vor Entsetzen.

Wenn es Genrals schrecklichen Priestern gelang, den Rotten der Barbaren auch noch kriegerische Mannszucht einzubläuen, verdoppelte und verdreifachte sich die Gefahr, die von ihnen drohte.

Die Speisung der Kruuks gab Ilfa Gelegenheit, sich auf den Rücken zu drehen und nachzudenken.

Es sah hoffnungslos aus.

Ilfa wusste, dass hinter alledem nur magischer Firlefanz steckte, nichts, womit man einen Kundigen hätte beeindrucken können. Die Krause Tildi hätte über das Schauspiel nur gelacht.

Indessen wirkte es auf die Kruuks – weitaus mehr, als Ilfa befürchtet hatte. Was mochte geschehen, wenn Genral oder Kalaun ihre volle magische Kraft ausspielten? Wenn sie alle Kräfte der Schwarzen Magie einsetzten?

Wie sollte Mythor das Unheil abwenden können – ein Mann allein gegen Genrals Priester, gegen Tausende von Kruuks, gegen eine beachtliche Streitmacht der gefürchteten Mangoreiter?

Ilfa wusste, dass es nicht mehr lange dauern würde, bis Mythor in das Geschehen auf dem Tempelareal eingriff – und in ihr wuchs die schreckliche Befürchtung, dass sie Mythors Ende würde miterleben müssen. Ilfa hatte furchtbare Angst vor diesem Augenblick – denn ihr war klar, dass sie es weder in ihrem Versteck ansehen noch die Flucht antreten würde. Wenn es soweit kam, dann musste sie hinausstürmen, um bei Mythor zu sein – eine andere Handlungsmöglichkeit kam für sie nicht in Frage.

Wroggo keuchte und schüttelte immer wieder den Kopf. Der Herr der Unterwelt war am Ende seiner Fassungskraft angelangt. Flehend sah er Ilfa an.

Mit einer Handbewegung erlaubte Ilfa ihm, sich zurückzuziehen. Wroggo keuchte und kroch dann zurück. Ilfa drehte sich wieder herum. Das Trommeln hatte wieder angefangen, das Schauspiel des Schreckens ging weiter.

Die Kruuks waren bei Laune, das war deutlich zu sehen. Die Kostprobe von Genrals Macht hatte ihnen zugesagt. Kein Zweifel – sie würden das Bündnis schließen.

Inzwischen war eine Reihe von Priestern Genrals aufgetaucht, jeweils zwei auf jeder Stufe der langen Treppe. Am Fuß der Treppe stand noch immer der Oberpriester, die Arme vor der Brust verschränkt. Als er die Rechte gebieterisch ausstreckte, wurde es wieder still.

Der Trommelschlag wurde härter und schneller. Einige Kruuks bewegten die Oberkörper im Takt der Schläge.

Der Oberpriester breitete beide Arme aus.

Aus dem Mund des Standbildes quoll eine schwarze Wolke hervor und breitete sich aus. Es war kein dunkler Rauch, vielmehr ein unbegreifliches Etwas aus schwarzer Kälte, das sich langsam vergrößerte und wuchs. Es erreichte das erste Priesterpaar und umfloss die Beine der Männer, kroch dann an ihnen hoch und hüllte sie völlig ein.

Aus den Reihen der Kruuks tönte ein Ächzen. Ilfa sah, wie die vorderste Reihe ein wenig zurückzuweichen versuchte, während die hinteren nach vorn drängten, um besser sehen zu können.

Das nächste Priesterpaar.

Ein dichter Schleier aus kaltem Schwarz kroch die Treppe hinab, nur eine Handbreit dick, aber undurchdringlich. Dort, wo die Priester Genrals standen, kroch die Schwärze hoch und hüllte die Männer ein. Die Zahl wurde immer größer. Die Trommeln pochten hektisch.

Mann für Mann, einen nach dem anderen erreichte dieses seelenlose, alles verzehrende Schwarz. Es zog eine breite Bahn in die Tiefe. Ilfa spürte, wie etwas Kaltes ihren Nacken berührte. Sie schauderte.

Dann erreichte das Schwarz den Oberpriester. Auch er wurde eingehüllt. Einige der Kruuks begannen furchterfüllt zu wimmern.

Jetzt war eine große schwarze Fläche zu sehen, aus der die Konturen der eingehüllten Priester schemenhaft hervorragten. Und langsam begannen diese Konturen zu schrumpfen. Immer lauter schlugen die Trommeln. Andere Priester warfen Harz in die Feuerschalen und ließen betäubende Dämpfe aufsteigen.

Während die Kette der verhüllten Genral-Priester gleichsam in der düsteren Fläche versank, schwoll das Schwarz dort an, wo zuvor der Oberpriester gestanden hatte. Höher und höher wölbte sich der schwarze Schemen, bis er fast die halbe Höhe des Genral-Standbilds erreicht hatte. Ilfa sah, wie die Kruuks sich wieder duckten.

Dann floss das kalte Schwarz immer mehr zusammen, verdichtete sich. Ilfa glaubte den Hauch des Todes spüren zu können. Über den Platz legte sich ein Geruch nach Verwesung und Untergang.

Allmählich wurden die Konturen schärfer. Aus dem dichten Dunkel schälten sich Umrisse hervor.

Vierfach vergrößert schimmerte die Gestalt des Oberpriesters durch die Finsternis. Genrals Augen sprühten Feuer und übergossen die Versammlung mit einem grellen, flackernden Licht.

Ilfa hielt wieder den Atem an.

Jetzt war der Oberpriester deutlich zu sehen. Auch seine Augen schienen Feuer zu sprühen. Er breitete die Arme aus, öffnete die krallenbewehrten Hände.

Ein kaltes blaues Feuer entstand zwischen den Krallen und schwoll an. Funken stoben auf und regneten auf die Kruuks herab, die kaum mehr zu atmen wagten. Und noch immer hämmerten die Trommeln ihren betäubenden Rhythmus, der alle Gedanken wegzufegen schien und nur Platz ließ für eines – eine erschreckende Furcht, die alle Zuschauer der Szene erfasste.

Der Oberpriester bewegte ruckhaft den Arm. Eine kalte blaue Feuerkugel flog aus seiner Hand, fegte über die geduckten Kruuks hinweg, durch die Reihen der Mangoreiter, die sich nicht rührten. Die Feuerkugel traf auf einen Baum, der binnen eines Lidschlages in lodernden Flammen stand. Dann kehrte das tödliche Feuer in die Hand des Oberpriesters zurück.

»Ich bin die Macht«, hörte Ilfa die schauerlich verzerrte Stimme. »Mir seid ihr untertan. Wer meinen Winken folgt, dem werde ich Macht geben und Kraft. Wer sich mir widersetzt, wird weggefegt.«

Ob die Kruuks den Sinn dieser Botschaft verstanden, konnte Ilfa nicht erkennen. Wohl aber spürte sie, wie ihr die Furcht das Herz zusammenpresste.

Der Oberpriester spielte mit den Feuerkugeln. Er ließ sie aufsteigen, miteinander verschmelzen. Funkenkaskaden sprühten auf die Kruuks herab. Die Getroffenen zuckten heftig zusammen.

Für einen Lidschlag strahlten die Feuerkugeln grell auf. Ilfa schloss geblendet die Augen.

Als sie sie wieder öffnete, war der Oberpriester verschwunden. Ilfa sah sich hastig um. Sie fand ihn wieder.

Er stand auf der Stirn des Standbilds, und auf der langen Treppe sah sie wieder die Schar der anderen Priester.

Wieder war die Stimme des Schreckens zu hören. »Kommt näher und schwört mir einzeln die Treue.«

Die Kruuks zögerten. Ahnten sie, auf was sie sich einließen, wenn sie dieser Aufforderung folgten? Graute ihnen vor dem Pakt mit dem Bösen?

Ilfa konnte es nicht erkennen. Sie sah nur, wie sich in der vordersten Reihe der Kruuks einer aufrichtete und in Bewegung setzte.

Helmonds Tochter sah sich um. Sie war allein.

Der Augenblick der Entscheidung war gekommen.

10

Der Oberpriester ließ die Arme sinken. In der Phalanx der Mangoreiter gab es eine Lücke. Zwei Menschen tauchten auf. Der eine in Leder gekleidet, der andere in eherne Ketten geschlagen.

Ilfa stöhnte auf.

Torcay, der Mythor als Gefangenen heranführte.

Einen Augenblick lang hatte sie gehofft, Mythor hätte den aberwitzigen Plan fallengelassen, sich eines Besseren besonnen und die Flucht ergriffen. Zu gewaltig und zu aussichtslos war sein Unterfangen.

Jetzt musste Ilfa sehen, dass Mythor trotz aller Gefahr seine Idee durchzuführen gewillt war.

Langsam durchquerten die beiden Männer die Reihen der Kruuks.

Ein Flüstern zuerst, dann lauter und lauter.

Die kehligen Laute der Kruuks verkündeten Mythors Namen. Ilfa spürte ihren Rücken glühen.

Dieser Teil des Planes schien zu gelingen. Roar hatte in den letzten Stunden mit seinen beiden Freunden die Erinnerung an Mythor aufgefrischt. Die Kruuks kannten seinen Namen, ein Teil musste ihn selbst erlebt haben.

Ilfa konnte wenige Einzelheiten erkennen, sie verstand auch nicht, was die Kruuks riefen. Aber die Stimmen schmeckten nach Herausforderung.

Die Kruuks, für Raufhändel jederzeit zu haben, witterten eine Auseinandersetzung – jemand wagte es, das feierliche Ritual zu stören, vielleicht gar, Genrals Priestern zu trotzen.

Ilfa begann wieder zu hoffen.

Sie hoffte, dass der Oberpriester einen Fehler gemacht hatte. Zu deutlich hatte er den Kruuks die Macht Genrals gezeigt, ihnen zuviel Furcht vor dem Finstergott eingeflößt. Mochte ihnen das Bündnis auch viele Vorteile versprechen – vielen der Kruuks musste aufgegangen sein, dass sie danach willfährige Untertanen Genrals zu sein hatten, dass es mit dem freien, wüsten und wilden Barbarenleben ein Ende haben würde. Wahrscheinlich versprachen sich einige auch mehr von einem Bündnis mit Mythor.

»Was willst du hier, Jäger?«, erklang die Stimme des Oberpriesters.

»Ein Opfer abliefern«, antwortete Torcay. Der Fährtensucher schritt hochaufgerichtet, und auch Mythor ließ den Kopf nicht hängen. Ilfa sah, dass er seine Waffen trug.

Die Mangoreiter rührten sich nicht. Vielleicht hatten sie für diesen Fall keine Anweisung und wagten nicht, nach eigenem Ermessen zu handeln. *Um so besser,* dachte Ilfa.

Der Oberpriester verschwand vom Schädel des Genral-Standbilds, wenig später tauchte er am oberen Ende der Treppe wieder auf. Das Standbild spie Feuer und Rauch, wütend klangen die Trommeln.

Ilfa presste beide Fäuste vor den Mund.

Torcay hatte mit seinem Gefangenen den Fuß der Treppe erreicht. Gelb loderten Genrals Augen.

Die Rufe unter den Kruuks wurden lauter. Sie wollten kein Opfer sehen, sie gierten nach einem Kampf.

Ilfa konnte sehen, dass Roar seine Gefährten anstachelte und aufhetzte. Die Versammlung drohte der Kontrolle der Priester zu entgleiten.

Langsam und gewichtig schritt der Oberpriester die Treppe hinab. Die Schlangen seines Gürtels zischten und stießen mit den Köpfen.

Mythor sah dem Priester mit erhobenem Haupt entgegen. In seinem Gesicht zuckte kein Muskel.

»Du störst das Ritual, Jäger«, sagte der Oberpriester.

Über Torcays Gesicht flog ein Lächeln. »Das will ich auch«, antwortete er ruhig. Das Gesicht des Oberpriesters veränderte sich. Das diffuse Schwarz gefror zu einer Maske des Hasses.

»Das wirst du mit dem Tod büßen«, zischte er. Wie zur Bekräftigung spie Genral Rauch aus den Nasenlöchern.

»Versuche es«, gab Torcay zurück.

Der Oberpriester war jetzt nahe bei den Männern. Er brauchte nur noch zwei Schritte zu tun.

Er streckte die Hand nach Mythor aus.

Ein Aufschrei ging durch die Reihen der Kruuks, als Mythor mit einem heftigen Ruck die Ketten sprengte. Der Oberpriester wich zurück. Torcay warf Mythor etwas zu. Ilfa erkannte den Stock, den Fryll für seine Zauberspielereien benutzte.

In Mythors Hand verwandelte sich der Stab in eine Schlange, die ihren Kopf dem Oberpriester entgegenpeitschte. Erschrocken fuhr er zurück, die Schlange fiel auf den Boden. Die Kruuks antworteten mit höhnischen Lauten.

Der Genral-Priester schien zu ahnen, was von diesem Duell abhing – und dass er den ersten Gang bereits verloren hatte. Sein Kopf hob sich, er sah wohl zu den Mangoreitern hinüber.

Kalauns Schreckenskämpfer rührten sich nicht. Allerdings hatte die äußere Reihe der Pferde gewendet – auch deren Waffen zeigten nun auf den Versammlungsplatz.

»Ich werde dich vernichten«, knirschte der Priester Genrals. »Dein Ende wird jedem zeigen, welche Strafen Genral für Frevler bereithält.«

»Pah«, sagte Mythor laut.

In die Reihen der Kruuks kam Bewegung. Ein Teil ballte sich hinter Mythor zusammen, andere wandten sich den Mangoreitern zu, in der offenkundigen Absicht, sie am Eingreifen zu hindern. Es war für jeden zu sehen – ein Kampf zwischen Mythor und Genral war unvermeidlich. Ebenso deutlich war, dass der Sieger auf die Gefolgschaft der Kruuks rechnen konnte.

Der Oberpriester wusste, dass die Sache auf Messers Schneide stand. Er reckte die Arme in die Höhe, wohl um Genrals Macht zu beschwören.

Mythor machte einen Schritt. Er streckte den Priester mit einem Fausthieb nieder. Die Kruuks gaben beifällige Laute von sich.

Dann stieg Mythor langsam die Treppe hinauf. Torcay folgte ihm.

Die Priester stellten sich ihm in den Weg, griffen zu den Waffen. Aber zu lange und zu oft hatten sie sich ihrer magischen Listen bedient, gegen die Schwertkunst von Mythor und Torcay kamen sie nicht an. Fast beiläufig räumten die beiden ihre Gegner beiseite; jedes Mal, wenn einer der Priester aus dem Kampf ausschied, brüllten die Kruuks freudig auf.

Ilfa sah zufällig hinüber zu den Trommlern. Auch sie hatten die Seiten gewechselt. Ihr Trommeln galt jetzt Mythor und Torcay, spornte sie an, trieb sie vorwärts.

Weiße Schwaden schossen aus Genrals Maul, hüllten einige der Priester ein und ließen sie zusammenbrechen. Die Kruuks stießen höhnische Rufe aus.

Torcay blieb nun zurück. Auch das war abgesprochen.

Ilfa schluckte.

Im Inneren des Standbilds gab es mit Sicherheit Verstärkung für die Priester – Bewaffnete, Zaubermittel und vieles mehr. Konnte ein Einzelner gegen dieses Arsenal etwas ausrichten?

Mythor erreichte die Plattform vor Genrals Dampf speiendem Maul. Er reckte die Hände in die Höhe.

Ilfa konnte es deutlich spüren, ebenso wie die Kruuks. Durch den Boden ging ein heftiges Zittern, so stark, dass die Trommler für einige Herzschläge ihre Tätigkeit einstellten.

Ein Aufschrei erklang bei den Kruuks. Genrals rechter oberer Arm begann sich zu bewegen, stürzte herab. Schmetternd landete er auf dem Boden und zersprang in Stücke.

Wieder bewegte Mythor die Hände.

Genral spie Feuer, eine mannslange Lohe, die Mythor streifte. Er rührte sich nicht vom Fleck.

Der linke obere Arm Genrals schwankte und fiel ebenfalls zu Boden. Aus dem Inneren des Standbildes erklangen Rufe des Schreckens.

Der nächste Arm zerbarst. Die Trommler schlugen wie besessen auf ihre Instrumente ein. Die Kruuks tobten vor Freude.

Ilfa sah hinüber zu den Mangoreitern. Sie verharrten. Ilfa stieß einen Seufzer der Erleichterung aus – solange die Krieger nicht in das Geschehen eingriffen, konnte Mythor den Kampf gewinnen.

Im Maul des Finstergottes erschienen Gestalten, Menschen, die im Inneren gearbeitet hatten und nun ihr Heil in der Flucht suchten. Besinnungslos vor Angst stürmten sie die Treppe hinab, einige stürzten, andere wurden von den Kruuks kurzerhand festgesetzt.

Genral verlor den nächsten Arm. Sein Schädel platzte auf und schickte eine dreißig Mannslängen hohe Flamme in die Luft, gefolgt von einer dicken Rauchwolke.

Dann begannen die Mauern des Tempels zu beben. Die Trommler ließen ihre Instrumente im Stich, brachten sich in Sicherheit und sahen zu, wie die Mauern zusammenstürzten und die Trommeln unter sich begruben.

Weitere Genral-Priester stürzten ins Freie. Aus dem Standbild grollte und donnerte es heftig. Das Bersten von Hölzern war zu hören, schrille Angstrufe, das Poltern von Gestein.

Das ganze Standbild begann zu zittern.

Aus den Ohren schossen Fontänen schwarzen Wassers, von denen ein ätzender Geruch ausging. Stücke der Treppe bröckelten ab. Torcay rettete sich mit gewagten Sätzen.

Ilfa sah Mythor. Er stand noch immer mit erhobenen Armen vor dem Maul des Götzenbilds, umweht von Feuer und Dampf. An ihm vorbei stürzten verzweifelte Gestalten ins Freie, um sich zu retten. Das höhnische Geheul der Kruuks wurde immer lauter.

Genrals steinerner Schädel sprang auf, durch eines der Augen zog sich ein armdicker Riss, aus dem ätzender Qualm aufwirbelte. Der Arm, der ein Opfer zu zerquetschen schien, brach in Dutzende von Teilen auseinander und streckte im Fallen einen der Priester nieder.

Im Unterbau der Treppe verästelten sich Risse im Gemäuer. Ilfa spürte, wie der Boden immer heftiger zitterte und bebte. Aus dem Innern des Standbildes erklang ein Ächzen, das alle anderen Laute überdeckte.

Noch immer stürzten von Angst erfüllte Gestalten ins Freie, zum großen Teil mit zerfetzten Gewändern, ein Teil der Leute war verletzt. Die Kruuks fingen sie schnell ein.

Langsam senkte Mythor seine ausgestreckten Arme, und es schien, als schrumpfe das Genral-Standbild mit dieser Bewegung zusammen. Die Knie zerbröselten, am Hals öffnete sich ein breiter Spalt. Der Kopf begann hin und her zu schwingen.

Weiter hinab mit den Händen. Der Rumpf der Figur sank in den Boden ein. Ein Drittel der Treppe stürzte krachend zusammen. Staub wallte auf und hüllte Mythor für kurze Zeit ein. Aus dem Götzenbild drang heller Lichtschein. Schemenhaft zeichnete sich Mythors Kontur in diesem Staubnebel ab. Er bewegte noch immer die Hände langsam abwärts.

Dann – ein Poltern, Krachen und Knirschen, das den Boden erschütterte. Genrals Kopf versank knirschend im Brustraum der Statue, der auseinanderplatzte. Noch einmal wallte Staub auf und hüllte das Geschehen ein.

Als er verwehte, war von Genrals Tempel nicht mehr viel zu sehen. Die Statue war völlig zusammengestürzt, die Mauern eingebrochen. Von der Treppe gab es nur noch das Stück, auf dem Mythor stand.

Mythor drehte sich um.

Ilfa konnte trotz der Tränen in ihren Augen sehen, dass er lächelte.

Der Kampf war ausgestanden, Genral war in seinem Heiligtum zerstört. Die Mangoreiter rissen ihre Pferde herum und jagten in die nachtdunklen Wälder, wohl um ihrem Gebieter die Kunde von der schmählichen Niederlage zu bringen.

Auf dem freien Platz standen Tausende von Kruuks, schwenkten ihre Waffen und jubelten Mythor zu.

Der Pakt zwischen Kruuks und Mangoreitern war vereitelt, die Wesen im Schattenwald konnten aufatmen.

»Noch einmal mache ich das nicht«, stieß Fryll hervor und spielte gedankenverloren mit seinem Stab, den er gefunden und wieder an sich gebracht hatte. Er stand noch unter der Einwirkung des Schreckens, den er beim Einsturz des Genral-Standbilds bekommen hatte. »Ein Herzschlag später, und wir wären von dem Ding begraben worden.«

»Ich weiß, was ihr geleistet habt«, sagte Ilfa begütigend.

Sie wusste, was den Kruuks verborgen geblieben war. Mitnichten hatten Mythors magische Kräfte Genrals Standbild zum Einsturz gebracht und die Macht ihrer Priester gebrochen.

Ursache für diese Katastrophe war das unermüdliche Arbeiten der Schrate und der Unterweltler gewesen. Sie hatten das letzte aus sich und den Wuelern herausholen müssen, um jene Hohlräume im Boden zu schaffen, die den Einsturz des Genral-Bildes bewirkt hatten. Zwei der Wueler waren dabei zerdrückt worden, als sie sich nicht rechtzeitig hatten in Sicherheit bringen können.

Ilfa warf einen Blick auf das Tempelgelände.

Nichts mehr deutete auf eine Kultstätte des Bösen hin. Was die Wueler und Schrate nicht bewirkt hatten, das hatten die Kruuks angerichtet. In einem Rausch blindwütiger Zerstörungswut hatten sie alles zerschlagen und vernichtet, was an Genrals Tempelhain hätte erinnern können. Ilfa, die diese Vorgänge angesehen hatte, hatte mehr als einmal geschaudert, als sie sich vorstellte, dass die Kruuks so unter den Unterweltlern und anderen Bewohnern des Landes gewütet hätten, wäre der Pakt mit Kalaun nicht im letzten Augenblick vereitelt worden.

Immerhin – eines war bei dieser Vernichtungsorgie klargeworden. Kalaun konnte auf keinerlei Unterstützung der Kruuks mehr hoffen. Sie hatten sich mit diesem Werk der Zertrümmerung eindeutig gegen den Herrn des Chaos gestellt – und selbst auf die Gefahr hin, dass sie dafür seine Rache treffen konnte.

Inzwischen waren sie abgezogen, zurück zu ihren Rotten, um die Kunde von dem Geschehen im Tempelhain zu verbreiten. Roar, der bei Ilfa geblieben war, bildete die Verbindung zwischen Mythors Gefährtin und den Scharen der Kruuks.

»Wir werden uns ein paar gute Ausreden einfallen lassen müssen«, machte sich Wroggo bemerkbar. Es hatte ihn sichtlich ermuntert, dass die Kruuks nicht mit den Mangoreitern zusammen Jagd auf die Unterweltler machen würden. »Früher oder später – oder vielleicht schon jetzt – wird Kalaun erfahren, was sich zugetragen hat. Und er wird wissen wollen, wie es geschehen konnte.«

»Pah«, machte Fryll. »Wir werden ihm schon hübsche Geschichten erzählen können – von versprengten, übereifrigen Wuelern beispielsweise. Das wird er wohl glauben müssen.«

Wroggo wiegte zweifelnd den Schädel. »Ich für meinen Teil werde mich zurückziehen«, verkündete er. »Ich habe genug erlebt. Und da wir das Heer dieses Tubrass jetzt nicht mehr warnen müssen, brauchen auch meine Leute ihr Leben nicht mehr zu riskieren.«

»Ängstlich?«, fragte Fryll spöttisch.

Ilfa schmunzelte. Vielleicht war dies ein guter Augenblick, den Schrat endgültig in die Pflicht zu nehmen. »Du kennst wohl keine Furcht?«, fragte sie beiläufig.

Fryll schluckte den Köder – es gab im Augenblick nichts, wovor er sich hätte fürchten sollen. »Gar nicht«, log er dreist. »Früher vielleicht, aber da war ich noch jünger und nicht so kampferfahren.«

»Dann wirst du sicher mithelfen wollen, Mythor zu finden und freizukämpfen?«, setzte Helmonds Tochter nach.

Fryll wich erschrocken zurück. Mit dieser Frage hatte er nicht gerechnet, und er wagte nicht, sie zu verneinen. »Ja«, sagte er schließlich gedehnt. »Wir werden sehen, was wir tun können.«

Ilfa streckte die Hand aus, hielt sie Fryll entgegen. »Dein Schrateneid auf dieses Versprechen?«

Fryll schluckte heftig. Mit dieser Entwicklung hatte er noch weniger gerechnet. Er sah die Augen der anderen auf sich gerichtet. Es gab für ihn nur eine Wahl – entweder zu schwören und sich damit später Ärger zuhauf einzuhandeln, oder den Eid zu verweigern und sich sofort den Ruf eines Jammerlappens und Feiglings zu verschaffen.

»Mein Eid«, sagte er schließlich.

Ilfa konnte sehen, wie schwer dem Schrat dieser Entschluss fiel. Sie wusste aber auch, dass er ihn halten würde.

Und sie würde Hilfe bitter nötig brauchen.

Mythor war verschwunden. Er und Torcay waren aus dem Tempelhain nicht zu den Freunden zurückgekehrt. Ilfa hatte keine Ahnung, was das zu bedeuten hatte.

Ohne Schwierigkeiten hätte Mythor den Oberbefehl über die Kruuks haben können, statt dessen war er wohl – wie Ilfa vermutete – auf dem Weg zu Kalaun. Wahrscheinlich als Torcays Gefangener, aber auch das war nicht völlig sicher.

Ein Rätsel mehr, das es zu lösen galt.

Ilfas Blick fiel auf Roar. Mit seiner Hilfe wollte sie versuchen, auch die Kruuks zur Hilfe für Mythor zu bewegen. Die Aussichten standen gut – vorausgesetzt, die Barbaren nahmen Ilfa als Stellvertreterin Mythors an. Sie war da zuversichtlich.

»Wir werden auch weiterhin eure Hilfe brauchen«, sagte sie zu Wroggo.

»Unsere ja, meine nicht«, antwortete der Weiche Wroggo. »Ich werde meinen Leuten befehlen, dass sie euch nach Kräften unterstützen – aber nach wie vor im Geheimen. Mehr kann ich nicht tun.«

Ilfa zuckte mit den Schultern. Dieses Hilfsangebot war besser als nichts. Die Kruuks als offene Helfer, dazu die Schrate, wenn auch mit Widerwillen und Zögern, dazu die Unterweltler als verborgene Unterstützung – damit musste sich etwas anfangen lassen.

»Dann wollen wir aufbrechen«, sagte Ilfa und stand auf. »Lassen wir diesen Ort hinter uns!«

Wroggo verabschiedete sich – er war offensichtlich heilfroh, zu seinem genießerischen Leben in den Klüften der Unterwelt zurückkehren zu können.

Langsam schritt Ilfa durch den Schattenwald. Noch immer lag Kalauns finstere Macht wie ein Alpdruck über dem Land. Auch wenn er eine Schlappe hatte einstecken müssen – geschlagen war er noch nicht.

Vieles stand dem Herrn des Chaos noch zu Gebot – darunter wahrscheinlich Dinge, deren Schrecknisse niemand erahnen konnte. Ihn völlig zu besiegen, würde die Kraft und Geschicklichkeit aller beanspruchen.

Irgendwo waren die zehn Tausendschaften der Lichtkämpfer unterwegs, um Kalaun zu bekämpfen. In der Unterwelt rüstete sich Widerstand, sogar die Schrate waren widerwillig bereit, gegen den Herrn des Chaos zu kämpfen. Die Kruuks hatten ihm abgeschworen.

Ob das genügte?

Ilfa wusste es nicht. Sie dachte in diesem Augenblick weniger an Kalaun, seine finstere Macht und den Kampf, den es kosten würde, ihn zu entmachten.

Sie dachte an Mythor.

Dass er nicht zu ihr zurückgekehrt war, dass er sie nicht in seine Pläne eingeweiht hatte, machte Ilfa betroffen.

Es gab nur wenige Möglichkeiten, dieses Verhalten zu erklären.

Entweder war er von Torcay tatsächlich gefangen genommen und verschleppt worden – dann schwebte er in höchster Gefahr, und diese Sorge bedrückte sie weit mehr als Kalauns Alpdruck.

Oder er unternahm etwas, in das er Ilfa nicht einweihen wollte. Sie konnte sich keinen Betrug bei Mythor vorstellen –

wenn er sie nicht einweihte, dann nur aus einem Grund: weil er Ilfa nicht erschrecken und belasten wollte.

Vielleicht aber war das Unternehmen, zu dem er aufgebrochen war, so gefährlich, dass er Ilfa aus diesem Grund nicht mitnehmen wollte. Was das bedeutete, lag auf der Hand. Mythor glaubte bei diesem Vorhaben selbst nicht an den Erfolg.

Die Straße der Gefahren war noch nicht bis zum Ende abgewandert. Das Schlimmste, so ahnte Ilfa, stand erst noch bevor.

Sie stieß einen tiefen Seufzer aus.

Der Herr des Chaos

Hubert Haensel

1

Der Ruf des Morgenvogels weckte ihn. Eine Weile lag der Knabe noch mit geschlossenen Augen da und lauschte dem hellen Gesang, bevor er sich erhob und zum Fenster ging. Der Tag war noch jung; die ersten Strahlen der Sonne stiegen soeben jenseits des Waldes empor.

Schwarz toste die reißende Aegyser durch das enge Tal, um nur einen kurzen Fußmarsch entfernt in schäumenden Kaskaden über glattgeschliffene Felsen in die Tiefe zu stürzen. Sobald die Sonne in voller Größe über dem Wald stand, würde der Fluss zu einem gleißenden Lichtermeer werden.

Der Knabe stand lange reglos am Fenster und genoss die kühle, reine Morgenluft. Er sah zu, wie die Dämmerung die Schatten der Nacht verdrängte und die Helligkeit des Tages schließlich Sieger blieb.

Aber er wusste auch, dass die Nacht wiederkommen würde. Er hatte gelernt, dass dieser stete Wechsel wie der wohl immerwährende Kampf zwischen Gut und Böse war.

Das Geräusch leiser, schlurfender Schritte schreckte ihn aus seinen Überlegungen auf. Das musste der alte Wang te Groove sein, der den steinigen Weg vom Ufer heraufkam, um seine prächtig gedeihenden Mondblumen zu gießen. Sie verliehen den Terrassen entlang der Böschung einen Hauch unvergänglicher Schönheit. Und hieß es nicht, dass diese Mondblumen Unsterblichkeit schenkten? Der Knabe bewunderte den alten Aegyr, den schon der Vater seines Vaters gekannt hatte. Der weißhaarige Wang schleppte einen prall gefüllten Wassersack – ein Gewicht, das selbst Jüngere in die Knie gezwungen hätte.

Als er das Wasser versprüht hatte und wieder zum Fluss zurückwollte, kam ein Mistträger die ausgetretenen, engen Stufen herauf. Er trug zwei Eimer auf der Schulter und schien helfen zu wollen. Der Knabe am Fenster konnte nicht verstehen, was sie miteinander redeten, doch er erkannte, dass der Greis den anderen zurückwies. Der Mistträger indes ließ sich nicht vertreiben, womöglich um ebenfalls der Unsterblichkeit der Mondblumen teilhaftig zu werden.

Wang te Groove packte zu und wollte den Diener die Stufen hinunterstoßen, doch der war flink und krallte sich in seinem Gewand fest. Zeternd schlug der Aegyr um sich.

Beide gerieten an den Rand der Terrasse, die schmal und hoch war. Der Nebel hatte die geschliffenen Steine glitschig werden lassen. Als Wang den Mistträger trat, glitt dieser aus und stürzte hinunter, wo er regungslos liegen blieb.

Der greise Aegyr schien selbst erschrocken über sein Tun. Ängstlich blickte er um sich.

Blitzschnell zog der Knabe sich vom Fenster zurück, um nicht entdeckt zu werden. Sein Vater hatte ihn gelehrt, gütig zu sein, nachgiebig und hilfsbereit. Aber nun hatte er gesehen, wie ein Aegyr die Hand gegen einen Diener erhob, um zu töten.

Übelkeit stieg in ihm hoch. Er fror plötzlich, und sein Herz pochte wild in der Brust. Trotzdem beugte er sich wieder vor, weil er sehen wollte, was geschah.

Wang te Groove war die Stufen hinabgeeilt. Der Mistträger lag reglos da, die Beine ausgebreitet und die Arme wie schützend über den Kopf erhoben.

Der Knabe konnte Wangs Gesicht deutlich erkennen. Der Greis schwitzte. Die Furcht, entdeckt zu werden, spiegelte sich in seinen Augen. Ohne länger zu zögern, nahm er den Toten bei den Füßen und zerrte ihn den Hang hinunter bis ans Ufer des reißenden Flusses. Dann holte er die Eimer, legte sie neben den Diener und verschwand zwischen den Bäumen.

Der Knabe stand wie versteinert. Unfähig, wirklich zu begreifen, starrte er hinab auf die Terrassen. Er hatte einen Diener sterben sehen – durch die Hand eines Aegyr. Und dieser Aegyr hatte sich wie ein Dieb heimlich davongeschlichen.

Wie konnte jemand dem Guten das Wort reden und zugleich solch eine Tat begehen?

Etwas zerbrach in diesem Moment in ihm. Er schloss das Fenster und ließ sich auf seine Schlafstatt fallen.

Eine flüsternde Stimme redete ihm ein, dass vieles anders war, als er es bislang geglaubt hatte. Nicht die Liebe besaß Bestand in dieser Welt – sie war lediglich von kurzer Dauer. Einzig die Finsternis schien mächtig genug, alles zu überdauern.

Trotz seiner Jugend kam er zu der Erkenntnis, dass es besser war, über das Geschehene zu schweigen.

Die Sonne war inzwischen zwei Handbreit höher gestiegen; ihre Strahlen tasteten durch den Raum und ließen den Staub flimmern, als von draußen her Geschrei laut wurde.

»Ein Toter liegt am Fluss!«, vernahm der Knabe.

Eine andere Stimme rief: »Er ist ausgeglitten und zu Tode gestürzt.«

Unter Hunderten hätte er diese Stimme erkannt. Sie gehörte dem greisen Aegyr.

Noch ehe das Tagesgestirn sich dem Ende seines Laufs zuneigte, war das Totenfloß gezimmert. Inmitten hoch aufgeschichteten dürren Reisigs wurde der Leichnam aufgebahrt. Seine Eimer lagen neben ihm und auch das Rundholz, das er zum Tragen benutzt hatte.

Vom Fenster aus sah der Knabe die auflodernden Flammen, als das Floß dem reißenden Strom übergeben wurde, und das Herz krampfte sich ihm zusammen.

Schweißgebadet schreckte Mythor hoch und wollte aufspringen, doch die Ketten, mit denen seine Handgelenke an den Baum gefesselt waren, schnitten schmerzhaft in sein Fleisch. Ächzend ließ er sich wieder auf die Seite sinken und blinzelte in die Dunkelheit.

Das Feuer, an dem Torcay einen Vogel gebraten hatte, war längst erloschen. Nur fahle Glut schimmerte noch unter der weißen Asche hervor.

Mythor lauschte den Geräuschen des nächtlichen Waldes. Als er sich zögernd aufrichtete und seine Ketten erneut gegeneinanderklirrten, schreckte Torcay auf. Der Fährtensucher wälzte sich blitzschnell herum und riss sein Kurzschwert unter der Decke hervor.

»Es ist nichts«, sagte Mythor leise. »Ich bin nur durch meine eigenen Träume aufgeschreckt.«

Torcay murmelte etwas Unverständliches und rollte sich wieder am Feuer zusammen. Sein Gefangener schob sich rückwärts an den Baum und versuchte, eine halbwegs sitzende Haltung einzunehmen.

Mythor fluchte leise vor sich hin. Er hatte sich selbst in diese Lage gebracht und musste sich damit abfinden, wenn seine Gefangennahme durch Torcay glaubhaft erscheinen sollte.

Er hatte schlecht geträumt. Stück für Stück dieses Traumes fügte sich in seinen Gedanken zu einem halbwegs klaren Bild zusammen.

Er selbst? Wer war dieser Knabe von höchstens zehn Lenzen?

Mythor wusste nichts über sich und seine Vergangenheit. Er hoffte, von Kalaun, dem Herrn des Chaos, endlich seine Erinnerung zurückzuerhalten. Deshalb spielte er den Gefangenen.

Aber musste er nicht befürchten, erneut enttäuscht zu werden? Wie schon so oft vorher?

»Torcay!«, rief er zögernd. »He, Torcay! Wäre es möglich, dass ich ein Aegyr bin?«

»Du?«, murmelte der Fährtensucher schlaftrunken. »Wie kommst du ausgerechnet darauf?«

»Ich weiß nicht ...«

»Dann lass mich in Ruhe. Wir haben einen gefährlichen Weg vor uns.«

»Und wenn ich es geträumt habe?«

»Was ...?«, ächzte Torcay.

»Dass ich ein Aegyr bin. Ich habe mich als Knaben gesehen.«

»Blödsinn!«

Das klang schroff und abweisend. Mythor fühlte eine unendliche Leere. Im einen Moment glaubte er sich stark genug, es mit jedem aufzunehmen, im nächsten war er drauf und dran, sich in sein Schicksal zu ergeben. Ihn quälte eine Ahnung, dass er die Vergangenheit am besten begraben sein ließ.

Aus weiter Ferne erklangen Hufgetrappel und das Wiehern eines Pferdes. Wahrscheinlich waren Mangoreiter unterwegs.

Nach einer Weile verloren sich die Geräusche. Bald darauf war Mythor wieder eingeschlafen.

Etliche Monde waren vergangen, und der Herbst brachte reiche Ernte. Schwermütig blickte der Knabe den großen Vogelschwärmen nach, die sich sammelten, um in ferne Länder zu ziehen.

Nicht nur die Abende wurden kürzer, auch die Nebel stiegen wieder vom Fluss auf. Der Knabe fand kaum noch Ruhe. Immer häufiger vernahm er jene innere Stimme, die ihm seine eigene Vergänglichkeit vor Augen führte.

Eines Morgens schreckte er durch das Geräusch von Schritten auf. Das Fenster stand offen. Angestrengt starrte er hinaus.

Die Schritte erklangen vom Rand jener Terrasse, auf der der Mistträger sein Leben verloren hatte. Aus dem Nebel heraus verdichteten sich die Umrisse eines Mannes. Zwei Eimer trug er über der Schulter.

Der Knabe wagte kaum zu atmen. Seine Finger verkrallten sich in den Fugen des Mauersimses. Er achtete nicht darauf, dass die rauen Steine ihm die Haut abschürften.

Endlich konnte er das Gesicht des Fremden erkennen.

Es war der Mistträger.

Zu Tode erschrocken ahnte er, dass der Geist des Ermordeten kam, um sich am alten Wang zu rächen.

Langsam schritt der Mistträger die glitschigen Stufen hinab, an deren Ende te Grooves Haus sich an die Felsen duckte.

Nichts hielt den Knaben zurück. Er musste dem Geist folgen, ob er wollte oder nicht.

Beklemmend legte der Nebel sich auf seine Brust. Trotzdem hastete er den Weg hinab, so schnell er konnte. Er fühlte, dass das Böse ihn lauernd umgab.

Einmal, als der Mistträger sich kurz umwandte, verbarg der Knabe sich im Schatten eines mannshohen Strauches. Zu seiner Überraschung ging der Geist an Wangs Haus vorbei, ohne auch nur einen Moment lang zu zögern.

War es doch nicht der Ermordete?

Der Knabe schob alle Zweifel von sich. Des Mistträgers leicht hinkender Gang war unverkennbar.

Zwanzig Schritt weiter stand das Haus der Familie Lirrh. So nahe am Fluss wohnten die Aegyr, die es noch nicht zu Ansehen gebracht hatten.

Der Geist öffnete das eisenbeschlagene Tor und betrat den nicht sehr großen Hof. Augenblicke später war er spurlos verschwunden. Aus dem Haus erklangen schrille, kurzatmige Schreie. Nie zuvor hatte der Knabe eine Frau so schreien hören. Eine dumpfe Männerstimme redete beruhigend auf sie ein.

Egal was geschehen war, er musste es wissen. Blindlings hastete er los und stieß beinahe mit dem schwarzhäutigen Diener zusammen, der das Haus verließ. Im ersten Moment schrie er entsetzt auf, weil er glaubte, dem Geist gegenüberzustehen, doch die Stimme, die auf ihn einredete, war menschlich.

»Du kannst nicht hinein.«

»Warum nicht? Was ist geschehen? Hat er ...?« Entsetzliche Vorstellungen schnürten dem Knaben die Kehle zu.

Das Kreischen der Frau ging durch Mark und Bein. *Als würde ein Dämon aus ihr ausfahren!,* durchzuckte es ihn.

»Komm!«, sagte der Diener und zog ihn sanft mit sich. »Unsere Frau sieht ihrer Niederkunft entgegen. Es ist fast schon zu spät, um eine Heilkundige zu holen.«

»Aber ... der Mann, der Mistträger ...« Vor Erregung brachte er kaum noch ein Wort heraus.

Der Diener verzog das Gesicht. »Ein Mistträger ist das Letzte, was die Frau jetzt braucht.«

»Er ist eben ins Haus ... mit zwei Eimern. Ich habe ihn hineingehen sehen.«

»Du redest wirr. Verschwinde endlich. Da ist niemand außer der Frau und ihrer Magd.«

Nur leises, verhaltenes Wimmern war noch zu vernehmen. Augenblicke später wurde die Tür aufgerissen: »Du brauchst die Heilkundige nicht mehr zu rufen, Jorell, die Frau hat eben einen Sohn zur Welt gebracht.«

Der Knabe verstand, dass der Geist nicht gekommen war, sich zu rächen, sondern um wiedergeboren zu werden. Nur wunderte er sich darüber, womit der Mistträger es verdient hatte, als Aegyr geboren zu werden.

Sieben Sommer zogen ins Land. Der Knabe wurde zum Jüngling, der sich immer öfter gegen das Altüberlieferte auflehnte, und der Sohn der Familie Lirrh entwuchs allmählich dem Kindesalter. Nadham war sein Name, das bedeutete *Geistervogel.*

Nadham war anders als andere Aegyr in seinem Alter. Er sonderte sich ab und weilte mitunter tagelang bei seinen Tieren. Er liebte die schneeweißen Tauben, die er unter dem Dach seines Elternhauses hielt.

Auch Wang lebte noch. Der Jüngling vermochte nicht zu sagen, ob der Greis älter geworden war. Wang schien tatsächlich die Unsterblichkeit zu besitzen.

Wieder erklang der verlockende Gesang des Morgenvogels, und wieder stiegen Nebelschwaden vom nahen Fluss auf. Der Jüngling stand am Fenster, als Wang te Groove den schmalen Weg zu den Terrassen emporstieg. Vor Jahren schon waren hölzerne Geländer angebracht worden, um ein neues Unglück zu vermeiden.

Nadham saß im oberen Stock seines Hauses und lauschte dem Gurren der Tauben, als plötzlich eine von ihnen aufflatterte und sich nahe dem alten Wang auf dem Geländer niederließ. Nadham rief vergeblich nach ihr, deshalb fürchtete er wohl, sie könnte ihm davonfliegen. Als er sich in seiner Verzweiflung nicht mehr anders zu helfen wusste, hob er eine Handvoll Steine auf und begann, nach dem Tier zu werfen.

Aus Versehen traf er den greisen Wang. Der erschrak, glitt aus, und der noch immer halb gefüllte Wassersack auf seiner Schulter zerrte ihn über das Geländer in die Tiefe. Nicht ein Laut war zu vernehmen, als der Alte aufschlug und mit ausgestreckten Beinen liegen blieb. Der Inhalt des Wassersacks entleerte sich über ihn. Das Wasser, das er vom Ufer der Aegyser geholt hatte, schimmerte rot wie Blut.

Für eine Weile war nur das Gurren der Tauben zu hören. Ohne einen Laut von sich zu geben, verschwand Nadham von dem Platz, an dem er gesessen hatte.

Als die Sonne höher stieg und die Nebel sich auflösten, kamen viele, um den Alten zu suchen. Sie fanden den Leichnam und sprachen: »Er hat den Halt verloren und ist in den Tod gestürzt.« Und sie übergaben ihn dem Feuer auf den Wogen der Aegyser.

Der Jüngling Kalaun indes fühlte sich von den edlen Menschen abgestoßen, die sich mit schönen Dingen umgaben und nach höchsten Werten strebten – und das alltägliche Geschehen ignorierten. Sie wollten die Schatten nicht sehen, die bedrohlich über ihnen schwebten.

Als Mythor erwachte, dämmerte der Morgen. Diesmal wusste er, dass er geträumt hatte. Er konnte sich sofort an Einzelheiten erinnern, vor allem der Name des Jünglings hatte sich in seinen Gedanken festgebrannt ...

Ihm war unbehaglich zumute. Irritiert schüttelte er den Kopf.

»Was ist?« Torcay verstreute die erkaltete Asche mit den Füßen. Er war bereit zum Aufbruch.

»Ich habe geträumt«, sagte Mythor. »Von Kalaun.«

Der Fährtensucher zuckte mit den Achseln.

»Warum nicht«, meinte er. »Wir werden Kastell Thauburg in wenigen Tagen erreicht haben.« Mit raschen Griffen löste er die Kette von Mythors linkem Handgelenk, zog sie um den Baum herum und befestigte sie wieder. Sie ließ gerade genügend Bewegungsfreiheit, dass der Gefangene dennoch nicht fliehen konnte.

»Du meinst, Kalauns Nähe macht mir zu schaffen?«

»Was sonst? Komm jetzt, vor uns liegt ein langer Marsch.«

Der Wald wurde dichter, je weiter sie kamen. Gelegentlich brach Helligkeit durch das verfilzte Laubdach und zeichnete verwaschene Flecke auf den moosbewachsenen Boden. Der Fährtensucher zwängte sich lieber durch dornenreiches Unterholz, als diesen Stellen zu nahe zu kommen. Sie bargen Schwarze Magie, behauptete er.

Mit der Zeit veränderte der Wald sein Aussehen. Düsternis prägte das Bild. Unwirkliche Stille herrschte in diesem Abschnitt des Waldes. Die Bäume verloren ihr Laub, sogar die Nadeln färbten sich braun. Viele von ihnen wirkten wie erstarrte Riesen, und ihre dicken Stämme erinnerten an versteinerte Gesichter.

Der Wald war unheimlich. Selbst Mythor konnte sich eines gewissen Schauders nicht erwehren.

Er wandte sich an Torcay: »Gib mir mein Schwert!«

Aber der Fährtensucher reagierte unwillig. »Du kannst gut genug mit der Klinge umgehen, um mich trotz gefesselter Hände zu bedrängen.«

»Ich gebe dir mein Wort ...«

»Mir ist das Gold lieber, das Kalaun für dich bezahlen wird.«

Fühlte Torcay sich beobachtet? Andernfalls hätte er kaum so gesprochen. Obwohl Mythor keine Gefahr entdecken konnte, lag die Rechte des Fährtensuchers auf dem Schwertgriff.

Unverhofft schnellte Torcay sich vorwärts. Aufblitzend zuckte seine Klinge durch die Luft und drang gut eine Handbreit tief in den nächsten Stamm ein. Ein Ächzen erklang, zugleich gerieten die Äste des vermeintlichen Baumes in rasende Bewegung. Torcay hatte Mühe, ihnen zu entgehen. Seine Klinge fetzte die borkige Rinde ab und schlug tiefe Kerben, aus denen zähflüssiger Saft austrat.

»Verschwinde!«, rief er Mythor zu. »Diese Pflanzen können tückisch sein.«

Unmittelbar über dem Wurzelansatz entstand eine breite Öffnung. Fingerlange, scharfe Reißzähne wurden sichtbar. Torcay reagierte schnell und stieß sein Schwert hinein, während er zugleich zwei heranpeitschenden Ästen auswich. Dann warf er sich herum und folgte Mythor. Nur mit Feuer war Geschöpfen wie diesem beizukommen, die sich auf ihren Wurzeln fast so rasch fortbewegen konnten wie ein Mensch.

Hinter ihm begann die verwundete Pflanze zu toben.

Zum Glück erkannte Torcay weitere Gefahren stets rechtzeitig. Der abgestorbene Forst besaß etwas Beängstigendes, vor dem auch Mythor zurückschreckte. Zwischen den mächtigen, zum Teil weit ausladenden Stämmen spannten sich klebrige Netze. Aber nur hin und wieder entdeckten die beiden Wanderer dürre Spinnen, die vergeblich auf Beute warteten.

Endlich – es mochte gegen Mittag sein – erklang von weitem das Murmeln eines Bächleins, und als Mythor und Torcay es erreichten, sahen sie, dass jenseits davon eine weitgestreckte Hügellandschaft begann.

Das kristallklare Wasser wirkte belebend. Nach kurzer Rast wateten die beiden Männer an das andere Ufer. Sie kamen nun rascher voran als bisher. Kniehohes Schilfgras wechselte ab mit ausgedehnten Schlammflächen, vor allem am Fuß der Hügel.

»Ich kenne dieses Land nicht«, sagte Torcay. »Aber es scheint keine magischen Fallen zu geben, denen wir ausweichen müssen.« Hin und wieder blieb er stehen und ließ eine seiner Lotschnüre pendeln. Die gleichmäßig kreisende Bewegung der Eisen zeigte keine Gefahr.

Von der Anhöhe eines Hügels aus reichte der Blick weithin. Nur in nordöstlicher Richtung, wo Thauburg liegen musste, stiegen düstere Nebelschwaden auf.

Ein frischer Wind ließ Mythor frösteln. Von irgendwoher erklang das gedämpfte Schnauben eines Streitrosses. Auch Torcay hatte es vernommen und sah sich suchend um. Wenn Berittene in diese Gegend kamen, dann sicherlich nur Mangoreiter.

»Nimm mir die Fesseln ab und gib mir mein Schwert zurück«, verlangte Mythor. »Oder willst du allein kämpfen?«

Der Fährtensucher lauschte angestrengt. Nach einer Weile stieß er die Klinge in die Scheide zurück und zuckte mit den Schultern. »Manchmal trägt der Wind von weither Laute mit sich. In der Zone des Schreckens ist alles möglich.«

Eine Erschütterung durchlief den Hügel. Zugleich war dröhnender Hufschlag zu vernehmen.

Mythor blieb erneut stehen. »Das kommt von unter uns«, behauptete er. Während sein Blick suchend die Grasnarbe abtastete, entstanden die ersten sich rasch ausweitenden Risse im Boden, begleitet von einem dumpfen Grollen, das ein nahendes Erdbeben anzukündigen schien.

Ein etliche Schritte messendes Stück Erdreich brach in Gedankenschnelle ein. Nicht einmal Torcay konnte sich noch durch einen Sprung retten. Er bekam zwar die Abbruchkante zu fassen, aber seine Finger fanden im feuchten Lehm keinen Halt.

Dröhnendes Gelächter hallte in vielfachem Echo durch die gut drei Mannslängen tiefe Erdhöhle.

Ein wenig benommen vom Sturz richtete Mythor sich auf und hielt Torcay die gefesselten Arme hin.

Der Fährtensucher schüttelte den Kopf. »Kalauns Macht reicht längst bis hierher. Mag sein, dass er uns prüfen will. Du bist und bleibst mein Gefangener.«

Mythor musste einsehen, dass der Gefährte recht hatte. Nur wenn er das Spiel bis zum Ende durchhielt, konnte er hoffen, dass der Herr des Chaos seine Absichten nicht durchschaute.

Die Wände des Schachtes, in den sie gestürzt waren, strebten nahezu senkrecht in die Höhe. Zudem traten zahlreiche kleine Wasseradern aus dem Lehm hervor.

Enttäuscht ließ Torcay den Blick sinken. »Da kommen wir nicht wieder hinauf«, sagte er. »Selbst wenn ich meine Schnüre aneinanderknote, habe ich nichts, um sie oben fest zu verankern.«

Mythor deutete auf die Erdbrocken, die sich an einer Seite angehäuft hatten. »Spürst du den schwachen Luftzug? Wenn mich nicht alles täuscht, führt dort ein Stollen tiefer unter die Erde.«

Torcay nickte flüchtig und begann, den locker aufgehäuften Lehm beiseite zu räumen. Mythor half ihm dabei, so gut er konnte. Innerhalb kürzester Zeit legten sie einen dunkel gähnenden Gang frei, gerade hoch genug, dass sie sich in gebückter Haltung hindurchbewegen konnten. Der Boden war felsig und stand knöcheltief unter Wasser. Seltsame Laute hallten durch die Finsternis – ein Raunen, Wispern und Stöhnen wie von verdammten Seelen.

Torcay und Mythor kamen nur langsam vorwärts. Jeder Schritt konnte in einen sich jäh auftuenden Abgrund führen. Wasser tropfte von der Decke herab.

Plötzlich waren da zwei winzige, grün schimmernde Augen, die Mythor aus der Dunkelheit anstarrten. Instinktiv die Arme abwehrend hochreißend, stieß er mit dem Kopf gegen die Decke, und ein stechender Schmerz fuhr sein Rückgrat entlang. Während er halb benommen nach vorne taumelte, sprang das Tier. Nadelspitze Zähne gruben sich in seine Schulter. Mythor schrie auf und ließ sich fallen. Trotz seiner Fesseln gelang es ihm, das pelzige Etwas zu packen. Aber erst als Torcay ihm zu Hilfe kam, ließ der Angreifer von ihm ab und verschwand quietschend in der Finsternis.

Endlich weitete sich der Gang. Zugleich trat ein, was Mythor befürchtet hatte. Ein weiterer steiler Felssturz hinderte sie am Weiterkommen. Torcay begann, die Lotschnüre miteinander zu verknoten. An einer von ihnen befestigte er seinen Dolch als Gewicht. »Gleich werden wir wissen, wie tief der Abgrund ist.«

Langsam ließ er die Schnüre nach. Hin und wieder gab es ein klirrendes Geräusch, wenn die Klinge gegen Fels stieß. Dann erklang von unten her ein dumpfes Platschen.

»Wasser«, meinte Mythor. »Wie weit unter uns?«

»Ungefähr fünf Schritt. Aber ich will kein Wagnis eingehen. Warte noch.«

Der Dolch sank weiter ab. Als Torcay endlich innehielt, waren es gut sechs Mannslängen. »Das dürfte genügen«, sagte er. »Auf jeden Fall liegt der Grund tief genug.«

»Du willst springen?«

»Ich nehme an, wir sind auf einen See gestoßen. Wäre es fließendes Wasser, müssten wir das Plätschern hören.«

Torcay holte die Schnur wieder ein. Bevor er reagieren konnte, ergriff Mythor das Messer und rammte es bis zum Heft in den Lehm. Mit kräftigen Stichen brach er einen kopfgroßen Klumpen aus der Wand heraus. Aber als er sich danach bückte, kam der Gefährte ihm zuvor.

»Lass mich das machen.«

Torcay schleuderte den Lehmbrocken in die Finsternis. Er hatte kaum bis fünf gezählt, als ein lautes Plätschern erklang. Der See erstreckte sich also auf jeden Fall weit genug von der Felswand weg.

»Ich will nicht, dass du ertrinkst«, lachte der Fährtensucher und löste die Kette von Mythors Handgelenk. »So kannst du besser schwimmen.«

»Weißt du, wohin wir kommen?«

»Vielleicht ergeht es uns wie der Spreu im Wind. Sei froh, wenn wir überhaupt einen Ausweg finden.«

Torcay sprang. Mythor hörte ihn eintauchen.

»Alles in Ordnung«, kam es aus der Tiefe. »Jetzt du!«

Eisige Kälte umfing den Krieger und wollte ihm die Luft aus den Lungen treiben. Die schwere Kette behinderte ihn ein wenig, trotzdem strebte er mit heftigen Schwimmstößen rasch der Wasseroberfläche zu. Torcay konnte nicht weit vor ihm sein.

Ein Hauch fahler Helligkeit schimmerte plötzlich dort, wo er das Ufer wähnte. Zugleich erklang Hufgetrappel, und eine dröhnende Stimme wurde laut. Mythor war überzeugt davon, dass es dieselbe Stimme war, deren höhnisches Gelächter sie schon vernommen hatten.

»Willkommen, Freunde!«, rief der Fremde. »Ich habe viel zu lange auf euch warten müssen.«

Torcay stieß einen erstickten Aufschrei aus. Auch Mythor starrte den Ritter an, dessen goldene Rüstung aus sich heraus zu leuchten schien. Keinen Speerwurf weit waren sie auseinander, dennoch spürten beide die Feindseligkeit, die von dem Fremden ausging. Hoch aufgerichtet saß er auf einem prächtigen Rappen, vor dessen Nüstern wie zu Raureif gefroren der Atem hing.

»Wer bist du?«, rief Torcay.

Der Ritter zog sein edles Tier auf der Hinterhand hoch, dass es erschrocken wieherte. Von allen Seiten her wurde das Echo zurückgeworfen und verstärkte sich zu schier ohrenbetäubendem Donnerhall. Kleinere Steine und Felsbrocken klatschten ringsum ins Wasser.

»Die Decke stürzt ein!« schrie Mythor, der die drohende Gefahr als erster erkannte. »Wir müssen tauchen.«

Ein tiefer Atemzug, dann ließ er sich absinken, während zugleich ein wahrer Hagel von Bruchstücken niederging. Mit hastigen Schwimmstößen strebte er der Wand zu, weil er nur dort einigermaßen sicher war.

Seine Lungen drohten bereits zu zerspringen, und der Drang einzuatmen wurde schier unwiderstehlich, als er endlich gegen ein schroffes Hindernis stieß und sich daran in die Höhe zog. Torcay tauchte neben ihm auf.

Noch immer brachen vereinzelt große Stücke aus der Decke herab. Aber der goldene Ritter war spurlos verschwunden.

2

Zitternd vor Kälte verharrten sie eine Weile eng an den Felsen gepresst.

»Wir müssen weiter«, bestimmte Torcay schließlich. »Wenn der Ritter mit seinem Pferd hierher gelangte, gibt es auch für uns einen Ausweg.«

Der Boden war sandig. Vereinzelt wuchernde Leuchtmoose ließen die Finsternis nicht mehr ganz so undurchsichtig erscheinen. Hufabdrücke verrieten, dass der Reiter oft ans Ufer des Sees kam – vielleicht, um sein Tier zu tränken.

Sie folgten den Spuren und gelangten in einen sich mehrfach verzweigenden Stollen. Feuchtigkeit schlug sich überall nieder, an den Wänden wucherten Algen und Moose. Einige eidechsenähnliche Tiere huschten flink über den Boden.

Kristalladern durchzogen den Fels. Etliche waren von der Art, die auf großen Wert schließen ließ. Mit einem Ruf der Verzückung hob Torcay sein Schwert, um einige Steine herauszubrechen, aber Mythor hielt ihn zurück. Der Fährtensucher wollte aufbegehren, doch Mythor deutete stumm auf das halb vermoderte Skelett, das nur wenige Schritte entfernt in verkrümmter Haltung an der Wand kauerte. Die Knochenfinger hielten den Knauf eines Langschwerts umklammert, als wollten sie jeden Moment zuschlagen.

»Na und?«, sagte Torcay unwillig. »Der Krieger ist vor Jahrzehnten gestorben.«

»Willst du sein Schicksal teilen?«

»Unsinn. Hier wartet mehr Reichtum auf mich, als ich von Kalaun je für dich bekommen werde.« Torcays ohnehin starke Backenknochen zeichneten sich noch deutlicher unter seiner blau-schwarzen Haut ab. Die tiefliegenden Augen schienen Mythor förmlich durchbohren zu wollen. Er war ein Abenteurer, der hoffte, eines Tages zu großem Reichtum zu gelangen. Jede Freundschaft musste zwangsläufig an diesem Punkt enden.

»Sieh genau hin, bevor du dein Leben wegwirfst!« Mythor deutete auf das Skelett, dessen eine Hand das Schwert hielt, dessen andere aber einen großen Kristall umkrampfte.

Torcay ließ seine zum Schlag erhobene Klinge sinken.

»Du hast recht«, ächzte er. »Ich bin ein Narr. Wenn ein Fluch auf diesen Steinen liegt, muss ich ebenfalls sterben.« Ohne einen weiteren Blick an die funkelnden Adern zu vergeuden, wandte er sich ab.

Der Weg stieg merklich an, und allmählich wich die bislang herrschende Nässe. Endlich trockneten die noch immer klammen Kleider am Körper.

Mythors knurrender Magen machte ihm bewusst, wie lange sie schon durch das Höhlensystem liefen, ohne einen Ausweg gefunden zu haben. Vielleicht würden sie Tage brauchen, den richtigen Weg zu entdecken. Die herrschende Düsternis war nicht gerade dazu angetan, Hoffnungen zu wecken.

»Wir haben uns eine Rast verdient«, sagte Torcay. Aber als er sich in die Hocke sinken ließ, erklang leiser Hufschlag.

»Das kam von da.« Mythor deutete in einen engen Seitengang, der sich schon nach wenigen Schritten in drohender Schwärze verlor.

Im Nu war Torcay wieder auf den Beinen. Gemeinsam hetzten sie den Stollen entlang. Ein goldener Schimmer nicht weit voraus lockte sie.

Der Tunnel weitete sich.

Vornübergebeugt saß der Ritter auf seinem Pferd und schien zu warten. Dumpf klang sein Lachen unter dem geschlossenen Visier hervor.

Die Rüstung erinnerte Mythor unwillkürlich an die Brünne der Unverwundbarkeit. »Bist du ein Aegyr?«, hörte er sich fragen.

Der Goldene tätschelte den Hals des Rappen, der sich daraufhin langsam in Bewegung setzte. Aber bevor er Mythor und Torcay erreichte, begannen seine Umrisse zu verschwinden. Nur sein heiseres Lachen brach sich noch zwischen den Felsen.

»Ein Geist«, stieß Torcay wütend hervor. »Wir sind einem Trugbild gefolgt.«

»... Trugbild gefolgt ... gefolgt ... gefolgt ...«, hallte es von allen Seiten zurück. Die Höhle, in der sie sich befanden, musste eine beachtliche Ausdehnung besitzen. Wenn der Klang nicht täuschte, standen sie auf einem Felsband, das sich etwa in halber Höhe hinzog.

»Was hast du vor?«, fragte Mythor verwundert, als Torcay seine lederne Jacke abstreifte.

»Ich will endlich wissen, wo wir sind. Wozu trage ich stets zwei Feuersteine bei mir?«

Ein winziger Funke zuckte auf – und erlosch wieder.

Dann noch einmal. Der Fährtensucher schlug die Steine heftiger gegeneinander. Er stieß ellenlange Verwünschungen aus.

Endlich wurde ein kleines, zuckendes Flämmchen geboren, das in dem ledernen Wams aber nur zögernd Nahrung fand. Sein zuckender Schein huschte über eine kahle Felswand und ließ eine Reihe eiserner Halterungen erkennen, die in regelmäßigen Abständen eingeschlagen waren. In zwei von ihnen steckten halb abgebrannte Fackeln.

Ehe Torcays Jacke gänzlich dem Feuer zum Opfer gefallen war, entzündete Mythor die beiden pechgetränkten Hölzer.

Das Felsband war kaum zehn Schritt breit und verjüngte sich nach den Seiten hin zunehmend. Das Licht der Fackeln reichte nicht aus, die Höhlendecke erkennen zu lassen. Dafür entdeckte Mythor etwas anderes. In schmalen Nischen ruhten die sterblichen Überreste gerüsteter Krieger. Viele von ihnen waren nur noch Skelette, die durch Kleidung oder Kettenhemden zusammengehalten wurden, bei anderen spannte sich fleckige Haut über die Gesichtsknochen.

Torcays gellender Warnruf ließ Mythor herumfahren. Nur um Haaresbreite entging er der tödlichen, von einer Knochenhand geführten Klinge.

Es war gut ein Dutzend Untoter, die wie auf ein geheimes Kommando hin antraten. Mythor schwang seine Fackel gegen sie, doch konnte er damit nichts ausrichten.

»Torcay, mein Schwert!«, rief er.

»Mein Schwert ... Schwert ... Schwert ...«, schien das Echo zu spotten.

Die Angreifer zwängten sich zwischen ihn und den Fährtensucher. Ihre Absicht war unverkennbar; sie wollten die beiden Menschen über das Felsband in die Tiefe stürzen.

Mit Schwert und Fackel zugleich stieß Torcay zu, fintierte, griff an, wurde aber mehr und mehr in die Verteidigung gedrängt. Seine wuchtigen Hiebe zeigten kaum Wirkung.

Auch Mythor verlor einen Fußbreit Boden nach dem anderen. Wenigstens gelang es ihm, den Angreifern die Waffen zu entreißen, indem er seine Kette über dem Kopf schwang und mit Wucht auf die Untoten herabsausen ließ. Schon war er dem Abgrund bedrohlich nahe. Er bückte sich nach einem Schwert und warf die hinderliche Fackel zur Seite.

Die Angreifer zeigten sich verwirrt. Als Mythor dann die Klinge mit beiden Händen führte, wichen sie sogar vor ihm zurück.

Torcay begriff. In hohem Bogen schleuderte er seine Fackel in die Finsternis, wo sie aufglutend verschwand. Wenige Augenblicke später war der Kampf entschieden. Die geschlagenen Skelette zerfielen zu Staub, der rasch in den Unebenheiten des Felsbodens verschwand. Nur ihre Waffen blieben zurück – schartige Klingen. Auch das Schwert in Mythors Hand, eben noch scharf geschliffen, wurde stumpf und unbrauchbar.

Torcays schwarzes Gesicht war schweißüberströmt und glänzte wie polierter Stein. Der Anblick weckte ein dumpfes Gefühl des Unbehagens. Mythor taumelte. Ihm war, als wolle ein rasender Wirbel ihn mit sich reißen.

Er stöhnte leise. Dass der Fährtensucher auf ihn einredete, nahm er kaum bewusst wahr.

Da war die Spur einer Erinnerung: ein düsteres, vierarmiges Wesen, wie aus Stein gehauen ... Bevor Mythor sie in Worte kleiden konnte, entzog sie sich seinem Zugriff. Zurück blieb ein stechender Schmerz in der Brustgegend.

Blicklos starrte er in die Tiefe hinab, wo Torcays Fackel dem Erlöschen nahe war. Ihr flackernder Schein ließ Hunderte mannshoher, spitzer Felssäulen erkennen. Wer hinunterstürzte, war rettungslos verloren.

Mythor wirbelte herum und riss die Kette zum Schlag hoch. Torcay erstarrte, als er das verzerrte Gesicht sah.

»Was ... ist mit dir?«

Ein Zittern durchlief Mythors Körper. Er wollte etwas sagen, doch kein Laut drang über seine Lippen. Erst nach einer geraumen Weile entspannten sich seine Züge.

»Ich fühle mich nicht wohl«, gestand er. »Manchmal ist mir, als wäre ich nur ein halber Mensch.«

Zarter Gesang erfüllte plötzlich die Höhle, untermalt vom Klang vielfältiger Musikinstrumente. Im ersten Moment, als sie sich umwandten, glaubten Mythor und Torcay, ihren Augen nicht mehr trauen zu dürfen.

Doch was sie sahen, war Wirklichkeit geworden.

Die Höhle war zum Festsaal geworden – wo eben noch schroffe Felsen aufragten, reihten sich nun schwere hölzerne Tische aneinander, überfüllt mit Speisen und Getränken. Eine buntgekleidete Menge drängte sich auf den Bänken. Öllampen verbreiteten einen angenehmen Schein, und der Geruch abgebrannter Räucherkerzen vermischte sich mit dem Dunst herben Weines in tönernen Krügen.

»Ich träume!«, stieß Torcay hervor.

Die uralten Waffen auf dem Boden waren verschwunden. Aus dem schmalen Felsband war eine umlaufende Galerie geworden, von der aus mehrere Wendeltreppen in den Saal hinabführten. Ein faszinierendes Schlachtengemälde zierte den Boden – ein Mosaik, wie es an Schönheit kaum seinesgleichen finden konnte.

Auch hier oben brannten Öllampen. Zwischen ihnen verdeckten schwere Stoffe Nischen in der Wand.

Mythor verständigte sich mit Torcay durch einen flüchtigen Blick. Gemeinsam traten sie vor einen der Vorhänge hin, und während der Fährtensucher sein Schwert zog, riss Mythor den Stoff mit einem heftigen Ruck zur Seite.

Die Nische barg lediglich einen kleinen Tisch und eine Bank. Sie maß etwa drei Schritte im Geviert.

Enttäuscht und überrascht zugleich, wandte Torcay sich dem nächsten Vorhang zu. Auch hier das Gleiche.

»Aber ich bitte Euch«, erklang es hinter ihnen. »Wozu das Schwert?« Ein Hofdiener verbeugte sich galant. »Darf ich Euch in den Saal geleiten, zu den anderen Gästen?«

»Warum eigentlich nicht?«, antwortete der Fährtensucher. »Mir scheint, es geht hoch her bei diesem Fest.«

»Die Aegyr feiern Eure bestandene Prüfung«, nickte der Diener eifrig.

»Du meinst ... das hier ist ...?«

»Jeder, der den Weg nach Annwn findet, muss beweisen, dass er würdig ist, in den Kreis der Aegyr aufgenommen zu werden.« Der Hofdiener, in ein scharlachrotes Gewand gekleidet, klatschte laut in die Hände. »Spielt, Musiker, spielt für unsere Gäste!«

Aller Augen wandten sich ihnen zu, während sie eine der Treppen in den Saal hinabstiegen. Beim Anblick der üppig aufgetragenen Speisen und Getränke machte sich nicht nur Mythors Magen quälend bemerkbar. Wie lange hatte er nichts mehr gegessen? Wenn er es recht bedachte, weilten sie inzwischen über einen Tag in dieser seltsamen Welt.

Die Musik hatte einen einschmeichelnden Klang. Ein Geschöpf, halb Mensch, halb Stier, starrte Mythor aus feuerroten

Augen an. Sein Körper war von hellbraunem Fell bedeckt, ein Bein endete in einem klobigen Huf, und auch der lange, borstige Schwanz und die spitzen Hörner auf der Stirn wirkten nicht eben vertrauenerweckend.

Mythor wurde abgelenkt, weil einige in Blau gekleidete Diener für Torcay und ihn Platz schafften. Er saß kaum, als sich eine leichtgeschürzte dralle Frau an seine Seite schob. Der Fährtensucher blieb ebenfalls nicht allein.

»Wieso das alles?«, wollte Mythor wissen. »Ich dachte, die Aegyr haben sich in eine andere Welt zurückgezogen. Zumindest haben sie mir das selbst gesagt.«

Er atmete den verführerischen Duft ihrer Haut; ihre Lippen näherten sich den seinen. Aber er musste an Ilfa denken und schob sie mit sanfter Gewalt von sich.

»Kannst du mir keine Antwort geben?«

Ihre Augen waren grün wie ein unergründlicher Bergsee. Als sie bemerkte, dass er an ihr weniger Gefallen fand als an seinen Fragen, seufzte sie leise.

»Wir waren dort, doch behagte es uns nicht. Wir lieben es, üppige Feste zu feiern. Opfere der Liebesgöttin deine Lust, aber vorher iss und trink, damit deine Kräfte dich nicht verlassen.«

Sie winkte einem der Diener, der eine Schüssel mit dampfendem Inhalt vor Mythor absetzte. In einem herrlichen Pokal wurde ihm zudem schwerer Wein gereicht.

»Auf das Wohl unserer Gäste!«

Mythor kannte die Stimme. Während er jedoch sitzen blieb, sprang Torcay überrascht auf. Ein Krug polterte zu Boden, sein Inhalt ergoss sich über die Steine. Noch während Mythor hinsah, verschwand die Lache. Torcay, der den Zwischenfall ebenfalls beobachtet hatte, warf dem Gefährten einen warnenden Blick zu.

An der Stirnseite der Tafel saß der Ritter mit der goldenen Rüstung.

»Wer bist du?«, stieß Torcay hervor.

»Spielen Namen eine Rolle? Nenne mich te Soyah, nenne mich anders – mir ist es egal. Aber jetzt trinkt mit mir. Du und dein Freund.«

Der Fährtensucher verharrte reglos. Auch Mythor traf keine Anstalten, der Aufforderung nachzukommen – so schwer es ihm fiel.

In der Stimme des Ritters schwang Verwunderung mit. »Wenn ihr nicht trinken wollt, esst wenigstens. Wir haben das Beste aufgeboten, was unsere Ländereien hergeben.«

Verbissen schüttelte Torcay den Kopf. »Ich esse weder Staub noch Felsen.«

»Was glaubst du, wer du bist?«, fuhr der Goldene auf. »Gefallen dir die Gewänder meiner Diener nicht?«

Torcay lachte hell auf. Seine Rechte tastete nach dem Knauf des Schwertes. »Scharlachrot für das ewige Feuer und blau für das Eis der Verdammnis«, rief er. »Das sind passende Farben für Dämonen.«

Ein Schrei der Entrüstung wurde laut. Während Torcay seine Klinge aus der Scheide riss, verschwanden Tische, Bänke und die Menschen um ihn herum, als hätten sie nie existiert. Dunst wirbelte auf. Es roch nach feuchter, modriger Erde. Aus der Höhe erklang das Heulen des stärker gewordenen Windes, der düstere Wolken vor sich her trieb.

»Was war das?« Mythor sah sich aufmerksam um. Sie befanden sich wieder am Grund jenes Schachtes, durch den sie ins Innere des Hügels gestürzt waren. Zu seiner Rechten lag die halb verschüttete Öffnung eines Stollens. Infolge der herrschenden Nässe war weiteres Erdreich abgesackt und bildete nun eine schräge Rampe, über die man mühelos an die Oberfläche gelangen konnte.

»Ich weiß nicht«, antwortete Torcay auf Mythors Frage. »Dämonenspuk oder Zauberei – in der Zone des Schreckens ist vieles möglich. Aber es wäre uns schlecht ergangen, hätten wir von dem Dargebotenen genommen. Wir wären selbst auf ewige Zeit zu ruhelosen Geistern geworden.«

Nacheinander kletterten sie an die Oberfläche empor. Nichts hatte sich in der Zwischenzeit verändert. Sogar die Sonne schien noch am gleichen Fleck zu stehen.

»Seltsam«, murmelte Mythor vor sich hin. »Als wäre keine Zeit vergangen.«

»Vielleicht ist es so«, pflichtete ihm Torcay bei. »Man munkelt, Kalaun besäße die Kraft, das Gestern und Morgen nach seinem Willen zu formen.«

»Trotzdem muss alles, was wir erlebt haben, Wirklichkeit gewesen sein.« Mit schmerzverzerrtem Gesicht tastete Mythor nach seiner Schulter, wo die Bisswunden inzwischen verkrustet waren.

»Das sieht böse aus«, stellte Torcay fest. »Wie fühlst du dich?«

»Mir ist schwindlig.«

»Du hast den Brand bekommen. Ich muss deine Wunden aufschneiden und säubern. Wenn nicht, erlebst du den dritten Tag nicht mehr.«

»Dann fang endlich an.«

Mythor biss die Zähne zusammen, als Torcay den Dolch ansetzte und mit kurzen, schnellen Schnitten den Schorf abtrennte. Warm rann das Blut über seine Schulter.

Im nächsten Moment brach er haltlos in die Knie. Ihm war als stürze er in einen endlos tiefen Schacht.

Seit der Jüngling Kalaun nach Burg Elschwog geholt worden war, damit die Lehrer dort seine Erziehung vollendeten, fühlte er sich nicht mehr wohl. Das Leben der Höflinge widerte ihn an. Für ihn waren sie Schwächlinge, und ihre schönen Redensarten zeugten nur von ihrer Unfähigkeit, das Leben so zu sehen, wie es wirklich war.

Anfangs hatte er einige Freunde gefunden, doch sobald er ihnen von seiner Kindheit am Fluss erzählte, lachten sie ihn aus. Für sie war er fast schon ein Wilder, gerade gut genug, Diener zu werden. Aber einer von ihresgleichen ...? Ihr anfängliches Interesse an ihm ließ bald nach. Dem Jüngling machte das nichts aus, er war es gewohnt, allein zu sein.

Eines Tages sah er ein Mädchen, dessen herbe Schönheit ihn faszinierte. Ihr Kleid war zerrissen, das lange, helle Haar vom Schlamm durchsetzt. Weinend kauerte sie auf den Zinnen und starrte die steil abfallende Mauer in den Burghof hinab. Kalaun beobachtete sie eine Weile, und erst als sie sich näher an den Abgrund heranschob, trat er aus dem Schatten eines Turmes hervor.

»Tu's nicht!«, rief er leise. »Weshalb willst du dein Leben wegwerfen, als wäre es nichts mehr wert?«

In dem Moment, in dem sie springen wollte, schnellte der Jüngling vor. Er bekam sie gerade noch an der Hüfte zu fassen und zerrte sie zurück. Sie war wie Wachs in seinen Händen, und er ließ sie gewähren, als eine nicht enden wollende Flut von Tränen aus ihr hervorbrach.

Sie blieben allein auf der Burgmauer. Als er sanft über ihr Haar strich und ihre Tränen fortwischte, schenkte sie ihm ein erstes flüchtiges Lächeln.

»Ich bin Kalaun«, sagte er zögernd.

Ihr Name war Gwynn. Es stellte sich heraus, dass sie ihm in vielem glich. Sie war von einer Burg am Ende des Reiches nach Elschwog gekommen, um höfische Sitten zu erlernen, aber auch sie fand keinen Gefallen daran und wurde deshalb von den meisten gemieden.

»Sieh mich an«, seufzte sie. »Man behandelt mich schlimmer als eine Magd.« Als ihre Lippen sich fanden, wussten sie endgültig, dass sie füreinander bestimmt waren.

Viele Monde zogen ins Land; Kalaun und Gwynn wurden sich ihrer Liebe sicher. Es waren schöne Tage, in denen die Ernte auf den Feldern reifte. Als der Jüngling vorschlug, seine Heimat zu besuchen, war Gwynn sofort Feuer und Flamme.

Zwei Tage und eine Nacht brauchten sie, um das Dorf am Lauf der Aegyser zu erreichen. Die Terrassen mit den Mondblumen waren nicht mehr so gepflegt, wie Kalaun sie in Erinnerung hatte. Seit Wangs Tod verwilderten sie.

Ein hölzerner Steg reichte bis weit in die Mitte des Flusses hinein. Das Wasser hatte die Stützpfosten längst morsch werden lassen, doch wenn man vorsichtig war, konnte man sich noch hinauswagen. Auf den Planken sitzend, sahen Kalaun und Gwynn dem Spiel der Fische zu.

»Sind sie nicht wie zwei Tauben, die gurrend balzen?« Eine spöttische Stimme ließ die Idylle jäh verblassen. »Vielleicht wird der Fluss ihre Liebe abkühlen.«

»Lass sie«, sagte Gwynn sanft, als Kalaun aufspringen wollte, und legte ihm ihre Hand auf den Arm. »Sie gönnen uns das Glück nicht.«

»Was glaubst du, weshalb sie uns von Elschwog gefolgt sind?«

Die jungen Männer und Frauen am Ufer begannen gemeinsam, den Steg zu zerstören. Mit bloßen Fäusten rissen sie die Planken ab und zerrten an den Längsbalken.

»Hört auf damit!«, rief Kalaun. Lautes Gelächter antwortete ihm.

Gwynn versuchte vergeblich, ihn zurückzuhalten. Er hatte das Ufer fast erreicht, als der Steg kippte. Das Mädchen schrie gellend auf. Das glitschige Holz bot ihr keinen Halt. Die Aegyser musste an jener Stelle gut fünf Schritt tief sein. Kalaun sah Gwynn in einem Strudel versinken, der sie gleich darauf wieder ausspie. Krampfhaft um sich schlagend, hielt sie sich über Wasser.

Er selbst fand Grund unter den Füßen. Schwimmend würde er Gwynn nicht einholen. Zynische Rufe feuerten ihn an, als er ans Ufer watete. Sie stießen ihn von einem zum anderen, ohne dass er sich zur Wehr setzen konnte. Seine Gedanken galten nur dem Mädchen, dessen Schreie langsam verhallten.

Endlich kam er frei und hetzte den schmalen, mit Kies bedeckten Uferstreifen flussabwärts, die Meute hinter ihm her. Er musste Gwynn einholen, ehe sie in die Nähe des mit seinen Stromschnellen tückischen Wasserfalls geriet.

Endlich sah er sie, die verzweifelt versuchte, sich über Wasser zu halten. Das Tosen des Katarakts übertönte nahezu jedes andere Geräusch. Einige hundert Schritt weiter verengte sich die Aegyser. Dort ragten vom letzten Sturm entwurzelte Bäume halb ins Wasser. Einer von ihnen besaß kaum den Umfang zweier Handspannen, war aber dennoch gut ein halbes Dutzend Schritte lang. Mit letzter Kraft zerrte Kalaun ihn weiter ins Wasser. Gwynn, die seine Absicht zu erkennen schien, verstärkte ihre Schwimmbewegungen. Aus den Augenwinkeln heraus bemerkte der Jüngling, dass seine Verfolger inzwischen ebenfalls heran waren. Aber keiner von ihnen traf Anstalten, ihm beizustehen.

Das Mädchen bekam einen der Äste zu fassen und klammerte sich daran fest. Kalaun hatte Mühe, den plötzlichen harten Ruck abzufangen, der ihm beinahe den Stamm entrissen hätte.

Gwynn schaffte es nicht, sich näher an ihn heranzuschieben. Das Dickicht der nicht ausgeasteten Krone behinderte sie.

»Helft mir, bei allen Göttern des Lichts!«, schrie Kalaun.

Verzweifelt versuchte er, den Stamm einzuholen. Immer wieder glitten seine Finger ab.

Langsam wurde Gwynn von der Flut unter die Äste gezerrt. Sie verlor den Halt, versuchte noch einmal in höchster Verzweiflung zuzupacken, und der jähe Ruck entriss Kalaun den Stamm. Ihre Rufe verstummten, als sie zwischen den ersten aus dem Fluss aufragenden Klippen verschwand.

Benommen watete Kalaun ans Ufer zurück. Ihm war, als wäre soeben ein Teil von ihm gestorben; dieses Gefühl war ähnlich dem, das er vor vielen Jahren beim Tod des Mistträgers empfunden hatte, nur viel stärker ausgeprägt. Er sah nicht, dass die anderen von Burg Elschwog sich zurückzogen – später vermochte er nicht einmal zu sagen, wie er den Abhang hinabgelangt war und Gwynns Leichnam unterhalb des Katarakts aus dem Wasser gezogen hatte.

Einen halben Tag lang verharrte Kalaun neben dem Mädchen. Er wollte nicht, dass sie dem Feuer übergeben wurde, er wollte aber auch nicht, dass die in Elschwog sie begruben. Auf einer Lichtung im Wald legte er sie nieder, dass ihr Gesicht gen Osten gerichtet war, der aufgehenden Sonne entgegen. Er häufte Steine über ihr auf, bis eine fast mannshohe Pyramide entstanden war. Diese Nacht hielt er Totenwache.

Zum erstenmal in seinem Leben empfand Kalaun Hass. Er würde die Aegyr aus ihrem müßigen Dasein wachrütteln. Sie standen nicht wirklich über den Dingen, und sie waren längst keine Götter, als die sie von ihren Sklaven, Dienern und Untertanen verehrt wurden. Kalaun wusste es, denn er war einer von ihnen.

Als Kalaun Tage später nach Burg Elschwog zurückkehrte, fand er alles vor wie sonst. Niemand fragte nach Gwynn, und jene, die ihren Tod zu verantworten hatten, beachteten ihn nicht.

Kalaun ging zur Burgherrin und ihrem Gemahl und klagte jene an, die er für schuldig hielt. Nach altem Brauch musste er drei Tage warten, bevor er seine Klage erneut vorbringen durfte. Erst dann erließ die Burgherrin den Befehl, die Übeltäter herbeizuschaffen.

»Du stehst zu deinem Wort, Kalaun?«

»Sie«, er deutete auf die jungen Männer und Frauen, »haben Gwynn getötet.«

»Du lügst«, wurde ihm geantwortet. »Du selbst hast sie ins Wasser der Aegyser gestoßen.«

»Wieso hätte ich das tun sollen? Ich liebte sie.«

»Aber sie hat dich verschmäht. Deshalb. Ich verachte dich für deine Tat.« Der Jüngling Merrem, der das sagte, spie ihm ins Gesicht.

Kalaun stand einen Herzschlag lang wie erstarrt, dann sprang er den jungen Mann an, und seine Finger schlossen sich um dessen Kehle. Gemeinsam stürzten sie zu Boden, und erst dem Burgherrn gelang es, sie voneinander zu trennen.

»Ihr seht es!« Merrem rang keuchend nach Atem. »Wäre er unschuldig, würde er sich nicht an mir vergreifen.«

Kalaun beherrschte sich mühsam.

»Die Götter sollen entscheiden. Morgen, wenn die Sonne im Mittag steht, werdet ihr gegeneinander antreten.«

In dieser Nacht fand Gwynns Gefährte kaum Schlaf. Er sah dem Kampf mit gemischten Gefühlen entgegen, und als es endlich soweit war und er den Schild und die schwere Eisenkeule trug, verließ ihn schier der Mut. Merrem war einer der Stärksten seines Alters.

Während Kalaun sich abwartend verhielt, griff sein Gegner sofort an. Dröhnend schmetterte seine Waffe auf den abwehrend hochgerissenen Schild.

»Komm schon, du Schwächling. Die Götter wollen dich sehen.«

Die wuchtigen Hiebe dröhnten über den Turnierplatz. Merrem war schnell und geschickt. Als beider Schilde aufeinander prallten, traf er Kalaun in die Seite und warf ihn durch einen zweiten Schlag zu Boden. Die umstehenden Aegyr brüllten vor Freude, doch ehe Merrem erneut zuschlagen konnte, trat die Burgherrin zwischen sie.

»Du bist der Lüge überführt, Kalaun. Du hast dich an den Göttern versündigt.«

Er blieb stumm, als starke Arme ihn hochhoben und an die Schandmauer banden. Er schrie auch nicht, als sie ihn auspeitschten. Er biss die Zähne zusammen, bis eine gnädige Ohnmacht ihn die Schmerzen nicht mehr spüren ließ.

3

Zum ersten Mal seit Langem vernahm er wieder jene innere Stimme, die ihm sagte, dass die Aegyr sich eines nicht mehr fernen Tages selbst zugrunde richten würden.

»Wenn einer auserwählt ist, ihnen zu helfen, so bist du es.«

Kalaun glaubte zu träumen, als Gwynn im Verlies vor ihm stand. Ihr langes, helles Haar troff vor Nässe. Algen und Tang hatten sich darin verfangen. Aber sie lächelte glücklich.

»Gwynn!«, flüsterte er ihren Namen.

Durch einen schmalen Mauerspalt flutete Sonnenlicht in den engen Kerker herein. Ein Kranz flirrender Helligkeit umspielte das Mädchen. Ihre ausdrucksvollen Augen waren wie eine stumme Verheißung.

Kalaun erhob sich, wollte sie in die Arme schließen. Aber sie wich vor ihm zurück.

»Bleib!«

Sie hörte ihn nicht. Jeder ihrer Schritte war wie ein leichtes Schweben – sie glitt in die Wand hinein und verschwand vor seinen Augen.

»Der Weg, den die Aegyr beschritten haben, wird in die Verdammnis führen. Lass sie eine feste Hand spüren!« Tief brannten die Worte sich in seine Gedanken ein.

Als schrecke er jäh aus einem Traum auf, fiel sein Blick auf die Spuren nackter Füße, die sich quer durch das Verlies zogen. Wo das Mädchen gestanden hatte, hatten sich kleine Wasserlachen gebildet, lag sogar Tang am Boden.

Knarrend öffnete sich die schwere Eisentür. Wie jeden Tag, brachte die Wache Brotfladen und einen Krug voll Wasser.

»Verschwinde!«, zischte der Jüngling.

»Willst du wieder nicht essen?« Der Mann stellte den Krug unmittelbar neben der Tür ab. In dem Moment, in dem er sich bückte, sprang Kalaun ihn an. Ohne einen Laut von sich zu geben, schlug der Wächter mit dem Kopf gegen die Wand und sackte besinnungslos zusammen. Kalaun zerrte ihm den Umhang von den Schultern und schnallte sich den Schwertgurt um. Auch den kurzschäftigen Speer nahm er an sich. Dann huschte er auf den Gang hinaus, der in den Burghof führte. An der Treppe stand eine zweite Wache – als sie Kalaun erkannte, war es bereits zu spät. Der Jüngling schlug mit dem Schaftende des Speeres zu. Dann zerrte er den Mann ebenfalls in den Kerker und verriegelte die Tür. So konnte er sicher sein, dass zumindest einige Stunden vergingen, bis sein Verschwinden bemerkt wurde.

Niemand begegnete ihm. Vom Burghof aus begab er sich zu den Stallungen in der Nähe des Haupttors. Die Sklaven kannten ihn nicht.

»Du«, stieß er einen buckligen Pferdeknecht an. »Sattle mir den Rappen. Aber beeile dich.«

Aus mindestens fünfzig Tieren hatte er mit geübtem Blick das schnellste und ausdauerndste herausgefunden. Es gehorchte schon dem leichtesten Schenkeldruck.

Hoch erhobenen Hauptes verließ Kalaun Burg Elschwog. Noch hatte er kein Ziel. Er wusste nur, dass er eines Tages zurückkehren würde. Als Eroberer.

Zwei Tagesritte folgte er dem Lauf der Sonne bis zu einem kleinen Bauerndorf. Dessen Bewohner schienen ihn erwartet zu haben. Sie teilten ihr kärgliches Mahl mit ihm und zeigten ihm eine kaum eine Handspanne messende Stoffpuppe mit hellem Haar. Sie sah Gwynn ähnlich.

Auf die Frage, wer ihnen diese Puppe gegeben hatte, antwortete der Älteste: »Reite zu den Hügeln jenseits des Waldes, Kalaun. Aber denk daran, dass unser Leben kurz und vergänglich ist. Wir sind schwach; die wahre Kraft besitzen nur die Mächte der Finsternis. Sie warten auf dich.«

Auf seinem Weg traf er die Ärmsten der Armen – Aussätzige, die von den Aegyr zu einem unwürdigen Leben verurteilt worden waren. Sie, die in Erdhöhlen und Felsspalten lebten, schleuderten ihm ihre Verachtung entgegen.

Kalaun lernte, die Götter zu verfluchen, die solches Siechtum zuließen.

Während einer Rast wurde sein Pferd von einer Schlange gebissen. Der Rappe verendete noch am selben Tag. Kalaun musste seinen Weg zu Fuß fortsetzen. Schon bald hatte er das Gefühl, in die Irre zu gehen. Seine Glieder wurden schwer wie Blei. Als er dann in einem kleinen Wasserlauf sein Spiegelbild sah, erschrak er über sich selbst. Von blutunterlaufenen Pusteln gezeichnet, war er zum Aussätzigen geworden.

Die Furcht davor, dem Tod bald gegenüberzustehen, trieb ihn erneut vorwärts. Bis er auf einer Lichtung die goldene Rüstung sah. Der Krieger, der den Harnisch trug, lehnte mit dem Rücken an einem Baum und schien ihn noch nicht bemerkt zu haben. Vorsichtig schlich Kalaun näher. Er zog sein Schwert.

»Nenne mir deinen Namen.«

Der Ritter antwortete nicht.

Als Kalaun ihn anstieß, kippte er langsam zur Seite. Die leeren Augenhöhlen einer Mumie starrten den Jüngling an.

Erst jetzt entdeckte Kalaun den mehr als mannsgroßen schwarzen Stein, der, von Büschen umgeben, am jenseitigen Ende der Lichtung aufragte. Düsternis umgab ihn; er schien die Helligkeit des Tages förmlich in sich aufzusaugen.

»Du hast die Ungerechtigkeit kennengelernt, die im Namen des Lichts geschieht. Wehre dich dagegen, nimm Zuflucht bei der Finsternis, die allein Kraft verleiht.« Die Stimme war nicht wirklich. Sie war in ihm.

»Wer bist du?«

»Hast du Wang vergessen? Oder Gwynn?«

»Nein!« Kalaun erschrak. Der schwarze Stein zeigte ihm das Abbild des in den Fluten der Aegyser treibenden Mädchens. Die Erinnerung quälte ihn.

Er riss sein Schwert hoch.

»Schlag zu. Du würdest dich selbst töten, wie jener Ritter es in seiner Überheblichkeit tat. Doch verbünde dich mit mir, und du wirst es nie bereuen.«

»Niemals, Dämon!«

»Ich bin ein Stück von dir, erkennst du das nicht? Hättest du mich sonst gefunden?«

Kalaun zitterte. Das Schwert in seiner Hand schien glühend heiß zu werden. Dennoch ließ er es nicht fallen. Die Klinge hoch über den Kopf erhoben, holte er zum Schlag aus.

In dem Moment spiegelte er sich im Stein. Der Aussatz war aus seinem Gesicht verschwunden.

»Das ist die Macht der Finsternis.«

Das Schnauben eines Pferdes ließ ihn herumfahren. Neun Reiter brachen aus dem Dickicht des Waldes hervor. Die Flanken ihrer Tiere bebten vom schnellen Ritt.

Kalaun kannte sie alle. Sie waren ihm von Elschwog gefolgt.

»Merrem«, stieß er hervor. »Was willst du von mir?«

»Unser Zweikampf hat noch kein Ende gefunden.« Der Aegyr lachte. »Diesmal bestimme ich die Regeln.« Einer seiner Begleiter reichte ihm eine Lanze. Er drückte dem Pferd die Hacken in die Seite und galoppierte auf den völlig überraschten Jüngling zu.

Im letzten Augenblick wich Kalaun zur Seite und riss sein Schwert hoch. Merrem schrie enttäuscht auf, als die Klinge den Lanzenschaft glatt durchschlug. Sofort drängte er sein Pferd herum und griff mit dem Schwert an. Kalaun parierte auch diesen Hieb, und es gelang ihm, Merrem halb aus dem Sattel zu stoßen.

Die Bäume standen so dicht, dass die anderen sich gegenseitig behinderten. Sie versuchten, Kalaun auf die Lichtung zu drängen, wo sie leichtes Spiel zu haben glaubten.

Obwohl er kein guter Schwertkämpfer war, konnten sie ihm nichts anhaben.

»Überlasst ihn mir!«, rief Merrem. Er war abgesessen und führte seine Klinge beidhändig. Wild schlug er auf Kalaun ein, der es jedoch geschickt verstand, sich zur Wehr zu setzen.

Kalaun war selbst am meisten überrascht. Das Schwert in seiner Rechten schien eine Art von Eigenleben zu führen, und die Kraft, die seine Arme durchströmte, schien ständig zuzunehmen.

Kalaun fegte einen von Merrems Begleitern aus dem Sattel. Er wirbelte herum wie ein Irrwisch, seine Bewegungen waren kaum mehr voneinander zu unterscheiden. Zwei Angreifer tötete er mit blitzschnellen Kreuzhieben.

»Du bist unbesiegbar, wenn ich dir beistehe«, wisperte es in ihm. »Das ist es doch, was du wolltest?«

Plötzlich war es Kalaun egal, ob er mit einem Dämon paktierte, wenn er dadurch nur in die Lage versetzt wurde, sein Ziel zu erreichen. Er sah ein Aegyr-Reich vor sich, in dem es keine Leibeigenen und Sklaven mehr gab und in dem Friede herrschte.

Aus den Augenwinkeln heraus gewahrte er den Bogenschützen, der auf ihn anlegte, und sprang im allerletzten Moment zur Seite. Der Pfeil drang einem der Gegner in die Brust.

»Gib dich geschlagen, Merrem!«

»Niemals!«

Zwei weitere der jungen Krieger fielen durch Kalauns Klinge, die beiden letzten, außer ihrem Anführer, warfen sich herum und flohen. Sie kamen keine zehn Schritte weit, dann zuckten ihre Arme hoch, als müssten sie sich gegen einen unsichtbaren Gegner verteidigen. Um sich schlagend, brachen sie zusammen.

Merrem starrte ihnen aus schreckgeweiteten Augen hinterher. »Ich habe es geahnt«, stieß er hervor. »Du stehst mit den Mächten der Finsternis im Bund.«

Mit wutverzerrtem Gesicht drang er auf Kalaun ein, der seine Hiebe mühelos abwehrte. Sie kämpften mit einer Verbissenheit, deren keiner von ihnen bislang fähig gewesen war.

Nach und nach verlagerte sich das Geschehen auf die Lichtung. Merrem war längst schweißgebadet, während Kalaun lediglich etwas heftiger atmete.

Endlich gelang es Kalaun, dem Gegner die Waffe aus der Hand zu hebeln. Einen flüchtigen Augenblick lang stand Merrem wie benommen, als könne er nicht glauben, dass er verloren hatte, dann warf er sich blitzschnell herum. Kalauns Zögern, einen Wehrlosen zu töten, hatte ihn wenigstens vorerst gerettet.

Er stürzte sich auf die goldene Rüstung und riss das Breitschwert des Ritters an sich. Aber noch während er die Klinge hochwirbelte und gegen Kalaun richtete, ging eine erschreckende Veränderung mit ihm vor. Sein Gesicht war plötzlich von Falten und Runzeln übersät, die Backenknochen traten unter der ledern wirkenden Haut hervor. Zugleich färbte sein Haar sich schlohweiß. Merrem stieß einen krächzenden Aufschrei aus. Vergeblich versuchte er, sich des Schwertes zu entledigen; es war ihm unmöglich, die Finger vom Knauf zu lösen. Er taumelte, konnte sich kaum mehr auf den Beinen halten. Zum Greis geworden, starrte er Kalaun an, der sein Entsetzen nicht zu verbergen vermochte. Dann stürzte Merrem, und als er den Boden berührte, zerfiel sein Körper.

Gleichzeitig begann die Rüstung sich zu bewegen. In den leeren Augenhöhlen der Mumie glühte ein gespenstisches Feuer. Mit steifen, abgehackt wirkenden Bewegungen bückte sie sich nach dem Breitschwert.

Kalaun nahm Abwehrhaltung ein.

»Du hast nichts zu befürchten«, sagte seine innere Stimme. »Merrem steht jetzt unter meinem Bann.«

»Wer bist du?«, stieß er hervor.

»Ein Teil von dir«, erklang es spöttisch. »Nein, ich bin kein Dämon, höchstens ein Diener des Bösen, doch auch diese Wertung ist nur von den Aegyr geprägt – sie kann nicht allgemeingültig sein. Ich habe auf dich gewartet, weil ich wusste, dass du eines Tages kommen würdest; und ich habe dir Gwynns

Puppe gezeigt, um dich zu mir zu führen.« Der schwarze Stein begann sich aufzulösen. Dichter Nebel stieg von ihm auf und legte sich über die Lichtung. »Meine Aufgabe ist erfüllt. Du weißt nun, was du zu tun hast.«

»Ich weiß es nicht«, rief Kalaun irritiert.

Die Stimme ging nicht weiter darauf ein.

»Der goldene Ritter war vor dir auserwählt, aber te Soyah hat versagt – in dem Moment, in dem er das Schwert gegen mich erhob, musste er sterben. Nun erfüllt Merrems Geist die Rüstung. Er wird ruhelos sein, bis ihn eines Tages jemand von seinem Schicksal erlöst, und er soll die Seelen gefallener Aegyr um sich scharen. Sie werden weder leben noch ins Totenreich eingehen.«

Der Nebel hüllte den goldenen Ritter ein und verwischte seine Umrisse. Dann war Kalaun allein. Selbst die sterblichen Überreste von Merrems Begleitern waren verschwunden.

War das Böse wirklich so schlecht, wie er immer geglaubt hatte? Ohne Beistand hätte er den Kampf nie überlebt. Und der Diener der Dämonen hatte nicht versucht, ihn in seine Gewalt zu bringen. Warum nicht? Kalaun musste sich eingestehen, dass er auf diese Frage ebenso wenig eine Antwort hatte, wie auf all die anderen Fragen, die ihn bewegten.

Die Aegyr, einst ein bedeutendes Volk, waren schwach geworden und verweichlicht. Wenn sich eines nicht mehr fernen Tages die Stämme an ihren Grenzen zusammenschlössen, um sich gegen sie zu erheben, musste dies das Ende bedeuten.

Kalaun glaubte nicht, dass Mythocon, das Spiel des Schicksals, ein solches Geschehen abzuwenden vermochte. Er hatte sich stets geweigert, dessen Regeln zu erlernen. Was konnte ein Spiel gegen hundert mal hundert zu allem entschlossene Krieger ausrichten?

Die Aegyr mussten aufgerüttelt werden, solange noch Zeit blieb. Um dieses Ziel zu erreichen, war ihm jedes Mittel recht.

Schweißgebadet wachte Mythor aus seinen Fieberträumen auf. Das erste, was er sah, war Torcays besorgtes Gesicht. Der Fährtensucher hatte ein kleines Feuer entzündet. Inzwischen war die Dämmerung hereingebrochen.

»Wie fühlst du dich?«

»Ich weiß nicht«, sagte Mythor. »Mir ist abwechselnd heiß und kalt.«

»Schmerzen?«

»Nein.«

Mythor bemerkte, dass eine Masse breiiger Pflanzenteile seine Schulter bedeckte. Torcay hatte etliche Dutzend dicker, fleischiger Blätter auf sein Schwert gespießt und hielt diese ins Feuer. »Die Kräuter reinigen dein Blut«, sagte er. »Ich muss nur immer wieder frische Blätter auflegen.«

»Wie oft hast du es bisher getan?«

»Das ist unwichtig. Ich darf damit erst aufhören, wenn eine deutliche Wirkung eintritt.« Vorsichtig entfernte er den Brei von Mythors Schulter und legte die noch heißen Blätter auf. Sein Gefangener zuckte kurz zusammen und presste die Lippen aufeinander.

»Der Arm tobt, als würde eine Heerschar Dämonen darin wüten.«

Torcay lachte leise. »Dann wirkt es wenigstens. Aber glaub ja nicht, dass du deshalb schon wieder Bäume ausreißen kannst.«

»Ich habe es nicht vor. Trotzdem ...«

»Wir bleiben die Nacht über hier«, unterbrach der Fährtensucher schroff. »Was soll Kalaun sagen, wenn ich ihm ein körperliches Wrack übergebe?«

»Du hast einen gefährlichen Lagerplatz gewählt.« Mythor ließ seinen Blick über die in Dunkelheit versinkenden Hügel schweifen, die ihn an die Buckel eines blutrünstigen Ungeheuers erinnerten.

Aus der Ferne erklang Pferdegetrappel.

»Rede das Unheil nicht herbei«, fuhr Torcay auf und trat das Feuer aus.

Mythor wälzte sich auf die Seite und richtete sich auf die Knie auf. Als er seinen linken Arm belastete, zuckte er kurz zusammen. Aber der Schmerz ließ sofort wieder nach. Angestrengt versuchte er, die beginnende Nacht mit den Augen zu durchdringen.

Es war wieder still. Nur in der erkalteten Asche knackte es.

Torcay wirkte beruhigt. »Wahrscheinlich Mangoreiter. Sie dürften uns nicht entdeckt haben.«

Mythor wollte etwas sagen, doch die Kehle war ihm plötzlich wie zugeschnürt. Sein Blick wurde starr und fixierte einen Punkt nur wenige Schritte hinter Torcay.

Der Fährtensucher bemerkte die Veränderung und ließ sich gedankenschnell fallen. Hoch zu Ross raste ein goldener Schemen an ihm vorbei. Die tödliche Klinge verfehlte ihn um wenige Handbreit.

Bevor der Ritter sein Pferd zügeln und erneut auf ihn zu reiten konnte, war Torcay auf den Beinen und hatte sein Schwert gezogen. Klirrend prallten die Waffen aufeinander; die Wucht des Hiebes ließ den Fährtensucher taumeln.

Immer wieder griff der goldene Ritter an. Mythor, der sich schwankend aufrichtete, beachtete er kaum. Torcay focht einen verbitterten Kampf, doch war abzusehen, dass er unterliegen musste. Vergeblich versuchte er, den Angreifer vom Pferd zu ziehen.

Als der Reiter Mythor fast auf Tuchfühlung nahe kam, schnellte dieser sich hoch, bekam mit der Rechten den Rücken des Tieres zu fassen und saß hinter dem Gegner auf. Das Pferd scheute und tänzelte unruhig auf der Hinterhand. Der Mann ohne Gedächtnis holte mit der noch immer lose von seinem Handgelenk herabbaumelnden Kette aus und schmetterte sie dem Ritter gegen den geschlossenen Helm. Es gab einen dumpf hallenden Klang; die Rüstung kippte leicht vornüber. Erneut schlug Mythor zu. Diesmal bäumte der Rappe sich wiehernd auf. Mythor verlor den Halt und stürzte. Er versuchte noch, den harten Aufprall abzufangen, doch es gelang ihm nicht ganz. Ein fürchterlicher Schmerz durchzuckte seine linke Körperhälfte und ließ ihn aufschreien. Benommen nahm er wahr, dass auch der Angreifer in der Rüstung vom Pferd stürzte.

Torcay schlug auf den Ritter ein, doch sein Schwert konnte den Harnisch nicht durchdringen. Selbst im Liegen wusste der Goldene sich seiner Haut zu wehren.

Mythors Wunde war erneut aufgebrochen und blutete stark. Wütend auf sich selbst, musste er zusehen, wie der Ritter Torcay in Bedrängnis brachte. Eine blitzschnelle Folge von Finten und kraftvollen Hieben – dem Fährtensucher wurde die Klinge aus der Hand gewirbelt. Er stürzte, und ehe er Mythors Schwert aus dem Gürtel zerren konnte, stand der Goldene hoch aufgerichtet über ihm und holte zum tödlichen Streich aus.

»Nicht, Merrem!«, schrie Mythor verzweifelt.

Der Ritter verharrte mitten in der Bewegung. Ein Ächzen schien aus der Rüstung zu kommen.

Torcay nutzte die unvermutete Gelegenheit und schlug mit aller Kraft zu. Sein Hieb ließ die Rüstung haltlos nach hinten kippen. Im Nu war er wieder auf den Beinen und stieß zu. Die Klinge bohrte sich zwischen Halsring und Schulterteil und trennte den Helm vom Rumpf.

Torcay erschrak, als er feststellen musste, dass die Rüstung leer war.

»Magie!«, zischte er verächtlich.

»Schwarze Magie!« Mythor, der schwankend heran kam, nickte. »Ich glaube nicht, dass wir den Ritter länger fürchten müssen. Er ist von seinem ruhelosen Dasein erlöst.«

Als sie dann nebeneinander am neu entfachten Feuer saßen und Torcay Mythors Blutung stillte, erzählte dieser von seinem Traum. »Aber weshalb ausgerechnet ich?«, fügte er nachdenklich hinzu, als er geendet hatte.

»Ich kann es mir nur so erklären, dass du in einem besonderen Verhältnis zu Kalaun stehst«, sagte der Fährtensucher.

»Mag sein, dass der Herr des Chaos dir nicht unbedingt nach dem Leben trachtet, sondern womöglich Beistand von dir erwartet.«

»Beistand? Wogegen?«

»Gegen den Finstergott Genral.«

Mythor musste unwillkürlich lachen.

»Das ist durchaus ernst gemeint«, fügte Torcay rasch hinzu. »Wie du sagst, war Kalaun nicht immer von Grund auf böse. Er wollte zweifellos das Beste für die Aegyr und ihr Land.«

»Trotzdem hat er es zugrunde gerichtet.«

Seit es Mythor gelungen war, die Aegyr in ihrer neuen Heimat aufzusuchen, wusste er etliches über den veränderten Kalaun. Er hatte als Figur am Schicksalsspiel teilgenommen und sich daraufhin als Beobachter der damaligen Geschehnisse auf Burg Elschwog wiedergefunden. Möglich, dass hierin der Grund dafür zu suchen war, weshalb er nun an Kalauns alptraumhaften Erinnerungsbildern teilhatte. Oder wollte sein Gegner etwas anderes erreichen? Sollte er, Mythor, allmählich dem Bösen verfallen?

Damals, als Kalaun mit Yorne, Eroice und Ceroc die Intrige anzettelte, mochte er die besten Absichten gehegt haben. Sein Fehler war es jedoch gewesen, eine Dunkelmacht anzurufen.

Die Aegyr hatten nicht nur die drei Geschwister, sondern auch Kalaun für seinen Verrat fürchterlich bestraft, indem sie ihn mit einem Schandmal über dem Herzen zeichneten – einer Wunde, durch die er endgültig in die Abhängigkeit vom Finstergott geriet.

»Wenn ich es recht bedenke«, überlegte Mythor, »haben die Finstermächte von Anfang an darauf abgezielt, Kalaun in ihre Gewalt zu bekommen. Sie gingen dabei so geschickt vor, dass er selbst nichts davon bemerken konnte. Ob sie die Aegyr doch fürchteten?«

»Kaum«, sagte Torcay. »Eher wollten sie das Land als Lager für ihre Kriegerheere gewinnen.« Er fesselte Mythor wieder mit der Kette, während er ihm zugleich zublinzelte. »Die Nacht ist noch lang. Ich will nicht, dass du fliehst.«

Mythor verstand, dass Torcay fürchte, Kalaun könnte seine Gedanken erkennen, je näher sie Thauburg kamen. Wahrscheinlich dachte er inzwischen an nichts anderes mehr als an das erhoffte Lösegeld.

»Dann solltest du Wache halten«, grinste Mythor spöttisch. »Womöglich schaffst du es sogar, die Augen offen zu halten. Doch was wird morgen oder übermorgen, wenn die Müdigkeit dich übermannt?«

Um Torcays Mundwinkel zuckte es verhalten. Er war ebenfalls erschöpft, aber selbst als tiefe Atemzüge längst verrieten, dass Mythor eingeschlafen war, saß er noch wach und starrte in die Finsternis hinaus.

Auf halbem Weg nach Burg Elschwog kam ihm ein Trupp Diener entgegen, die von den Aegyr ausgesandt worden waren, ihn, Merrem und die anderen auf die Burg zurückzubringen. Kalaun leistete keinen Widerstand und ritt freiwillig mit zwei Dienern zurück, während die anderen ihren Weg fortsetzten. »Ich weiß nicht, wo ihr Merrem finden könnt«, sagte er. »Mir ist er jedenfalls nicht begegnet.«

Tairia te Blaun, die Herrin von Elschwog, ließ ihn ihren Unmut spüren. Um seinen Trotz zu brechen, musste er die Arbeiten eines einfachen Sklaven verrichten. Doch nachts, wenn die Aegyr beim Schicksalsspiel saßen oder dem Wein zusprachen, kletterte er an einem Seil aus dem Fenster und gesellte sich zu den Menschen im Umfeld der Burg, von denen viele in ärmlichen Verhältnissen lebten. Ihre Hütten waren eng und zugig, ihr Essen war karg, aber ihre Lebensweise faszinierte ihn. Sie waren anders als die sich als Halbgötter aufspielenden Aegyr. Die Riten der Sterblichen gaben ihm Kraft, während seine Erziehung als Höfling ihn eher verweichlichte. Er lernte, Schönheit mit Schwäche gleichzusetzen und nannte die Gelehrten auf Elschwog im Grunde ihrer Seele dumm und töricht, weil sie nicht wussten, was es bedeutete, wirklich zu leben. Immer öfter schrie er die Verachtung gegen das eigene Geschlecht heraus, aber mit Worten vermochte er die Dinge nicht zu verändern. Nur die Macht der Finsternis war vollkommen. Kalaun entsann sich seines Kampfes gegen Merrem und dessen Begleiter und begann, das Böse zu beschwören – zögernd zuerst, doch als seine Bemühungen von Erfolg gekrönt waren, mit Nachdruck.

Seine innere Stimme hatte viele Monde hindurch geschwiegen, endlich meldete sie sich wieder: »Ich wusste, dass du kommen würdest, Kalaun. Bald ist die Zeit reif, um die Aegyr aufzurütteln. Verbünde dich mit Genral, dem Finstergott, dann wirst du es sein, der die Zukunft bestimmt.«

So oft Kalaun die Beschwörungen vornahm, blieb er doch Herr seiner selbst. Nichts von alldem, was die Aegyr über die Mächte der Finsternis zu erzählen wussten, schien wahr.

Alles ist Lüge, sagte er zu sich.

Als ihm beim Fest des Blutes der Aegyr-Status verliehen werden sollte, verweigerte er die Annahme seines neuen Namens. »Welche Bedeutung besitzt unser Geschlecht heute noch?«, rief er der versammelten Menge zu. »Unser Blut ist dünn geworden, wir sind lahm und träge und verlassen uns auf das Schicksalsspiel. Ich sage euch, wenn wir unser Schicksal nicht selbst in die Hand nehmen, wird es bald keine Zukunft mehr geben.«

Weiter kam er nicht, weil kräftige Fäuste ihn packten und in ein Verlies warfen. Einen ganzen Mond lang hatte er Zeit, über sich selbst nachzudenken. Er nutzte die Zeit auf seine Weise. Eroice besuchte ihn mehrmals, weil es ihren Verführungskünsten gelang, die Wächter zu bestechen, und auch ein Schatten von Genral gesellte sich zu ihm. Die Intrige gegen die Herrscher von Elschwog wurde geboren ...

4

Als der Morgen dämmerte, fühlte Mythor sich stark genug, den Weg fortzusetzen. Torcays Kräuter hatten seine Wunde über Nacht vernarben lassen.

Ein fahles, schwefliges Zwielicht lag über dem Land. Weit im Norden, wo Kalauns Kastell Thauburg liegen musste, türmte sich Schwärze auf. Ein eisiger Wind blies von dort. Es begann zu schneien. Schwere, rote Flocken fielen.

»Was bedeutet das?«, wollte Mythor wissen.

Torcay hob die Schultern. »Vielleicht eine Warnung. Das Chaos ist mächtig.«

Je weiter sie kamen, desto dichter wurde das Schneetreiben. Zeitweise vermochten sie kaum mehr die Hand vor Augen zu sehen. Torcay fluchte leise vor sich hin.

Das Gelände veränderte sich, wurde ebener. Dunst stieg von einer Vielzahl schmaler, gewundener Wasserläufe auf. Für Mythor und den Fährtensucher war es, als bewegten sie sich durch ein unwirkliches Labyrinth. Der wallende Brodem machte es unmöglich, Entfernungen abzuschätzen.

Der Nebel veränderte stetig seine Gestalt. Huschende Schatten konnten Krieger sein oder auch nur Trugbilder. Torcay hielt sein Schwert fest umklammert, und hin und wieder führte er die Klinge, als könne er den Dunst damit vertreiben. Das Schneetreiben ließ allmählich nach.

Ein gellender Schrei hallte über die Ebene – der Todesschrei eines menschlichen Wesens.

Irgendwo voraus loderte Feuerschein. Dann war wieder Stille.

Mythor und Torcay schritten schneller aus. Irgend etwas Unheimliches braute sich zusammen. Sie spürten es.

Eine geisterhafte Erscheinung huschte vorüber. In dem Augenblick, da Mythor sie bemerkte, stieß sie ein schrill klingendes Lachen aus und verschwand.

Ringsum ballte sich der Nebel zusammen. Die Bedrohung, die davon ausging, wurde deutlich spürbar. Einzelne Schwaden bildeten geisterhafte Erscheinungen, umringten die beiden Krieger und schienen förmlich miteinander zu verschmelzen.

»Nicht aufhalten lassen«, murmelte Torcay.

Die Geister kamen näher. Der Reigen, den sie tanzten, verwirrte die Sinne. Mythor musste die Augen schließen, um nicht von diesem Taumel mitgerissen zu werden. Alles um ihn her begann sich zu drehen.

Torcay stieß mit dem Schwert zu, ohne auf Widerstand zu treffen. Höhnisches Gelächter antwortete ihm. Quer über seinen linken Handrücken klaffte eine Kratzwunde, aus der Blut sickerte. Noch während er seine Hand anstarrte, zuckte er abermals zusammen. Blindlings um sich schlagend, versuchte er vergeblich, die Geister zu vertreiben.

Mythor blieb ebenfalls nicht verschont. Die Unsichtbaren verkrallten sich in seinem Haar und zerrten mit schier unwiderstehlicher Kraft an seinen gefesselten Armen. Ein Kreischen, Toben und Krächzen hob an, wie das Heulen verdammter Seelen.

Torcay musste einsehen, dass sein Schwert ihm gegen Geister herzlich wenig half. Büschelweise rissen sie ihm die Haare aus, bissen, kratzten und stießen ihn in immer schneller werdendem Wirbel herum.

Jäh jeden Halts beraubt, taumelte er einige Schritte vorwärts und schlug der Länge nach hin. Die Äste eines dichten Gestrüpps zerkratzten ihm das Gesicht und die Hände, doch er achtete nicht darauf. Die Geister hatten zwar von ihm abgelassen, konnten aber jeden Moment erneut auf ihn eindringen.

Ein Rascheln dicht neben ihm ließ ihn sich umwenden. Er blickte in ein borkiges Gesicht, das auf den ersten Blick aussah, als sei es aus dem Stamm einer Birke geschnitzt. Lange, strähnige Haare fielen dem kaum vier Fuß großen Geschöpf bis über die Schultern. Fettig und unansehnlich quollen sie unter einem mit Vogelfedern verzierten Spitzhut hervor.

»Sie werden euch töten«, flüsterte der Kleine.

Torcay verstand, dass dieses Wesen sich vor den Geistern verbarg. Nun musste es allerdings befürchten, entdeckt zu werden. Ehe das Männchen sich rückwärts kriechend davonmachen konnte, packte er zu und bekam es am ledernen Wams zu fassen.

»Lass mich los, du Monstrum!«, schimpfte der Kleine.

Torcay verzog das Gesicht zu einem herausfordernden Grinsen. »Vielleicht sollte ich dich den Geistern verfüttern, damit sie von uns ablassen.«

»Das wirst du nicht tun. Wisse, dass ich nichts und niemanden fürchte – wir Schrate sind ein tapferes, mutiges Volk.« Er wollte blitzschnell zubeißen, aber der Fährtensucher hielt ihm einfach den Mund zu.

Lauter werdend hallte das schaurige Heulen über die Ebene. Mythor schrie. Es war ein Schrei in höchster Not; gefesselt hatte er so gut wie keine Möglichkeit, sich zu verteidigen.

Torcay zögerte. Wenn er versuchte, dem Gefährten beizustehen, brachte er sich selbst erneut in tödliche Gefahr.

Der Schrat fuchtelte heftig mit seinen kurzen Ärmchen. Da Torcay noch immer die Hand auf seinen Mund presste, brachte er nur ein unverständliches Murmeln zustande.

Der Fährtensucher lockerte den Griff ein wenig.

»Wenn du mich freilässt«, krächzte der Kleine, »werde ich dir und deinem Freund helfen. Wenn nicht, seid ihr verloren.«

»Und du mit uns.«

»Niemals.«

Unwillig schüttelte Torcay den Kopf. »Verschwinde schon«, zischte er. »Ich habe Wichtigeres zu tun, als mich mit dir anzulegen. Ihr Schrate seid überall für euer Mundwerk bekannt.«

Der Kleine schnaufte verärgert.

»Warte«, raunte er, als Torcay sich erheben wollte. »Ohne mich bist du wirklich so gut wie tot. Nimm das hier!« Er zog unter seinem Wams eine winzige Schatulle hervor, öffnete den Deckel und hielt sie dem Fährtensucher hin. »Es ist kostbarste Hexensalbe. Wenn du die die Augen damit betupfst, kannst du die Geister sehen, und wenn du die Klinge deines Schwertes bestreichst, wirst du sie von ihrer Ruhelosigkeit erlösen.«

Torcay wollte lachen und sich abwenden, doch der Blick des Schrates war von solcher Eindringlichkeit, dass er nicht anders konnte, als zuzugreifen. Selbst als er die Augenlider mit der Salbe bestrich, glaubte er nicht daran, irgendeine Wirkung zu erzielen.

Er wurde jäh eines Besseren belehrt. Der wirbelnde Rauch, der den mittlerweile zu Boden gesunkenen Mythor umgab, formte sich zu Dutzenden menschlicher Gestalten, die sich in ihrer Gier gegenseitig bedrängten und zur Seite stießen.

Der Schrat kicherte leise.

»Glaubst du Tylwyth nun, oder was muss noch geschehen?«

Torcay nickte benommen.

»Dein Schwert«, erinnerte der Kleine. »Wenn du lange zögerst, ist es um deinen Gefährten geschehen.«

Der Fährtensucher nahm etwas Salbe zwischen die Finger und rieb damit über die Klinge, die prompt ein fahles Leuchten zeigte.

Wieder schrie Mythor. Sein Schrei brach abrupt ab.

Das Schwert zum Schlag erhoben, sprang Torcay auf. Sofort wandten einige der Geister sich ihm zu. Er konnte sie so deutlich sehen, als hätte er Wesen aus Fleisch und Blut vor sich. Ihre Gesichter glichen verzerrten Fratzen, ihre Finger waren zu langen, scharfen Krallen geworden. Die leeren Augenhöhlen verliehen ihnen einen Ausdruck des Unheimlichen.

Beidhändig schwang Torcay sein Schwert gegen die ihn bedrängenden Gestalten, und jeder der Geister, die er traf, verschwand unter irrlichternden Erscheinungen. Er focht wie ein Besessener. Keiner der Gegner wich vor ihm zurück oder versuchte zu fliehen. Eher sah es so aus, als suchten sie die

Berührung der für sie tödlichen Klinge. Das Heulen wurde leiser und verstummte endlich ganz. Erschöpft ließ Torcay das Schwert sinken. Er konnte es kaum glauben, mit heiler Haut davongekommen zu sein. Die vielen kleinen Wunden im Gesicht und an den Händen brannten wie Feuer.

Mühsam stemmte Mythor sich auf den gefesselten Unterarmen hoch.

»Es ist vorbei«, rief Torcay ihm zu.

»Weil ich euch geholfen habe«, erklang ein schrilles, dünnes Stimmchen.

Mythor war die Überraschung anzumerken, als er den Kopf wandte, um zu sehen, woher die Stimme kam.

»Fryll?«, brachte er zögernd hervor.

»Ich bin Tylwyth, Großer. Meinen Namen solltest du dir merken. Ich bin der tapferste und großmütigste aller Schrate diesseits des Ozeans.«

Mythor musterte ihn aus zusammengekniffenen Augen. »Schade«, sagte er. »Ich dachte schon, du wärst wirklich ...«

»Wieso schade?« brauste der Schrat auf. »Wenn du mich mit Fryll verwechselst, diesem aufgeblasenen Wichtigtuer, ist das allein deine Sache. Sicher, er sieht mir ähnlich aber nur weil er mein Oheim mütterlicherseits ist. Ansonsten haben wir so gut wie nichts gemeinsam. Fryll und die anderen sind Feiglinge, die es nie wagen würden, den Hinterwald zu verlassen, um wie ich auf der Suche nach dem Sinn des Lebens durch die Welt zu ziehen.«

Mythor wollte etwas sagen, schwieg aber, als er Torcays warnenden Blick bemerkte. Anscheinend war es besser, dem Schrat nicht zu verraten, dass sein Oheim und einige Begleiter nur wenige Tagesmärsche entfernt weilten.

»Tylwyth hat uns vor den Geistern gerettet«, erklärte der Fährtensucher.

»Es waren Opfer von Kalaun«, nickte der Kleine eifrig. »Sie können nur dann Erlösung finden, wenn sie den Körpern Lebender alle Kraft entziehen. Du«, wandte er sich an Torcay,

»hast sie zwar aus seinem Bann befreit, trotzdem sollten wir so schnell wie möglich von hier verschwinden.«

»Wir?«, entfuhr es Mythor überrascht.

»Natürlich«, nickte Tylwyth. »Ich begleite euch.«

Der Schrat bewies eine überraschende Ortskenntnis. Wie selbstverständlich übernahm er die Führung. Als Torcay ihm sagte, dass sie nach Thauburg wollten, zuckte er kurz zusammen, enthielt sich aber jeglicher Äußerung.

Es ging in nördliche Richtung.

Schon nach kurzer Zeit gelangten sie in verhältnismäßig schwer begehbares Gebiet. Sumpfige Wiesen wechselten ab mit weiten, buschbestandenen Flächen. Es gab eine Vielzahl schmaler, kreuz und quer verlaufender Wasseradern, die zum Teil ausgedehnte Seen miteinander verbanden. Die Uferstreifen waren von mannshohem Schilf und Binsen überwuchert.

Immer wieder stießen sie auf ausgetretene Pfade. Tylwyth zögerte jedoch, ihnen zu folgen. »Diesen Pfaden haftet ein Hauch des Bösen an«, behauptete er.

In einem morastigen Abschnitt zeichneten sich Hufspuren ab.

»Mangoreiter?«, fragte Torcay, ohne eine Antwort zu erhalten.

Manchmal verschwand der Schrat, um erst nach einiger Zeit mit Früchten oder Wurzeln zurückzukehren, von denen er auch seinen Begleitern anbot. Als Mythor beim Genuss einer faustgroßen gelben Frucht mit grobporiger Schale angewidert das Gesicht verzog und ausspie, lachte Tylwyth hell auf.

»Etwas anderes gibt es in dieser Gegend nicht. Selbst die Fische sind schon vor langer Zeit aus den Seen verschwunden.«

»Das Zeug ist sauer wie vergorener Hexenwein«, schimpfte Mythor.

»Niemand zwingt dich, es zu essen. Wenn du nicht willst, gib her.«

Aber Mythor behielt die Frucht und schluckte den nächsten Bissen mit Gewalt hinunter.

Die Düsternis am Horizont rückte allmählich näher. Zugleich wurde die von ihr ausgehende Bedrohung deutlicher spürbar.

»Dort liegt Thauburg«, sagte Tylwyth und wandte sich an Torcay: »Wird die Belohnung groß sein, die du von Kalaun erhältst?«

Der Fährtensucher blickte den Schrat überrascht an. »Wie kommst du darauf?«

Tylwyth grinste spöttisch. »Halte mich nicht für dumm. Niemand begibt sich freiwillig in Kalauns Nähe, noch dazu mit einem Gefangenen. Ich nehme doch an, du gibst mir die Hälfte ab.«

»Wieso?«, fragte Torcay überrascht.

»Weil ich dich führe. Und weil ich dich gerettet habe. Ohne mich würdest du die drohenden Gefahren niemals überstehen.«

Er hatte kaum geendet, als rasch näher kommender Hufschlag erklang. Nur einige Büsche boten ihnen spärliche Deckung.

Es waren zwei Zornige Mangoreiter. Sie griffen sofort an, hatten aber auf dem schlammigen Boden Mühe, ihre Pferde zu lenken. Torcay stellte sich nicht, sondern lockte sie hinter sich her, auf den Uferstreifen eines kaum mehr als fünfzig Schritt entfernten, halb verlandeten Sees zu. Als Kalauns Schergen bemerkten, dass sie sich selbst ins Hintertreffen brachten, war es bereits zu spät. Bis über die Fesseln versanken ihre Pferde im zähen Morast.

Torcay nahm einen kurzen Anlauf, sprang den ersten seiner Gegner von der Seite her an und riss ihn vom Pferd. Gemeinsam stürzten sie zu Boden und entgingen nur knapp den Hufen des scheuenden Tieres. Das Schwert entfiel dem Fährtensucher. Bevor der Zornige jedoch seine Überraschung überwinden und ihm gefährlich werden konnte, stieß Torcay mit dem Dolch zu.

Aus den Augenwinkeln heraus sah er den zweiten Gegner herankommen. Blitzschnell wälzte er sich herum und entging so einem aus der Höhe herab geführten Hieb. Er schleuderte den Dolch, der eine tiefe Wunde in die Flanke des Pferdes riss. Wiehernd stieg das Tier auf der Hinterhand hoch. Torcay nutzte die Gelegenheit, sein verlorenes Schwert wieder an sich zu bringen, und stach blindlings von unten herauf zu. Die Klinge verletzte den Zornigen am Arm. Mit einem Laut der Überraschung riss er sein Pferd herum und galoppierte davon. Seine Verletzung musste schlimmer sein, als es den Anschein hatte, denn er konnte sich kaum noch im Sattel halten.

Trotzdem war Torcay wütend. Wenn der Krieger durchkam, würde er Verstärkung holen. Der Fährtensucher beeilte sich, zu Mythor zurückzukommen, der hinter den Büschen Deckung gesucht hatte. Tylwyth war verschwunden.

»Wahrscheinlich ist ihm vor Schreck das Herz in die Hose gerutscht«, bemerkte Torcay. »Den sehen wir bestimmt nicht wieder.«

»Das glaubst du, weil du mich nicht kennst«, erklang es schrill aus unmittelbarer Nähe. »Ich habe nur versucht, dir beizustehen.«

»Natürlich. Indem du Fersengeld gibst, lenkst du jeden Gegner ab.«

Das klang spöttisch. Tylwyth indes ließ sich von solchen Kleinigkeiten keineswegs beeindrucken. Er hielt Torcay eine Handvoll scharfkantiger Steine entgegen und eine knapp zwei Handspannen messende Astgabel, an der ein geglätteter Tierdarm befestigt war. »Ich musste erst die Steine suchen ...«

»Lass es gut sein«, nickte Torcay. »Du kannst deinen Mut unter Beweis stellen, wenn die Mangoreiter wieder angreifen.«

Die Reiter kamen schneller als befürchtet, und sie ließen von Anfang an keinen Fluchtweg offen. Torcay, Mythor und Tylwyth konnten von Glück reden, dass sie gerade eine leichte Anhöhe mit einer Ansammlung mehrfach mannshoher Findlinge erreicht hatten, die ihnen Deckung boten. Der schmale

Weg, der hindurchführte, ließ sich notfalls von zwei Mann verteidigen.

»Gib Mythor eine Waffe«, verlangte der Schrat. »Die Mangoreiter werden uns nicht belagern, sondern rücksichtslos angreifen.«

»Mythor ist mein Gefangener, und das bleibt er, bis wir Kalaun erreicht haben«, erwiderte Torcay heftig.

»Dann bete zu deinen Göttern, dass dein Wunsch sich erfüllt«, zischte Tylwyth. Er nahm seine Schleuder in die linke Hand und legte einen Stein auf das verstärkte Mittelstück des Tierdarms. Sorgfältig zielte er, bevor er schoss. Trotzdem traf der Stein nur das Pferd des vordersten der näher kommenden Reiter. Die Wirkung indes war vielleicht sogar durchschlagender, als hätte er den Krieger aus dem Sattel gehoben. Das Tier gehorchte dem Zügel nicht mehr und bäumte sich auf. Zwei weitere Reiter hatten Mühe, ihre Pferde zu beruhigen. Einer von ihnen stürzte und wurde von den Hufen des auskeilenden Tieres getroffen. Er blieb regungslos liegen, während sein Pferd Verwirrung in die Reihen der nachfolgenden Krieger brachte.

»Na also«, feixte der Schrat.

»Traust du dir zu, den Weg auf dieser Seite zu verteidigen?«, fragte Torcay.

Tylwyth zeigte sich verärgert. »Wenn du daran zweifelst, kannst du allein kämpfen. Ich habe es nicht nötig, mich beleidigen zu lassen.«

Der Fährtensucher wandte sich schweigend um.

»Also gut«, rief der Schrat ihm und Mythor nach. »Ich helfe euch noch einmal, schließlich liegen genug Steine herum. Aber nur für die Hälfte der Belohnung.«

»Ein Viertel«, sagte Torcay scharf.

»Pah«, machte Tylwyth. »Ich kenne Mittel und Wege, den Mangoreitern mit heiler Haut zu entkommen.«

Der Fährtensucher traf Anstalten, Mythor dessen Schwert zurückzugeben.

»Also gut«, rief Tylwyth. »Ich bin mit einem Viertel einverstanden.«

Die Reiter griffen tatsächlich von zwei Seiten zugleich an. Torcay holte den ersten von ihnen mit einem kräftigen Schwerthieb vom Pferd. Zum Glück war der Durchlass zwischen den Felsen so schmal, dass keine zwei Krieger nebeneinander Platz fanden. Mythor versuchte, das herrenlose Tier einzufangen, was ihm wegen seiner Fesseln nicht gelang. Es preschte auf Tylwyth zu und hätte den Schrat ums Haar überrannt. Im letzten Moment warf es sich erneut herum und galoppierte an Torcay vorbei.

Der Kampf wurde längst nicht mehr mit aller Härte geführt. Auf Tylwyths Seite zogen die Mangokrieger sich bald zurück, nachdem er vier von ihnen zumindest schwer getroffen hatte. Auch Torcay bekam es nur mit einer Handvoll Gegner zu tun, deren Absicht offenbar war, ihn durch abwechselnd vorgetragene Angriffe zu schwächen.

»Sie führen etwas im Schild«, warnte Mythor.

Zu erkennen war nicht viel, da die Felsen die Sicht weitgehend behinderten. Aber als Geröll aus der Höhe herabrieselte, war jedem klar, was geschah.

Tylwyth wirbelte herum. Ohne zu zielen, schoss er die Schleuder ab. Einer der Krieger, die an den mächtigen Findlingen herabkletterten, verlor den Halt und stürzte. Die anderen gingen sofort in Deckung.

»Es ist aussichtslos«, murmelte Mythor. »Wir sitzen in der Falle.«

Aber ich habe nicht die Absicht, mir meine Beute abjagen zu lassen, dachte Torcay wütend. *Weder von den Kalten noch den Zornigen mit den Mangoherzen. Kalaun, wenn du Mythor willst, halte mir deine Schergen vom Hals!*

Er wurde hart bedrängt und geriet immer mehr ins Hintertreffen. Doch da floss Schwärze die Felsen herab und tastete nach den Mangoreitern, die fast augenblicklich erstarrten.

»Das ist Kalauns Werk!«, rief Torcay überrascht.

Die Pferde spürten offenbar die Veränderung, denn sie wurden unruhig. Der Fährtensucher ergriff eines von ihnen am Zügel und versuchte, es zu besänftigen. Er ließ Mythor aufsitzen und schwang sich dann selbst in den Sattel. Der Schrat hielt sich von hinten an seiner Hüfte fest.

Das Tier setzte sich nur zögernd in Bewegung, aber nach einer Weile verfiel es doch in einen leichten Galopp. Sie wurden nicht verfolgt. Bis zum Abend brachten sie eine Wegstrecke hinter sich, für die sie zu Fuß wohl gut einen halben Tag benötigt hätten.

Am Rand eines ausgedehnten Waldes ließ Torcay das Pferd grasen. Auch er selbst und Mythor verspürten Hunger. Was Tylwyth ihnen gegeben hatte, sättigte nur für kurze Zeit.

»Wir sollten uns nach einer Bleibe für die Nacht umsehen«, gab der Schrat zu bedenken.

»Was schlägst du vor?«

»Ganz in der Nähe gibt es etliche Erdhöhlen, die früher wohl von Tieren bewohnt wurden. In ihrem Schutz können wir sogar ein Feuer entfachen, ohne dass der Lichtschein gleich weithin zu sehen ist.«

»Einverstanden«, nickte Torcay.

Ein leises Geräusch ließ Mythor sich umwenden. Zwischen den Bäumen, keine zwanzig Schritt entfernt, gewahrte er eine Frau. Sie blickte zu ihm herüber. Er spürte sofort, dass von ihr keine Gefahr drohte. Ihre Haut war hell, fast bleich, und langes, nachtschwarzes Haar fiel ihr bis über die Schultern. Das hochgeschlossene grüne Gewand mit den goldenen Ornamenten stand dazu in angenehmem Kontrast. Etwas Faszinierendes ging von ihr aus, was Mythor sofort in ihren Bann schlug.

Langsam kam sie näher. Auch Torcay und der Schrat wurden endlich aufmerksam. Der Fährtensucher ließ einen überraschten Ausruf vernehmen.

»Einsame Wanderer verirren sich selten in diese Gegend.« Ihre Stimme klang weich und einschmeichelnd. »Wenn ihr die Nacht bei mir verbringen wollt ... es ist leider nicht viel, was ich bieten kann.«

Mythor hatte Mühe, sich von ihrem Anblick loszureißen. »Wer bist du?«, wollte er wissen.

»Nenne mich Inspira.« Sie lächelte verführerisch und streckte ihm ihre Hand entgegen, die er ohne Zögern ergriff. Im selben Moment warf das Pferd laut wiehernd den Kopf herum. Torcay hatte sichtlich Mühe, den Zügel festzuhalten. Aber dann musste er loslassen, um nicht von den Hufen getroffen zu werden. Das Tier raste in gestrecktem Galopp davon.

»Ihr seht erschöpft aus«, sagte Inspira. »Ruht euch bei mir aus.«

Sie war von berauschender Schönheit. Ohne zu zögern, schritt sie durch das dichteste Unterholz. Als Mythor sich flüchtig umwandte, sah er, dass der entstandene Pfad sich hinter ihnen wieder schloss. Trotzdem machte er sich kaum Gedanken darüber.

Inspiras Behausung war um einen abgestorbenen Baum herum errichtet. Dickblättrige Ranken bildeten die nach oben hin zusammenlaufenden Wände. Ungefähr in doppelter Mannshöhe hatte der Baum eine Vielzahl starker Luftwurzeln ausgebildet, die, zum Teil ineinander verflochten, die Hütte wie ein schützender Wall umgaben. Inspira schritt geradewegs darauf zu. Die Ranken glitten vor ihr zur Seite und gaben einen engen Zugang frei.

Ein einziger Schritt schien Mythor in eine andere Welt zu versetzen. Gedämpfte, grüne Helligkeit umgab ihn, die durch Lücken in der Blätterwand hereindrang. Aromatische Düfte schwängerten die Luft; vor allem eine schwere Süße, die während der ersten Atemzüge benommen machte. Erst nach und nach verflog diese Wirkung wieder.

Von einem Kupferkessel stiegen Dämpfe auf. Die Flüssigkeit darin wallte und brodelte, obwohl der Kessel keineswegs über einem Feuer hing, sondern auf nacktem, gestampftem Boden ruhte. Verschiedene Tierhäute und Felle lagen ausgebreitet da, daneben häuften sich Alraunen und magische Steine, grüne

»Dämonenaugen« und rot funkelnde »Himmelsfeuer«. Ein knorriger Wurzelstock, der auf den ersten Blick menschliche Gesichtszüge erkennen ließ, diente Inspira als Sitzplatz und Tisch zugleich.

Der Baum im Mittelpunkt war ausgehöhlt. In seinem Innern befand sich Inspiras Schlafstätte – getrocknetes Moos und einige mit magischen Symbolen bestickte Felle.

»Wo ist Tylwyth?«, brach Torcay das bedrückende Schweigen.

Der Schrat war verschwunden.

»Ich glaube, er ist uns überhaupt nicht gefolgt«, erinnerte sich Mythor. Zugleich fragte er sich, weshalb er dieser Beobachtung erst jetzt Gewicht beimaß. Hatte Inspiras Erscheinung ihn derart verzaubert? Für einen flüchtigen Augenblick war ihm, als habe sie sich verwandelt. Tief eingegrabene Falten entstellten ihr eben noch weiches Gesicht, aber als Mythor sich über die Augen fuhr, war alles wieder wie zuvor. Inspira lächelte ihm zu.

»Meinetwegen kann Tylwyth hingehen, wohin er mag. Ich halte ihn nicht zurück«, murmelte Torcay.

»Du meinst, dann wirst du den Lohn für dich behalten«, erwiderte die Frau.

»Welchen Lohn?« Der Fährtensucher fuhr auf und griff nach seinem Schwert.

Inspira bedachte ihn mit einem durchdringenden Blick, der ihm jede Selbstsicherheit raubte. »Halte mich nicht für dumm und unwissend. In ungezählten Jahren der Einsamkeit lernte ich, die Zukunft vorauszusehen. Ich wusste, dass ihr auf eurem Weg nach Thauburg zu mir kommen würdet.«

»Dann kannst du sagen, was mich erwartet?«

»Später, vielleicht, wenn du mir nicht mehr misstraust.«

»Aber ...«

Inspira schüttelte den Kopf. »Ich kenne dich besser, als du glaubst. Versuche nicht, durch Unwahrheiten meine Gunst zu erringen.«

An einem Geflecht aus dürren Ästen lehnte der Schaft einer Lanze, der an Stelle der eisernen Spitze lediglich einen gebogenen Haken trug. Die Frau nahm ihn und begann, im Innern des hohlen Baumes herumzustochern. Weder Mythor noch Torcay konnten erkennen, was sie damit bezweckte. Als sie die Lanze schließlich zurückzog, hing ein Strick in der Öse, und dieser Strick war um ein dickes Stück Fleisch gewickelt. Inspira legte es auf den Wurzelstock.

»Esst ruhig, so viel ihr wollt. Ich besitze Vorräte für ein ganzes Jahr.«

Das Fleisch war weder geräuchert noch gepökelt. Um raschem Verderb vorzubeugen, hatte die Frau es lediglich mit Kräutern eingerieben, die einen würzigen Beigeschmack entfalteten. Die beiden Krieger aßen schweigend; das Gefühl der Sättigung stellte sich rasch ein.

»Du lebst schon lange in diesem Wald?«, wollte der Fährtensucher wissen.

»Einige Jahre«, erwiderte Inspira. »Aber ich vermisse die Menschen nicht. Sie sind falsch.«

»Warum hast du uns dann zu dir geholt?«

»Vielleicht weil ich wieder einmal mit jemandem reden wollte.«

»Du hast recht«, lachte Torcay. »Weder die Mangoreiter noch Kalaun dürften angenehme Zuhörer sein. Bist du dem Herrn des Chaos jemals begegnet?«

»Ich kenne ihn so gut wie kein anderer.«

Der Fährtensucher stockte. »Ist es wahr, dass er allein die Zone des Schreckens erschaffen hat?«

Inspira nickte. »Kalaun hat sie nicht nur erschaffen, sondern er *ist* die Schreckenszone, er beherrscht das Chaos nicht nur, *er ist das Chaos.*«

»Ich verstehe nicht.«

»Dann bist du ein Narr, dass du dich nach Thauburg wagst.«

»Ich denke, du kennst die Zukunft«, begehrte Torcay auf.

»Du willst sie hören? Ja, ich glaube, ich sollte dir sagen, was dich erwartet. Aber oftmals ist es besser, nicht zuviel von den Dingen zu wissen.«

Inspira nahm eine hölzerne Kelle und ging zu dem Kupferkessel, in dem der Sud dampfte. Dreimal schöpfte sie in ein irdenes Gefäß und murmelte dazu magische Beschwörungen. Von irgendwoher erklang ein dumpfes, gleichmäßiges Pochen, das in kurzen Abständen anschwoll und nahezu gänzlich wieder verschwand.

Eben noch verführerische Frau, schien Inspira sich jäh zu verwandeln. Ihr Unterleib nahm die Umrisse einer Ziege an; wo sie stand, erschienen zweizehige Abdrücke im Boden. Nur vor ihrem Gesicht machte die Verwandlung halt, wenngleich die Umrisse eines Tierschädels durchzuschimmern schienen. Flüchtig war es, als versuchten zwei verschiedenartige Wesen, sich zu manifestieren.

Als dann das Pochen verstummte, wirkte Inspira so betörend wie zuvor. Mit keiner Geste gab sie zu erkennen, dass ihr das Geschehen überhaupt bewusst geworden war. Sie starrte in den Sud und begann, Unverständliches zu murmeln.

»Ihr werdet Thauburg unbeschadet erreichen«, kam es wie in Trance. »Kalaun selbst ist es, der euch empfängt.«

»Weiter«, drängte Torcay ungeduldig, als sie schwieg. »Was siehst du noch?«

»Vieles ist verworren. Aber du wirst in einer Wunde stochern und die Früchte deines Tuns ernten. Und Mythor erhält die ihm zustehende Erinnerung.«

Torcay war blass geworden. Er fröstelte plötzlich. Immerhin fühlte er sich bei seinen geheimsten Gedanken ertappt, denn tatsächlich beabsichtigte er, sein Schwert in Kalauns Schandmal zu stoßen, um den Herrn des Chaos dadurch zu töten.

»Ich weiß nicht, wovon du sprichst, Hexe«, fuhr er auf.

»Doch«, nickte Inspira. »Oder willst du deine eigenen Absichten nicht mehr wahrhaben?«

»Lügenmaul!«, schrie Torcay. Die Klinge flog wie von selbst in seine Hand, aber Inspira lachte nur. In dem Moment, da er zustieß, verschwand sie vor seinen Augen.

Sie hatten Mühe, Inspiras Behausung zu verlassen. Selbst als Torcay mit dem Schwert auf die Pflanzenstrünke einschlug, erwiesen diese sich als überaus widerstandsfähig. Er musste alle Kraft aufwenden, um eine schmale Lücke zu schaffen.

Dicht wuchernder Efeu und dornenbewehrte Ranken ließen vieles anders erscheinen als wenige Stunden zuvor. Der Wald war schier undurchdringlich geworden. Unmöglich, dass dies innerhalb der kurzen Zeit geschehen sein konnte.

»... als wären inzwischen Jahre vergangen«, fluchte Torcay. »Diese verdammte Hexe wird meine Klinge zu spüren bekommen, falls sie uns noch einmal begegnet.«

Mythor zuckte zusammen. Er dachte an Ilfa und daran, dass der Fährtensucher erst vor Kurzem behauptet hatte, Kalaun beherrsche sogar die Zeit.

Torcay löste mehrere Lotschnüre von seinem Gürtel und begann, sie auszupendeln.

»Fürchtest du magische Fallen?«, wollte Mythor wissen.

Der Schwarzhäutige nickte. »Nur Magie kann das hier bewirkt haben.«

Eine Baumschlange fiel aus dem Geäst und ringelte sich vor ihren Füßen. Sie kam nicht weit. Winzige Flammen huschten über ihren Leib, und zurück blieb nur eine leere, vertrocknet wirkende Haut, die genauso gut schon seit Jahren hier liegen konnte.

»Nach rechts«, bestimmte Torcay. »Sonst ergeht es uns ähnlich.«

Er spürte mehrere Orte auf, die ihm nicht geheuer waren. Einmal erschien ein winziges, feenhaftes Geschöpf und warnte ihn, in der eingeschlagenen Richtung weiterzugehen. Torcay zögerte, weil sein Lot ihm etwas anderes sagte. Als er sich entschloss, seinem Gefühl zu vertrauen, das ihn oft vor Schaden bewahrt hatte, verschwand das kleine Wesen unter wüsten Beschimpfungen.

Endlich erreichten sie den Waldrand.

»Da ist Tylwyth«, stieß Mythor überrascht hervor.

Beim Klang der Stimme wirbelte der Schrat herum. Seine Augen weiteten sich in jähem Erstaunen, als er die beiden Männer gewahrte, und sofort machte er eine Reihe von Zeichen gegen den bösen Blick.

»Seid ihr es wirklich?«, stieß er jammernd hervor.

»Natürlich.« Der Fährtensucher nickte. »Was hast du erwartet?«

»Ihr wart lange fort.«

»Einige Stunden. Warum bist du nicht mit uns gegangen?«

»Drei volle Tage«, ächzte Tylwyth. »Ich fürchtete schon, euch nicht mehr bei den Lebenden zu finden. Habt ihr das Böse nicht verspürt, das die Frau umgab? Nachdem selbst das Pferd eines Mangoreiters vor ihr scheute, musste wenigstens einer von uns den klaren Verstand bewahren, um die anderen aus ihrer Gewalt zu befreien.«

»Warum hast du uns dann nicht beigestanden?«, warf Torcay ein.

»Genügt es dir nicht, dass ich hier gewartet habe? Ich könnte längst über alle Berge sein.«

»Furcht und Habgier«, sagte der Fährtensucher. »Einen anderen Grund wirst du mir dafür nicht nennen können.«

Tylwyth stampfte zornig auf. »Worauf wartest du noch? Gehen wir nach Thauburg. Dann wird sich herausstellen, ob du wirklich Grund hast, mir Übles nachzureden.«

5

Mythor und Torcay waren beileibe nicht die Einzigen, die sich Kalauns Kastell Thauburg näherten. Ilfa, Mythors Weggefährtin, hatte es mit Roars Hilfe geschafft, von den Kruuks anerkannt zu werden. Nach dem Fall von Genrals Götzenbild sahen die grünhäutigen Wilden in ihr so etwas wie eine Anführerin. Dennoch hatte es sie Schweiß und Mühe gekostet, ihnen mit Worten und vielen Gesten klarzumachen, dass Mythor zum Sturm gegen Kalauns Festung angesetzt hatte und wünschte, dass sie ihm folgten, um ihm beizustehen. Die Vorgänge beim Götzen waren beeindruckend gewesen – die Kruuks huldigten dem Fremden, der die Stärke besaß, Genral zu widerstehen.

Ilfas Befürchtungen indes, dass Mythor längst Kalauns Gefangener war, wurden mit jedem Tag drückender.

Während Tausende der Barbaren auf der Oberfläche immer neuen Schrecken des Chaos trotzten und gleich einem Zug hungriger Wanderameisen das Land überfluteten, krochen Ilfa und die sieben Schrate aus dem Hinterwald in Begleitung und mit Unterstützung vieler Unterweltler durch unterirdische Gänge und Höhlensysteme der Wueler gen Thauburg. Die junge Frau war noch immer betroffen darüber, dass Mythor, nachdem er seine Ketten gesprengt und scheinbar mit der Kraft der bloßen Hände den Götzen gestürzt hatte, nicht zurückgekommen war. Lautstark verfluchte sie Torcay, dessen Freundschaft nur gespielt gewesen sein konnte. Ihm ging es nicht um den Kampf von Gut und Böse, nur um den Reichtum, den er von Kalaun zu erhalten hoffte. Hätte er Mythor sonst erneut zu seinem Gefangenen gemacht?

Dass die Schrate in Erwartung des Kommenden vor Furcht zitterten, entging Ilfa nicht. Aber Fryll hatte den Schrateneid geschworen, sie beim Kampf um Mythors Freiheit zu unterstützen.

Die junge Frau war ungeduldig. Hin und wieder ließ sie sich an der Oberfläche blicken, um die Kruuks anzufeuern und ihnen die Richtung zu zeigen. Aber auch, um die Verbindung zu Roar nicht zu verlieren, von dem sie letztlich abhängig war.

Vier Tage waren inzwischen vergangen; Ilfa fieberte dem Zeitpunkt der Entscheidung entgegen. Wahrscheinlich färbte die Unruhe der Schrate allmählich auf sie ab. Nur die Wueler waren unermüdlich. Indes setzte bis in zwanzig Schritt Tiefe reichendes Felsgestein ihnen mitunter unüberwindlichen Widerstand entgegen. Obwohl sie dann gezwungen waren, andere Wege zu graben, fanden sie die einmal eingeschlagene Richtung mit geradezu schlafwandlerischer Sicherheit immer wieder.

»Ich fühle mich lebendig begraben«, schimpfte Ilfa, als sie mit dem Schwertknauf eine solche Felswand abklopfte.

»Das Land steigt allmählich an und wird rauer«, behauptete einer der sie begleitenden Unterweltler. »Ein Zeichen, dass wir uns Thauburg nähern.«

»Solange wir das Kastell nicht erreicht haben, ist mir alles herzlich egal«, gab Ilfa gereizt zur Antwort. »Wir werden nur unnötig aufgehalten.«

»Das Erdreich über uns kann jederzeit einstürzen«, rief Nuriau, der Schwarzseher unter den Schraten, der trotz ungezählter Fehlschläge nach wie vor behauptete, die Zukunft deuten zu können. »Du solltest also froh sein, wenn wir auf widerstandfähigeres Gestein stoßen.«

»Unsinn«, fuhr Ilfa auf. »Falls es so weitergeht, müssen wir eben oben unseren Weg suchen.«

»Das kann nicht dein Ernst sein«, erschrak Fryll. »Über uns erstreckt sich die Zone des Schreckens. Hast du überhaupt eine Ahnung davon, welche Gefahren dort lauern?«

»Und wenn schon.« Mit der flachen Hand klopfte sie auf ihr Schwert. »Solange ich das habe, brauche ich keinen Gegner zu fürchten.«

»Nein, nein«, wehrte Fryll ab. »Wir bleiben hier unten. Von etwas anderem war nie die Rede.«

»Feigling«, zischte Ilfa.

Der Schrat starrte sie aus seinen ockerfarbenen, in schwere Tränensäcke gebetteten Augen unbewegt an. Sein Blick ging durch sie hindurch und verlor sich irgendwo in unermesslicher Ferne. »Manchmal«, murmelte er leise vor sich hin, »ist es besser, als Feigling beschimpft zu werden, aber das Leben zu behalten.«

»Du bist mir ein schöner Freund«, seufzte Ilfa.

»Lass Fryll gefälligst in Ruhe«, rief Voriber zänkisch. »Er hat dir nichts getan.«

»Das will ich ihm auch nicht geraten haben.« Sie deutete in die Höhe. »Einer eurer Wueler soll mich nach oben bringen.«

»Schon wieder?«, entfuhr es Nuriau. »Mit deiner Unruhe wirst du uns alle dem Unheil preisgeben.«

Der Schacht, den der Wueler grub, mündete zwischen den Wurzeln einer einsam stehenden, Baumgruppe. Ilfa hatte Mühe, sich ins Freie zu zwängen. Ein scharfer Wind blies ihr ins Gesicht und ließ sie frösteln. Tiefhängende, schwefelgelbe Wolken trieben schnell dahin. Der Wind kam aus nordöstlicher Richtung. Wo Thauburg lag, türmte sich eine Wand von Finsternis auf.

Ilfa bot sich ein umfassender Rundblick. Felder wurden in diesem Gebiet schon seit langem nicht mehr bestellt. Die irgendwann von Bauern ausgebrachte Saat war längst verwildert – überwiegend Mais, der mannshoch aufragte. Wind und Wetter hatten jedoch ihre Spuren hinterlassen, und nahezu die Hälfte lag niedergebrochen am Boden. Spätestens mit Einbruch des Herbstes würden die Kolben zu faulen beginnen.

Ilfa kniff die Augen zusammen und beobachtete. Sie glaubte, eine flüchtige Bewegung gesehen zu haben, war sich dessen aber nicht sicher.

Nach einer Weile wich die Anspannung von ihr. Die ersten Kruuks brachen zwischen den Maispflanzen hervor. Sie eilte ihnen entgegen. Roar führte den Trupp an.

»Müttrr?«, grollte er und hieb Ilfa seine Pranke auf die Schulter, dass sie unwillkürlich in die Knie ging. Es sollte eine freundschaftliche Geste sein.

Sie nickte und deutete nach Nordosten. Täuschte sie sich, oder war die Schwärze inzwischen nähergerückt?

Roar schien ihr Zögern bemerkt zu haben. In seiner gutturalen Sprache begann er, auf sie einzureden.

»Ich verstehe dich nicht«, sagte Ilfa. »Aber wir müssen uns beeilen, wenn wir an Mythors Kampf gegen Kalaun teilhaben wollen.«

»Müttrr«, nickte Roar heftig. »Gutt.« Dabei schlug er mit der Faust gegen seinen schweren Kampfhammer, den er in einer Schlaufe über dem Rücken trug.

Ilfa blickte ihn überrascht an. »Du lernst unsere Sprache?«

»Gutt ...«

Einige hundert Kruuks waren inzwischen an ihnen vorbeigestapft. Ein eigenartiger Singsang lag in der Luft, der auch auf Ilfa seine Wirkung nicht verfehlte. Sie fühlte sich von dieser Melodie angespornt, die ein Kampflied der Wilden zu sein schien. Erneut verglich sie die Kruuks in Gedanken mit einer Heerschar Wanderameisen, die nichts von ihrem Weg abzubringen oder gar aufzuhalten vermochte.

Kurz fragte sie sich, wo das Heer des Tubrass sein mochte, und ob es den Weg hierher finden würde.

Plötzlich waren gellende Schreie zu vernehmen. Roar riss seinen Kampfhammer von der Schulter und begann zu laufen. Ilfa hatte Mühe, ihm zu folgen.

Die Schwärze war heran. Sie gebar ein Heer von Kriegern, das aus dem Nichts heraus entstand und den Kruuks sofort erbitterte Kämpfe lieferte. Ein vierbeiniges Geschöpf, mehr Pferd als Mensch, bedrängte Ilfa. Sein Oberkörper war der eines jungen, kräftigen Mannes. In seiner Rechten hielt er einen Speer, verzichtete jedoch darauf, die Waffe zu schleudern, sondern schien Ilfa durchbohren zu wollen. Unwillkürlich wurde sie an Caronj erinnert, den Gefährten aus früheren Zeiten, als sie noch im Schattenparadies lebten. Doch dann verdrängte sie den Gedanken, wich zur Seite hin aus und parierte mit dem Schwert. Schnaubend setzte der Angreifer nach. Da war Roar wieder neben ihr und fällte den Zentauren mit einem wuchtigen Schlag seines Hammers.

Überall wurde gekämpft. Soweit Ilfa es erkennen konnte, versuchten die nachfolgenden Kruuks, die Angreifer von den Flanken her zurückzuwerfen, doch blieb ihnen der Erfolg versagt. Aus dem Nebel formten sich immer neue Schreckensgestalten.

Kalauns Atem!, schoss es ihr durch den Sinn. Irgendwann hatte sie davon gehört, dass mit jedem Atemzug, den der Herr des Chaos tat, das Böse als dräuender Nebel über das einstige Land der Aegyr hereinbrach. Sie hatte nie daran geglaubt – erst jetzt, da sie es mit eigenen Augen sah.

Schwerer Flügelschlag übertönte den Kampflärm. Zwei mächtige Schatten strichen dicht über die Kruuks hinweg. Messerscharfe Fänge bohrten sich in die Rücken zweier Wilder. Schwerfällig stiegen die mehr als doppelt mannsgroßen Vögel wieder auf. Ilfa stieß das Schwert in die Scheide zurück und riss den geschwungenen Bogen von der Schulter. Der erste Pfeil drang in den Leib eines der Vögel ein, der zweite durchschlug seinen Schädel. Während das Tier wild mit den Schwingen schlagend abstürzte, schickte die Frau dem anderen mehrere Pfeile hinterher. Sie traf zwar, doch gelang es ihr nicht, es am Entkommen zu hindern.

Der verwundete Vogel hackte mit seinem scharfkantigen Schnabel nach ihr, als sie sich ihm näherte. Mit dem Schwert trennte Ilfa den Schädel vom Rumpf. Sie hatte gehofft, den

Kruuk retten zu können, doch war er bereits tot, als sie sich über ihn beugte.

Die Schwärze drohte alles zu verschlingen. Für jeden dämonischen Angreifer, der durch die Waffen der Barbaren fiel, griff an anderer Stelle ein neuer Krieger an. Aber auch Kruuks mussten ihr Leben lassen. Gellend klangen Ilfa ihre Todesschreie in den Ohren. Das Chaos breitete sich aus.

Der Anblick weiterer düsterer Wolken, in denen das Böse sich manifestierte, erschreckte die Frau. Plötzlich wusste sie aber auch, wie der Gefahr zu begegnen war.

»Roar!«, schrie sie. »Lass deine Krieger die Flucht nach vorn antreten!« Sie konnte nur hoffen, dass er sie verstand. Irgendwo vor ihr musste er sein, wo die Traube der kämpfenden Leiber am dichtesten war.

Ilfa zog sich zu der Baumgruppe zurück. Dort hatte sie dürre, abgestorbene Äste und Zunder gesehen. Sie wurde nicht verfolgt. Mit blitzschnellen Hieben schlug sie ein unterarmlanges Stück von einem dicken Ast ab und bohrte mit der Spitze ihres Schwertes ein Loch hinein. Das Holz war stellenweise so morsch, dass sie es mit bloßen Händen zerbrechen konnte. Ilfa nahm einen dünnen, geraden Ast zwischen ihre Hände und rieb ihn in dem Loch so lange hin und her, bis ein feiner Rauchfaden bewies, dass Glut entstanden war.

In dem Moment, in dem sie Zunder auflegte, wurde sie von hinten angesprungen. Der Gegner war kleiner als sie, besaß eine fliehende Stirn und kräftige Backenknochen; zwei nach oben gedrehte Hörner ragten aus seiner Stirn, und als er den Rachen öffnete, entblößte er ein Raubtiergebiss. Obwohl er Ilfa überraschte, gelang es ihr, seinen zupackenden Klauenhänden zu entgehen, indem sie sich herumwälzte, die Knie anzog und kräftig zutrat. Der Angreifer stieß ein tierisches Grunzen aus und schnellte erneut heran. Blindlings um sich tastend, fand sie einen faustgroßen Stein, den sie ihm zwischen die Hörner schmetterte. Hatte sie jedoch erwartet, er würde zusammenbrechen, so musste sie entsetzt feststellen, dass er lediglich benommen schwankte. Seine blutunterlaufenen Augen verfolgten lauernd jede ihrer Bewegungen.

Das Schwert lag zu weit entfernt, aber der Köcher mit den Pfeilen lehnte nur zwei Schritt neben ihr an einem Baum. Ohne länger zu zögern, schnellte sie vor, bekam die gefiederten Schäfte mehrerer Pfeile zu fassen und riss sie an sich. Zugleich warf der Gegner sich erneut auf sie. Ilfa wurde von einem Schlag getroffen, der ihr die Luft aus den Lungen trieb. Sie musste gegen ein jäh aufkommendes Gefühl der Schwäche ankämpfen. Der stinkende Atem des Angreifers ließ sie würgen. Nur noch wie durch einen dichten Schleier sah sie seine Umrisse vor sich und stieß blindlings die Pfeile hoch. Ein heftiger Ruck zerrte ihren Arm zur Seite, gleich darauf vernahm sie das Geräusch eines fallenden Körpers. Bevor sie sich aufrichten konnte, griff die Ohnmacht nach ihr.

Ilfa konnte kaum länger als einige Augenblicke ohne Besinnung gewesen sein. Als sie die Augen wieder aufschlug, war der Angreifer noch immer neben ihr. Vier Pfeile steckten in seiner linken Brustseite. Vergeblich versuchte er, die eisernen Spitzen aus der Wunde zu ziehen. Eine nie zuvor gekannte Ruhe umfing Ilfa, als sie mit steifen Schritten zu dem Platz ging, wo ihr Schwert lag, es aufhob und dann den Angreifer, der sich wieder auf sie stürzen wollte, von seinen Qualen erlöste.

Anschließend machte sie sich sofort wieder daran, die beiden Hölzer ineinander zu reiben. Diesmal brachte sie das morsche Holz schneller zum Qualmen, und als sie Zunder auflegte und vorsichtig anblies, züngelte gleich darauf eine erste kleine Flamme empor.

Ilfa entzündete einen Stoß armdicker Äste. Das Knistern und Knacken des Feuers weckte neue Zuversicht in ihr. Roar schien verstanden zu haben, was sie beabsichtigte, denn zusammen mit einer Handvoll Kruuks hielt er nun die Angreifer von ihr fern.

Sogar das Gras war dürr und brannte bald lichterloh. Eine sich gierig ausbreitende Feuerwand wälzte sich über die Ebene. Dichter Rauch stieg auf, und der entstehende Sog wirbelte die aus dem Norden kommende Schwärze mit sich und verstreute sie in alle Richtungen. Für die Kruuks stand der Wind günstig, sie brauchten nicht zu befürchten, von den Flammen eingeholt zu werden. Nachdem keine neuen Gegner mehr entstanden, gewannen sie in ihrer Wildheit schnell die Oberhand. Da Ilfa der Rückweg zu den Schraten und Unterweltlern versperrt war, schloss sie sich Roar an. Sie hoffte, dass Fryll so klug sein würde, ebenfalls den Weg fortzusetzen.

Der Wind blies heftiger. Frierend verschränkte Ilfa die Arme vor dem Oberkörper. Mit gesenktem Kopf hastete sie weiter.

Plötzlich wurden Schreie laut. Als sie sich umwandte, sah sie einen Kruuk wie erstarrt stehen, mitten in der Bewegung zur Eissäule geworden. Seine Haut fühlte sich so kalt und leblos an wie Stein.

Roar stieß einen drohenden Knurrlaut aus.

»Du fürchtest, Kalaun greift wieder an?« Betont langsam stellte Ilfa ihre Frage, trotzdem blickte er sie verständnislos an.

Zwei weitere Kruuks wurden zu Eis, ohne dass sich ein Gegner zeigte, gegen den man antreten konnte. Deutlich spürte Ilfa die wachsende Unruhe in den Reihen der Wilden. Einige verließen den Tross und hetzten mit gezückten Waffen nach Norden, bereit, alles niederzustrecken, was sich ihnen entgegenstellte. Auch sie schienen dem Schicksal nicht entgehen zu können.

Zufällig fiel Ilfas Blick auf das dick mit Eis verkrustete Gesicht eines der Männer.

»Roar«, rief sie, »jeder, der im Kampf verletzt wurde, soll sofort seine Wunde bedecken.« Gestenreich untermalte sie ihre Forderung. Bis die Kruuks verstanden, was sie verlangte, wurden weitere von ihnen zu reglosen Statuen. Dann allerdings gab es keine Toten mehr.

Ilfa verbrachte den Rest des Tages und die Nacht bei den grünhäutigen Barbaren. Ihre Hoffnung, ein Wueler möge in der Nähe auftauchen, erfüllte sich nicht. »Wenn Fryll und seine Spießgesellen die Gelegenheit nutzen, sich aus dem Staub zu machen, können sie sich auf einiges gefasst machen«, murmelte sie wütend vor sich hin.

Mit Beginn der Morgendämmerung brachen die Kruuks wieder auf. Das Gelände stieg merklich an, und es mochte gegen Mittag sein, als in der Ferne die Mauern von Thauburg sichtbar wurden.

Kalauns Kastell war riesig, das wurde jetzt schon klar. Eine uneinnehmbare Festung. Ilfa begann zu befürchten, dass selbst die Kruuks sich an Thauburg die Schädel einrennen würden. Und das nicht nur wegen der ringsum wogenden wesenlosen Schwärze.

»Hat dich plötzlich der Mut verlassen?«

Ilfa wirbelte herum. Aus einem von Wuelern gegrabenen Erdloch grinste Fryll sie herausfordernd an.

»Mythor und Torcay befinden sich inzwischen innerhalb dieser Mauern.«

»Woher willst du das wissen?«

Frylls Lächeln wich einem bedrückten Gesichtsausdruck. »Weil ich selbst gesehen habe, wie sie von Mangoreitern geleitet wurden.«

6

»Aufgepasst!«, raunte Tylwyth. »Da kommen Kalauns Schergen!«

Torcay riss sein Schwert aus der Scheide, doch der Herr des Chaos schien nicht die Absicht zu haben, ihm die Beute abzujagen. Die Zornigen mit den Mangoherzen umringten sie lediglich.

»Mitkommen!«, befahl einer von ihnen mit klirrender Stimme. Die Reiter nahmen die beiden Männer in ihre Mitte. Tylwyth indes, als er sich unbeobachtet glaubte, suchte sein Heil in der Flucht. Er kam nicht weit, dann hatte ein Krieger ihn eingeholt und zerrte den heftig widerstrebenden Schrat zu sich aufs Pferd. Ein wütender Schlag mit der flachen Hand ließ Tylwyth verstummen.

»Bringt ihr uns nach Thauburg?«, wollte Torcay wissen.

Er erhielt keine Antwort.

Sie spürten, dass sie sich dem Sitz des Bösen näherten. Und dann sahen sie die ersten Mauern aus dem umgebenden Wald aufragen. Düstere, riesige Mauern, denen die Schwärze anhaftete wie etwas Lebendes.

Ein Dämonenschloss.

Alles an ihm wirkte finster und drohend.

Mythor erschauderte. Neben diesem Bollwerk Schwarzer Magie fühlte er sich winzig.

Das Kastell musste einem Alptraum entsprungen sein.

Uralte, in den Himmel aufragende Baumriesen, versteinert und durch wahre Titanenmauern miteinander verbunden ... Weder Fenster noch einfache Scharten gab es, dafür wuchtige Zinnen und Erker mit einer Vielzahl von Pechgusslöchern. Kein

Angreifer würde nahe genug an diese Mauern herankommen, um sie erklettern zu können. Und das alles war überrankt von ebenfalls versteinerten und weitverzweigten Schlingpflanzen.

Thauburg wirkte, als sei die Zeit an diesem Ort stehen geblieben.

»Also ist es doch wahr«, murmelte Torcay bedrückt. »Kalaun soll diese Pflanzen nur durch die Kraft seines Schandmals versteinert haben.«

Etliche hundert Schritte zog die Mauer sich geradlinig dahin, dann ragte ein plumper Torturm auf. Unvermittelt zügelten die Mangoreiter ihre Pferde und hielten sich zurück. Mythor wollte sich nach Tylwyth umsehen, aber Torcay zog ihn einfach an der Kette hinter sich her.

»Vorwärts!«, fauchte er, getreu seiner Rolle als Jäger im Auftrag Kalauns. »Oder soll ich dir Beine machen?«

Das Rasseln schwerer Ketten wurde laut. Knarrend hob sich ein eisernes Fallgitter.

Eine hochgewachsene, düstere Gestalt trat durch den Torbogen. Sie war schwer gerüstet und trug ein bis zu den Knien reichendes, engmaschiges Kettenhemd, das in tiefem Schwarz schimmerte. In einer Schulterscheide steckte ein Zweihänder, während vom Hüftgurt mehrere unterarmlange Wurfäxte herabhingen. Der Ritter hatte einen kunstvoll gearbeiteten Adlerkopfhelm aufgesetzt. Das geöffnete Visier ließ ein bärtiges, verhärmtes Gesicht und stechende Augen erkennen. Der Mann wartete darauf, dass Torcay und dessen Gefangener zu ihm kamen.

»Das soll Kalaun sein?«, flüsterte Mythor.

»Ich weiß nicht«, gab der Fährtensucher ebenso leise zurück.

Fünf Schritt vor dem Ritter blieb er stehen. »Ich habe jenen Fremden gefangen, nach dem der Herr des Chaos suchen ließ. Führe mich zu Kalaun.«

»Du wirst den Herrn sehen, wenn die Zeit da ist. Bis dahin nimm mit mir vorlieb.« Die Drohung, die in diesen Worten verborgen lag, war unverkennbar. Torcay hatte bislang keine rechte Vorstellung von dem besessen, was ihn in Thauburg erwartete – erst Inspiras Weissagung hatte ihn hoffen lassen, sofort mit Kalaun konfrontiert zu werden.

Widerspruchslos folgte er dem Gerüsteten und stieß Mythor vor sich her. Alles an Kalauns Kastell wirkte monströs. Die Wände waren aus roh zugehauenen Quadern aufgeschichtet, die gewölbte Decke befand sich in gut vier Mannslängen Höhe. Der mit verschiedenfarbigen Steinplatten ausgelegte Boden strahlte Kälte aus. Und überall hingen Waffen – genug, ein ganzes Heer damit auszurüsten.

Das Geräusch ihrer Schritte hallte von allen Seiten wider. Eine breite, von einer halbhohen Brüstung umgebene Galerie, Treppen, Kammern und Winkel – man konnte sich hoffnungslos verirren ...

Das gleichmäßige Pochen wurde wieder laut. Mythor kannte es, wusste jedoch auf Anhieb nicht zu sagen, woher. Er glaubte, eine Gefahr zu spüren, die in unmittelbarer Nähe lauerte.

Der Ritter öffnete eine schwere hölzerne Tür. Dämonenschädel auf beiden Flügeln sollten ungebetene Besucher abschrecken. Schaudernd bemerkte Mythor, dass ihre faustgroßen, hervorquellenden Augen ihm hinterherblickten, und er befürchtete, jeden Moment mit den leiblichen Vorbildern dieser Schnitzereien konfrontiert zu werden. Doch nichts geschah.

Auf der anderen Seite der Tür erstreckte sich ein prunkvoll ausgestatteter Saal. Auch hier war Schwarz die beherrschende Farbe. In Dutzenden Feuerschalen glomm düstere Glut. Ihr Schein reichte aus, die Götzenstandbilder erkennen zu lassen, die gleich einem stummen Heer entlang der Wände postiert waren.

Der weit aufgerissene Rachen eines doppelt mannshohen Drachen barg einen plumpen Thron. Torcay und Mythor wussten sofort, dass dies Kalauns Platz war, von dem er die Schrecken des Chaos aussandte.

Der Ritter war stehen geblieben und wandte sich dem Fährtensucher zu. »Nur wenige haben bislang den Weg zu mir überlebt«, sagte er grollend. »Sie wurden meine treuesten Krieger.«

»Wer bist du?«, stieß Torcay hervor, obwohl er die Antwort bereits zu kennen glaubte.

»Weißt du es nicht?« Der Gerüstete nahm den Helm ab. Gewelltes Haar fiel ihm auf die Schultern. Sein breites Gesicht wirkte aufgedunsen. Nase, Mund und Kinn waren vorgewölbt und verliehen ihm etwas Schlangenhaftes.

Mythor zerrte an seinen Fesseln. Er glaubte, seinen eigenen Herzschlag zu vernehmen. Doch dann wurde ihm klar, dass dieses Geräusch von außen kam.

Es wurde lauter, dröhnender ...

»Kalaun«, ächzte Torcay. Es sah aus, als wolle er vor dem Herrn des Chaos in die Knie sinken.

Pulsierende Schwärze hüllte den Ritter ein, als er das Kettenhemd abstreifte. Seine Züge waren kaum noch menschlich zu nennen. Auf seiner flachen, fliehenden Stirn entstanden dunkle Schuppen. Die Augen waren starr; sie besaßen keine Pupillen mehr.

Torcay unterdrückte einen entsetzten Aufschrei. Kalauns linke Brustseite war eine einzige zuckende Wunde. Aus ihr strömte mit jedem Herzschlag die Schwärze hervor, die in vielfach verzweigten Armen über den Boden kroch. Ein Moloch des Bösen, der erst außerhalb von Thauburg seine wahre Macht entfaltete.

Der Fährtensucher machte einen blitzschnellen Schritt nach vorn, riss sein Kurzschwert hoch und stieß es Kalaun ins Herz. Er verspürte keinen Widerstand, als die blitzende Klinge die Schwärze durchdrang.

»Tu's nicht!« Mythors entsetzter Ausruf kam zu spät.

Torcay triumphierte.

Im nächsten Moment stockte ihm jedoch der Atem. Kalauns Gestalt war in Auflösung begriffen. Nur ein flimmerndes, filigranes Gebilde blieb zurück. Der Fährtensucher hätte es mit dem Schwert zerschlagen können, aber seine Arme waren wie gelähmt.

Von irgendwoher erklang spöttisches Gelächter. Dieses Lachen und das spinnennetzartige Etwas erinnerten ihn an die schwarzhaarige Hexe Inspira. Vergeblich versuchte er herauszufinden, woher das Lachen kam.

»Glaubst du wirklich, mich töten zu können?«

Von allen Seiten hallte die dumpfe Stimme nach. Wie mit glühenden Nadeln fraß sie sich in Torcays Bewusstsein. Sie peinigte ihn. Auch dann noch, als er verzweifelt die Hände auf die Ohren presste und in die Knie sank.

»Inspiras Prophezeiung hat sich bereits zur Hälfte bewahrheitet. Du erntest nun auch die Früchte deines Verrats: man wird dir eine Herzmangofrucht anstelle deines Herzens einsetzen.«

»Nein!«, schrie der Fährtensucher gellend auf.

Mangoreiter waren plötzlich überall. Sie zerrten ihn hoch, stellten ihn auf die Beine und schleppten ihn und Mythor aus dem Saal. Zu spät begriffen beide, dass sowohl Inspira als auch der düstere Ritter nur Abbilder Kalauns gewesen sein konnten.

»Thauburg ist uneinnehmbar. Du würdest schon den Versuch, in die Nähe der Mauern zu gelangen, mit dem Leben bezahlen.« Heftig mit den Armen rudernd, redete Fryll auf Ilfa ein.

Während die Kruuks in einiger Entfernung lagerten, begierig darauf, endlich angreifen zu können, hatten Ilfa, Fryll und einige Unterweltler sich bis auf annähernd dreihundert Schritt an die Festung herangewagt. Sie wussten, dass sie durch den von Wuelern gegrabenen Tunnel jederzeit wieder fliehen konnten, falls Mangoreiter auf sie aufmerksam wurden.

»Ich gebe mich nicht geschlagen«, beharrte Ilfa. »Nicht bevor ich weiß, was mit Mythor geschehen ist.«

Fryll, der auf dem aufgeworfenen Erdhügel kauerte, war zumindest im Augenblick zwei Handbreit größer als Ilfa, die noch bis zum Oberkörper in dem schräg abwärts verlaufenden Tunnel stand. Kurz entschlossen packte er sie an den Schultern und drehte sie so, dass sie zu den Zinnen des Kastells emporblicken musste. »Sieh hin«, sagte er. »Sieh genau hin. Es wäre Wahnsinn, einen Angriff zu versuchen. Selbst mit Sturmleitern, Rammen und Katapulten könnten deine tapferen Kruuks nichts ausrichten. Nicht einmal Tubrass und seine zehn Tausendschaften könnten uns hier helfen.«

»Dann dringen wir von unten her in Thauburg ein«, beharrte Ilfa. »Wozu haben wir die Wueler?«

Fryll musterte sie aus halb zusammengekniffenen Augen. »Du kannst hartnäckiger sein als jeder Mann.«

»Also, worauf wartest du noch?«

Der Schrat befahl den Wuelern, einen Tunnel bis unter die Fundamente von Thauburg zu graben. Aber schon nach kurzer Zeit stießen die verhornten Vorderpranken der Tiere auf versteinerte Wurzeln, die ein Weiterkommen unmöglich machen. Der Versuch, diese Wurzeln zu umgehen oder zu untergraben, wurde durch anschließende harte Gesteinsschichten unmöglich gemacht.

An anderen Stellen sah es ähnlich aus.

»Das hätte ich dir gleich sagen können«, behauptete Fryll. »Aber du wolltest es nicht hören.«

Ilfa winkte niedergeschlagen ab. »Ich weiß selbst, wann ich verloren habe.«

»Vielleicht gibt es noch eine Möglichkeit«, wandte einer der Unterweltler ein.

»Heraus mit der Sprache!«, forderte die Frau.

Der Mann deutete auf den rauen Fels. »Wir kennen eine Samenart, die in Gestein Wurzeln schlägt und dieses sprengt. Innerhalb eines einzigen Tages wachsen diese Pflanzen turmhoch auf, gehen aber ein, wenn sie nicht ganz bestimmte Bedingungen vorfinden.«

»Besitzt ihr solche Samen?«

»Wir wissen, wo wir sie finden können.«

»Dann vorwärts. Besorgt mir so viele von diesen Wunderdingern, wie ihr tragen könnt.«

Nachdem Mythor von Torcay getrennt und in ein enges, stinkendes Loch geworfen worden war, für das die Bezeichnung Verlies beinahe schon eine Schmeichelei bedeutete, verließ ihn allmählich der Mut. Er teilte den Raum mit einem halben Dutzend ausgezehrter Ratten, die ihre anfängliche Scheu bald verloren und immer dreister auf ihn eindrangen. Wenigstens hatten die Mangoreiter die Kette von seinen Handgelenken gelöst, so dass er sich gegen die zudringlichen Nager verteidigen konnte. Aber irgendwann würden Müdigkeit und Erschöpfung ihr Recht fordern. Mythor begann diesen Augenblick zu fürchten, auf den die Ratten nur zu warten schienen.

In einer Ecke lag halb verfaultes Stroh aufgehäuft. Da die Tiere darin vermutlich ihren Nistplatz hatten, verteilte Mythor den Haufen auf dem Boden. Entsetzt prallte er zurück, als ihm ein Totenschädel vor die Füße rollte. Nicht nur der Schädel, auch das menschliche Gerippe, das dann zum Vorschein kam, wies deutliche Bissspuren auf.

Würde auch er hier enden? Er wusste nicht, was er glauben sollte. Wenn der Herr des Chaos ihn töten wollte, hätte er das auf andere Weise tun können.

Endlich wurden Schritte laut. Mangoreiter öffneten die schweren Riegel und stießen die Tür auf. Heller Fackelschein blendete Mythor, dessen Augen sich längst dem herrschenden Halbdunkel angepasst hatten. Er wurde vorwärtsgeschoben und dann eine enge, ausgetretene Wendeltreppe hinab. Vermutlich befand er sich in einem der wuchtigen Ecktürme. Kurz darauf erkannte er, dass die Mangokrieger ihn zu Kalauns Thronsaal führten.

Der Herr des Chaos erwartete ihn. Mythor hatte Mühe, in diesem Ausbund an Hässlichkeit den Knaben und Jüngling aus seinen Träumen wiederzuerkennen.

Da war das dumpfe Pochen wieder. Von allen Seiten her erklang es, immer dann, wenn wallende Schwärze aus Kalauns Schandmal strömte und sich wie dichter Nebel über dem Boden sammelte. Es musste der Herzschlag sein, der von den Wänden in schaurigem Echo zurückgeworfen wurde.

Obwohl der Drachenthron von ungewöhnlichen Ausmaßen war, fand der aufgequollene Körper des Herrn des Chaos kaum darin Platz. Er mochte längst so viel wiegen wie vier Männer zusammen. Sein Gesicht hatte sich zum spitz zulaufenden Schädel einer Schlange verformt. Der Kopf war kahl und von Schuppen übersät; zwischen den verhornten Lippen zuckten die Enden einer gespaltenen Zunge hervor.

Nur seine Augen waren noch die eines Menschen. Als Mythor versuchte, ihren Ausdruck zu erfassen, senkte Kalaun den Blick.

Besaß der Herr des Chaos noch so etwas wie Gefühl? Mythor wusste es nicht. Er kannte zwar Kalauns Beweggründe, die ihn zu dem hatten werden lassen, was er heute war, trotzdem vermochte er nicht zu sagen, ob er diesen Mann verdammen sollte oder ihm besser Bedauern entgegenbrachte. Er konnte sich nicht daran erinnern, jemals einen solchen Zwiespalt erlebt zu haben. Er hätte sich auf Kalaun stürzen können und versuchen, ihn mit bloßen Händen zu töten. Wagte er es nur deshalb nicht, weil er fürchten musste, dann seine Erinnerung nie wiederzuerlangen?

Kalaun begann mit grollender, schwer verständlicher Stimme zu sprechen. Er schien Mühe zu haben, mit seinen verhornten Lippen die Worte zu formen.

»Du hast Hogun, den Anführer meiner kalten Reiter, getötet, den ich auf ihren Wunsch hin an Eroice abgestellt habe – und, was noch schwerer wiegt, die Schrecken aus dem Horn der Vailita vom Hinterwald abgewendet.«

»Jemand musste es tun.«

Kalauns Schlangenschädel pendelte leicht hin und her. »Du glaubst, für das Gute zu kämpfen. Aber hast du nicht, indem du das Unheil von Schraten, Taetzen und Kobolden abwandtest, die Bewohner eines anderen Landstrichs dem Verderben preisgegeben?«

»Den Dunkelheeren ist der Zugang zum Hinterwald versperrt. Mehr wollte ich nicht. Die Schrecken haben sich ohnehin nur über dein Reich ergossen.« Mythor spie aus. Irgend etwas an Kalaun stieß ihn ab und zog ihn zugleich mit geradezu magischer Gewalt an.

Das dumpfe Pochen wurde lauter, die Abstände zwischen den einzelnen Herzschlägen kürzer. Spiegelte es die Erregung wider, die der Herr des Chaos empfand?

»Du glaubst für das Gute zu kämpfen, Mythor. Aber was ist gut, und was ist böse?«

»Die Dämonen stehen auf der Seite des Bösen.«

»Tun sie das wirklich?«

Mythor war irritiert über diese Frage, obwohl er sie eigentlich erwartet hatte.

»Sie töten grundlos«, gab er zur Antwort. »Sie vernichten und zerstören, um ihre Herrschaft aufzubauen und zu festigen. Für sie gibt es kein anderes Reich als das der Schwarzen Magie.«

»Und die Menschen und Angehörigen aller anderen Völker, die von sich behaupten, auf der Seite des Lichts zu stehen?«, stieß Kalaun abgehackt hervor. »Töten sie nicht auch oft grundlos, nur um ihre Machtgier zu befriedigen?«

»Das ist ...«

»Ja?«, kam es lauernd von Kalaun. »Du weißt keine Antwort darauf, nicht wahr?« Er begann laut und dröhnend zu lachen. Noch lauter aber war das Geräusch seines schlagenden Herzens, das in dem Augenblick einen Schwall von Schwärze ausspie. Wie ein lebendes Wesen kroch die Finsternis über den Boden und verschwand in den Wänden. Mythor begann, Inspiras Ausspruch zu verstehen, dass Kalaun nicht nur die Zone des Schreckens erschaffen habe, sondern dass er *das Chaos sei.* Die Schwärze, die drohend über Thauburg und weiten Teilen des Landes hing, war die Schwärze seines Schandmals, ein Ausfluss des Bösen. Vielleicht war er seinem Dämon deshalb noch nicht gänzlich verfallen, weil er das Böse auf diese Weise immer wieder aus sich herausdrängen konnte.

»Die Menschen mögen ihre Fehler haben«, sagte Mythor zögernd. »Aber ihr guter Kern überwiegt. Selbst du kannst nicht so schlecht sein, wie alle glauben. Immerhin hast du die Intrige gegen dein Geschlecht nur geschürt, um die Aegyr endlich aufzurütteln.«

Für die Dauer eines Augenblicks schien Kalauns Herzschlag auszusetzen. Dann klang das Pochen wieder langsamer als vorher.

»Sieh mich doch an!«, dröhnte Kalaun. »Sieh her, was aus mir geworden ist. Ist das der Dank dafür, dass ich versucht habe, den Aegyr zu helfen? Auf einen solchen Dank kann ich verzichten. Ich gebe zu, dass auch die Finstermächte ihre Schwäche haben, aber ich bin sicher, dass sie eine überlebensfähigere Welt schaffen werden, als die Kräfte des Lichts dies getan haben.«

Offensichtlich hatte er noch etwas hinzufügen wollen, wurde aber jäh unterbrochen, als Mangoreiter in den Thronsaal stürmten. Die Finsternis begann aufzuwallen und kroch an ihnen hoch.

»Herr, Feinde lagern vor Thauburg«, riefen sie.

»Geht mir aus den Augen! Wer hat euch erlaubt, mich mit solchen Nichtigkeiten zu behelligen?«

»Verzeih, Herr, es war nicht unsere Absicht, dich zu belästigen.« Unterwürfig entfernten die Krieger sich wieder.

»Nur der Kampf verleiht dem Leben bedeutungsvolle Anstöße, er ist der Puls des Lebens schlechthin«, sagte Kalaun. »Die Aegyr mussten untergehen, weil sie verlernt hatten, zu kämpfen.«

»Bedeutet Kampf letzten Endes nicht auch töten?«, fragte Mythor.

»Kampf ist ein Kräftemessen, das der Stärkere gewinnt. Ich will wissen, ob die Welt des Guten bestehen bleibt oder das Böse. Deshalb habe ich mich auf die Seite der Finsternis geschlagen.«

Kalaun klatschte in die Hände. Gleich darauf erschien ein einzelner Mangoreiter. »Du bürgst mir mit deinem Kopf dafür, dass unser Freund wieder ins Verlies geworfen wird. Womöglich können wir uns seiner noch bedienen.« Und an Mythor gewandt, fuhr er spöttisch fort: »Du kennst meinen treuen Diener.«

»Ich weiß nicht ...«

Wie die meisten, trug auch dieser Krieger einen locker fallenden Umhang. Die weit ins Gesicht gezogene Kapuze ließ lediglich ein Paar stechende Augen erkennen.

»Zeige dein Gesicht!«, befahl Kalaun.

Mythor stieß einen erstickten Aufschrei aus, als er Torcay erkannte. Er wollte auf den Gefährten zustürzen, doch etwas an dessen Haltung ließ ihn zögern.

»Torcay trägt statt seines Herzens bereits eine Mangofrucht in sich. Vielleicht wirst auch du erleben, was es bedeutet, den Mächten der Finsternis zu dienen.«

»Niemals! Lieber sterbe ich, als meine Ideale zu verraten.« Mythor warf sich nach vorn, versuchte, Torcays Schwert an sich zu reißen, aber der Mangoreiter umfasste seine Handgelenke und zwang ihn mit unwiderstehlichem Griff in die Knie. Eine Kälte ging von Torcay aus, die ihn frösteln ließ. Er war nicht in der Lage, sich zu widersetzen, als der ehemalige Fährtensucher ihn mit sich zerrte.

Am Fuß der Wendeltreppe blieb Torcay unvermittelt stehen. Er zog ein feines, netzartiges Gespinst unter seinem Umhang hervor und steckte es Mythor zu.

»Nimm! Schnell! Das ist Kalauns Tarnkappe, die ich unbemerkt an mich bringen konnte. Ich weiß nicht, wie lange ich mein altes Ich noch behalten kann, ehe ich ganz zu einem Reiter des Chaos werde.«

»Ich werde versuchen, dir zu helfen«, stieß Mythor hervor.

»Das kann niemand mehr. Nimm die Tarnkappe als letzten Dienst von mir ...«

Torcays Stimme wurde schroffer und abweisend. Als sie dann das obere Ende der Treppe erreichten, wusste Mythor, dass der Fährtensucher endgültig dem Bösen verfallen war. Seine Rechte umkrampfte das hauchfeine Gewebe. Er schwor sich, Torcay zu rächen.

7

Obwohl die Wueler Gänge bis unmittelbar an die Mauern von Thauburg gruben, schienen die Mangokrieger noch nicht bemerkt zu haben, was sich unmittelbar vor ihren Augen abspielte. Fast einen halben Tag hatten die Unterweltler benötigt, um eine ausreichende Anzahl der nur erbsengroßen Samenkörner herbeizuschaffen.

In dem kleinen Stoffsäckchen, das Ilfa sich um den Hals gehängt hatte, befanden sich gut einhundert davon. Ilfa legte das erste halbe Dutzend zwischen die Wurzeln eines der versteinerten Bäume. Kriechend folgte sie dann einem frisch gegrabenen engen Tunnel, der unmittelbar vor einer Wand endete. Keine zwei Speerwürfe entfernt lagerte ein Trupp Mangoreiter. Sie zögerte, fasste sich dann aber ein Herz und verbarg etliche Samenkörner in Unebenheiten der Mauer. Immer wieder blickte sie zu den Reitern hinüber. Gerade als sie sich zurück in den Tunnel gleiten ließ, wandte einer von ihnen sich um. Ilfa stockte der Atem; sie verharrte regungslos. Zum Glück schien der Vermummte sie nicht bemerkt zu haben. Nach einer Weile ging er zu den unruhig schnaubenden Pferden und redete auf sie ein.

Ilfa benötigte geraume Zeit, um alle Samenkörner loszuwerden, die sogar in dem Säckchen schon zu keimen begannen. Die letzten verbarg sie am Sockel eines Eckturms, zwischen dessen Zinnen der Wurflöffel eines schweren Katapults aufragte. Eine Weile verharrte sie eng an die Mauer gepresst und sah zu, wie aus den Körnern winzige grüne Ranken sprossen, die sich mit Luftwurzeln an den kleinsten Unebenheiten verankerten. Wenn die Pflanzen im Schutz der hereinbrechenden

Nacht genauso schnell weiterwuchsen, mussten sie bis zum Morgen die Mauern regelrecht überwuchert haben.

Aus einer Fuge zwischen zwei Quadern rieselte Staub. Gleich darauf brachen fingernagelgroße Gesteinssplitter heraus. Die Wurzeln wanden sich wie Schlangen auf der Suche nach Beute.

Zufrieden wandte Ilfa sich um. Das war ihr Glück. Denn da, wo sie eben noch gestanden hatte, prallte ein Speer gegen die Mauer. Der Zornige Mangoreiter, der unbemerkt herangekommen war und die Waffe mit beiden Händen führte, ließ ein enttäuschtes Ächzen vernehmen. Aber sofort riss er den Schaft zurück und holte erneut zum Stoß aus.

Ilfa reagierte mit ebensolcher Schnelligkeit. Mit hochwirbelnder Klinge parierte sie den Angriff und drang ihrerseits auf den Krieger ein, der Mühe hatte, die rasche Folge ihrer Hiebe mit dem Schaft abzuwehren. Die Frau wusste, dass sie den Kampf schnell beenden musste, wollte sie nicht die Aufmerksamkeit weiterer von Kalauns Schergen auf sich lenken. Sie führte ihr Schwert mit einer Verbissenheit und Härte, die sie selbst überraschten. Ihr Gegner fintierte mit dem Schaftende, schien es ihr in die Seite stoßen zu wollen, und als sie auswich, ließ er die kantige Spitze hinabsausen. Ilfa duckte sich, unterlief ihn, und ihr Schwert drang in den weiten Umhang ein. Mit fest umkrampften Speer brach der Krieger lautlos zusammen.

Ilfa hatte es plötzlich eilig, in den Schutz des Tunnels zurückzukommen. Wenn alles glatt abgelaufen war, hatten die Unterweltler inzwischen auf der gegenüberliegenden Seite des Kastells ebenfalls Dutzende von Samenkörnern »gepflanzt«. Auf diese Weise hoffte man, die Kräfte des Gegners wenigstens vorübergehend aufzusplittern.

Das dumpfe Trommeln von Pferdehufen auf hartem Boden hallte durch die Nacht. Es kam näher. Dann wurden zwei winzige, zuckende Lichtpunkte sichtbar, die sich gleichmäßig auf und ab bewegten. Es mussten Fackeln sein, von denen unablässig Funken aufstoben.

Die Reiter näherten sich dem Wald, der Thauburg wie ein breiter Schutzwall umgab. Schon huschte ein Hauch von Helligkeit über das dichte Unterholz.

War dies die Vorhut des Tubrass?

Ilfa konnte erkennen, dass Roar eine Hand hob und seine Finger spreizte. Demnach kamen fünf Berittene. Vermutlich doch eher Mangoreiter.

Die Pferde folgten dem ausgetretenen Weg. Nichts deutete daraufhin, dass hier einige Hundertschaften Kruuks lagerten. Die grünhäutigen Wilden, die genau zu wissen schienen, was auf dem Spiel stand, hatten es verstanden, sich unsichtbar zu machen.

Die Reiter kamen unter einer Gruppe dichtstehender, weitverzweigter Bäume vorbei. Ihre Fackeln warfen gespenstisch huschende Schatten. Es waren die Schergen Kalauns!

Jäh wurde es lebendig ringsum. Aus den Baumkronen herabspringende Kruuks rissen die Mangoreiter aus den Sätteln. Nicht ein einziger erstickter Aufschrei war zu vernehmen. Bevor die Pferde scheu werden konnten, waren sie mit den Zügeln im Unterholz angebunden.

Im Schein der erlöschenden Fackeln sah Ilfa, wie Roar und vier seiner Männer sich die Umhänge der getöteten Krieger überstreiften. Dann war alles wieder so ruhig wie zuvor.

Die Frau versuchte zu schlafen, schreckte jedoch immer wieder hoch. Das Morgengrauen zog früher auf als erwartet. Aber als sie sich erhob, erkannte sie, dass es Feuerschein sein musste, der den Himmel im Osten erhellte.

»Das kommt von Thauburg«, behauptete Fryll spontan.

»Dann ist es soweit«, nickte Ilfa.

»Vielleicht sollten wir noch abwarten, bevor wir ...«

»Wir greifen an!«

Schlagartig wimmelte es von Kruuks, als habe die Unterwelt sich aufgetan und die Wilden ausgespieen. Roar und die vier in den Umhängen der Mangoreiter ritten den anderen voraus. Im Halbdämmer mochte es ihnen gelingen, sich unerkannt unter die Verteidiger zu mischen.

Ilfa ließ ihr Schwert in der Scheide. Aber sie hielt den Bogen in der Hand, obwohl dieser sie beim schnellen Laufen behinderte. Zwei Pfeile lagen auf der Sehne.

Kalauns Kastell war von einem gut tausend Schritt breiten gerodeten Streifen umgeben, der kaum Deckungsmöglichkeiten bot. Davor endete der Wald. Je näher Ilfa Thauburg kam, desto deutlicher wurden die Geräusche berstender Mauern. Vor den Toren waren Feuer entfacht worden, deren Widerschein den wolkenverhangenen Himmel rot färbte, und auf den Zinnen tanzten unzählige Fackeln. Die Mangoreiter suchten bislang vergeblich nach einem Gegner.

Mit Erreichen des freien Geländes stimmten die Kruuks gellende Kampfrufe an. Einige Reiter, die sich ihnen entgegenwarfen, wurden überrannt und niedergemacht. Dann prasselte ein Hagel glühender Felsbrocken aus der Höhe herab. Unmittelbar vor Ilfa schlug ein solcher Stein auf, einige Kruuks wurden getroffen.

Wieder schleuderte das Katapult seine todbringende Ladung in die Reihen der Angreifer. Dann waren die meisten dem Kastell so nahe, dass sie nicht mehr gefährdet wurden. Ilfa sah klaffende Risse im Bollwerk. Die ersten Kruuks kletterten bereits über die Trümmer hinweg. Den Bogenschützen auf den Wällen boten sie im Halbdunkel des Morgens nur ein schlechtes Ziel. Schnell waren sie hindurch und griffen die Verteidiger von zwei Seiten an.

Ein Schatten wuchs vor Ilfa auf, schwang eine mächtige Kriegsaxt. Ohne im Laufen innezuhalten, ließ sie beide Pfeile von der Sehne schnellen. Noch während der Gegner zusammenbrach, zog sie weitere Pfeile aus dem Köcher. Rechts und links von ihr wurde erbittert gekämpft. Das Klirren von Stahl musste weithin zu vernehmen sein.

Ilfa fand Deckung hinter den Trümmern einer eingestürzten Stützmauer. Pfeil um Pfeil sandte sie gegen die Mangoreiter, bis ihr Köcher leer war. Dann sprang sie auf und zog ihr Schwert.

Ein Donnern ließ sie kurz innehalten. Der Boden erzitterte, als der Eckturm mit dem Katapult in sich zusammenfiel. Zersplitterte Balken begannen aufzulodern.

Bevor Ilfa einen Weg in den Burghof fand, war Fryll plötzlich neben ihr. Er schwang seinen knorrigen Zauberstab wie ein Schwert und malte damit magische Zeichen in die Luft. »Ich bleibe bei dir«, stieß er hervor. »Mag sein, dass ich dir beistehen kann.«

Vermutlich war es eher umgekehrt, dass er bei ihr Beistand suchte, doch die Frau schwieg dazu. »Wo sind die anderen?«, wollte sie lediglich wissen.

»Keine Ahnung«, erwiderte der Schrat.

»Sie werden sich in Sicherheit gebracht haben.«

»Nimmst du es ihnen übel? Wir Schrate sind nicht zum Kämpfen geboren.«

Frisches Grün überzog die Mauern und Steine. Es sah so aus, als hätten die Samen nicht nur überall klaffende Risse entstehen lassen, sondern sogar die versteinerten Baumriesen zu neuem Leben angeregt. Ein regelrechter Wucherungsprozess hatte eingesetzt, und die Bäume brachten eine Vielzahl neuer, kräftiger Triebe hervor, die das Werk der Zerstörung fortsetzten.

Ungeschoren erreichten Ilfa und Fryll den Burghof. Auch hier wurde inzwischen gekämpft.

»Wo sollen wir Mythor suchen?«

Der Schrat blickte sich flüchtig um. »Das dort drüben scheinen nur Stallungen und Gesindehäuser zu sein. Versuchen wir es im Hauptgebäude.«

Bevor sie den Eingang erreichten, war Ilfa gezwungen, zwei Gegner mit dem Schwert niederzustrecken. Fryll verwandelte seinen Zauberstab in eine Schlange, die einen dritten Krieger in die Hand biss. Das Gift war tödlich.

Mythor wusste nicht, auf welche Weise Kalauns Tarnkappe wirkte. Das feine Gespinst, das sowohl von Inspira als auch jenem Ritter übriggeblieben war, der sie auf Thauburg empfangen hatte, war dem Geflecht ähnlich gewesen, das er nun zögernd zwischen den Fingern drehte. Kurzentschlossen streifte er sich das Netz über den Kopf. Es begann sofort zu wachsen. Mythor musste an sich halten, um es nicht in der ersten Gefühlswallung wieder herabzureißen. Schon bedeckten die hauchdünnen Fäden seine Schultern, legten sich eng um die Oberarme und den Brustkorb. Aber er konnte sich noch genauso frei bewegen wie zuvor.

Als auch nach einer ganzen Weile nichts geschah, begann Mythor sich zu fragen, ob die Tarnkappe vielleicht nur bei Kalaun wirkte. Sämtliche Hoffnungen wurden damit zunichte. Er hatte geglaubt, für fremde Augen unsichtbar zu werden.

Es dauerte einige Zeit, bis ihm auffiel, dass die Ratten ihn nicht mehr beachteten. Das konnte kein Zufall sein. Ließ das Gespinst ihn für andere so erscheinen, wie er gesehen werden wollte?

Dann kann ich sogar eine große Ratte werden, dachte er.

Quietschend flohen die aufdringlichen Nager vor ihm und verbargen sich im auf dem Boden verteilten fauligen Stroh. Das bestätigte seine Vermutungen.

Ob Torcay oder ein anderer Mangoreiter vor dem Verlies Wache hielt?

Ich bin jetzt Kalaun, durchzuckte es Mythor. *Und ich bin nicht hier, sondern ich komme die Treppe herauf und will den Gefangenen sehen.*

Er wusste nicht, ob die Tarnkappe tatsächlich auch Illusionen nach außen senden konnte, aber etwas in ihm sagte ihm, dass dies der Fall war.

Und tatsächlich wurde wenig später die Tür aufgestoßen. Der Wächter wirkte irritiert. Offenbar sah er den Gefangenen in der Gestalt des Herrn des Chaos. Der zweite Kalaun, der hinter ihm stand und durch die Magie der Tarnkappe erschaffen worden war, begann sich aufzulösen, als Mythor mit den Fäusten zuschlug. Ohne einer Gegenwehr fähig zu sein, brach der Mangoreiter zusammen. Mythor zog ihm die Kapuze aus dem Gesicht – es war Torcay. Deshalb brachte er es nicht fertig, den Bewusstlosen bei den hungrigen Ratten zurückzulassen, sondern er fesselte und knebelte ihn mit seinem Umhang und legte ihn im Gang ab. Hier würde ohnehin so schnell niemand vorbeikommen.

Der erste Raum, den Ilfa öffnete, war übersät mit Folterwerkzeugen. Eine eiserne Jungfrau, Streckbetten, mit Dornen gespickte Räder ... Fryll schüttelte sich unwillig. »Hier ist niemand«, brachte er tonlos hervor.

Sie hasteten eine enge Treppe hinauf. Als von oben polternde Schritte erklangen, verbargen sie sich in einem abzweigenden Gang. Nachdem sie auf die Folterkammer gestoßen waren, nahm Ilfa an, dass sich in diesem Trakt auch die Kerker befanden. Falls Mythor wirklich in der Nähe gefangen gehalten wurde, erschien es besser, Auseinandersetzungen mit Mangoreitern aus dem Weg zu gehen.

Ein einzelner Mann kam die Treppe herab. Schwärze hüllte ihn ein. Er besaß das ausdruckslose Gesicht einer Schlange.

»Kalaun?«, raunte Fryll zitternd.

»Möglich«, nickte Ilfa. »Seine Anwesenheit hier erhärtet meinen Verdacht. Komm!«

Sie fanden einen bewusstlosen, gefesselten Mangoreiter. Als die Frau ihn auf die Seite drehte, erschrak sie. »Das ist Torcay. Beim großen Thorimol, was ist mit ihm geschehen?«

In dem Moment schlug der ehemalige Fährtensucher die Augen auf. Hass zeichnete sich in seinem Gesicht ab. Mit aller Kraft begann er, an seinen Fesseln zu zerren. Ilfa gewann den Eindruck, dass er sich sofort auf sie gestürzt hätte, wäre er freigekommen.

»Er kennt dich nicht mehr«, sagte Fryll betreten. »Er ist zu einem Diener des Bösen geworden. Selbst wenn wir Kalaun besiegen, ist er verloren.«

Schwere, eisenbeschlagene Türen zweigten zu beiden Seiten des Ganges ab. Ilfa stieß die erste auf. Der Raum dahinter war leer. Ein schrecklicher Gestank schlug ihr entgegen.

Noch während sie die zweite Tür öffnete, vernahm sie ein leises Rascheln. Ihre Rechte lag auf dem Griff des Schwertes. Vorsichtig machte sie einen Schritt nach vorne ... Ein fürchterlicher Schlag gegen die Schulter ließ sie aufschreien. Sie taumelte, versuchte vergeblich, gegen die aufkommende Übelkeit anzukämpfen. Irgend etwas streifte ihre Schläfe. Sie fiel an die Wand und rutschte daran entlang zu Boden.

Da letzte, was sie wahrnahm, war Frylls überraschter und zugleich wütender Ausruf: »Tylwyth ...!«

»Herr, die Feinde haben die Mauern gesprengt und sind in Thauburg eingedrungen. Wir erleiden große Verluste, ohne sie zurückschlagen zu können.« Der zerschlissene Umhang des Mangoreiters, der mit gesenktem Haupt vor Kalaun hingetreten war, zeigte deutlich die Spuren eines Schwertkampfs.

»Was willst du?«, erwiderte der Herr des Chaos ungehalten. »Haben meine Schergen das Kämpfen verlernt? Dann geschieht es ihnen recht, wenn sie den Tod finden.«

»Dennoch erbitten wir deinen Beistand, bevor Thauburg in Schutt und Asche fällt.«

»Es sind nur Kruuks, die angreifen, ungestüme Barbaren. Habt ihr ihnen nichts entgegenzusetzen?«

»Sie kommen zu Tausenden. Lass sie im Chaos untergehen ...«

Gurgelnd brach der Mangoreiter ab und begann, blindlings um sich zu schlagen. Augenblicke später brach er zusammen. Wie von Geisterhand bewegt, schwebte sein Schwert in die Höhe und zuckte auf Kalaun zu. Einige Schritte vor dem Herrn des Chaos verharrte die Klinge dann.

»Wer immer du bist, niemand kann mich töten. Versuche es.« Das Schlangengesicht blieb unbewegt.

Mythor wurde sichtbar. Er hielt das Schwert in beiden Händen, bereit, mit aller Kraft zuzuschlagen. »Glaub nicht, dass ich vor dem Tod zurückschrecke. Aber wenn ich sterben muss, nehme ich dich mit. Ich weiß vieles von dir, vielleicht sogar, wie du zu besiegen bist. Erinnerst du dich an Wang te Groove, an Merrem, oder ... an Gwynn?«

Kalaun zuckte wie unter einem Peitschenhieb zusammen. Er fragte nicht, woher Mythor die Kenntnis bezog.

Wie hatte Torcay gesagt? *Mag sein, dass der Herr des Chaos dir nicht unbedingt nach dem Leben trachtet, sondern womöglich Beistand von dir erwartet.* So deutlich hatte der Satz sich in Mythors Gedächtnis eingebrannt, dass er glaubte, die Stimme des Fährtensuchers erneut zu hören.

»Was willst du von mir?« Kalauns Herzschlag war lauter geworden. Die Schwärze floss in Strömen aus seiner Wunde und wand sich in Schwaden über den Boden. Nur Mythor blieb von ihr verschont.

»Gib mir meine Erinnerung zurück!«, forderte er.

Kalaun zögerte. »Sei froh, dass du keine Erinnerung hast. Wie sehr muss ich unter der meinen leiden.«

In seiner Erregung machte Mythor einen Schritt nach vorne und stieß zu. Die Spitze des Schwertes ritzte Kalauns Schulter, die Wunde blutete jedoch nicht.

»Ich will endlich erfahren, wer ich bin, woher ich komme, was meine Aufgabe ist. Oder hat man mich grundlos meines Gedächtnisses beraubt?«

»Du hast nur die Hälfte deiner Erinnerung eingebüßt, nämlich die über dein früheres Leben. Immerhin kannst du noch denken, sprechen und kämpfen ... Ist das nicht genug?«

»Nein!«, fuhr Mythor auf. »Manchmal fühle ich mich wie ein Blinder. Ich will alles über mich wissen.«

Kalauns sprungbereite Haltung begann sich langsam zu verändern.

Muskeln zuckten in seinem bislang verhärtet wirkenden Schlangengesicht.

»Die andere Hälfte deines Ichs ist weit von hier. Wenn du sie finden willst, frage dich, ob du wirklich der richtige Mythor bist.«

»Was soll ich sonst sein? Ein Geist?«

Ein Seufzen drang über Kalauns Lippen. »... ich habe dich vermisst. Wie lange ist es her ...?« Sein Blick wanderte unruhig durch den Raum. Selbst als Mythor die Klinge hob, machte er keine Bewegung zur Gegenwehr.

Wollte der Herr des Chaos ihn täuschen? Einen Moment lang war Mythor versucht, zuzustoßen. Konnte er einen größeren Sieg erringen, als wenn er Kalaun tötete?

»Gwynn«, murmelte der Herr des Chaos. »Komm wieder zu mir.«

Die Tarnkappe! Sie musste Kalaun Mythor als das Mädchen sehen lassen, das er einmal geliebt hatte. Mythor beschloss, die Gunst des Augenblicks zu nutzen. Eine zweite Gelegenheit würde er bestimmt nicht erhalten.

»Du bist den Dämonen verfallen«, sagte er. »Niemals könnte ich zu dir zurückkommen.«

»Das ist nicht wahr. Ich stehe wohl auf Seiten des Bösen, aber ich gehorche keinem Dämon.«

»Dennoch würde Genral mich vernichten. Ich gehe, bevor ich zum zweiten Mal für dich sterbe.«

»Nein«, rief Kalaun. »Bleib! Ich liebe dich.«

»Du sprichst von Dingen, die es bei den Finstermächten niemals geben kann. Löse dich vom Bösen, wende dich vom Chaos ab, dann können wir Versäumtes nachholen.«

Kalauns Herzschlag war langsamer geworden. Er zitterte und schien sich zurückverwandeln zu wollen, denn sein Gesicht zeigte menschliche Züge. Dennoch quoll weiterhin Schwärze aus seinem Schandmal.

Das Klirren von Waffen erklang. In der Nähe wurde erbittert gekämpft. Mythor begann zu befürchten, dass die heranstürmenden Kruuks seine Bemühungen zunichte machen könnten.

»Du trägst meine Tarnkappe«, murmelte Kalaun in diesem Moment. »Ich kenne ihre Wirkung nur zu gut. War es Torcay, der sie dir gab?« Ohne eine Antwort abzuwarten, fuhr er fort: »Du hast mich keineswegs überzeugt – deine Rede war so leer wie die der Aegyr. Auch du lässt die Kraft vermissen, die nötig ist, um unsere Welt so zu verändern, wie du sie sehen willst. Dennoch werde ich tun, was du dir erhoffst. Aber nicht, um dem Guten zu dienen oder gar zum Sieg zu verhelfen, sondern einfach, weil das Leben für mich zur Qual geworden ist. Ich weiß, dass Gwynn nie zurückkehren wird, darum folge ich ihr.«

Mythor wurde von dem jähen Gesinnungswechsel völlig überrascht. Musste er eine Falle vermuten? Andererseits mochte es sein, dass Kalaun längst bekehrt war und sich nur scheute, dies einzugestehen. Oder wollte der Herr des Chaos seinem Dasein wirklich ein Ende bereiten? Besaß er keinen Lebenswillen mehr, weil er erkannt hatte, dass auch die Dämonen ihm nicht zu dem verhelfen konnten, wonach er sich sehnte? Als Kalaun die Arme ausbreitete, verspürte Mythor ein Prickeln auf seiner Kopfhaut. Zu spät bemerkte er, dass die Tarnkappe sich löste. Das filigrane Gewebe schwebte auf den Aegyr zu und legte sich auf dessen Schädel.

»Ich bin das Chaos!«, rief Kalaun mit sich überschlagender Stimme. »Ich, Kalaun, bin das Chaos, und ich werde es jedem beweisen, der daran zweifelt.«

Das dröhnende Pochen seines Herzschlags hatte aufgehört. Statt dessen begann die Schwärze aufzuwallen, quoll förmlich aus den Wänden hervor und floss auf ihn zu, um sich in seiner Wunde wieder zu vereinen. Kalaun, der die Zone des Schreckens erschaffen hatte, holte zurück, was aus ihm gekommen war. Mythor vermochte das Geschehen längst nicht in seiner ganzen Tragweite zu überschauen.

Kalaun begann sich aufzublähen. Unter dem Druck der in ihn zurückfließenden Schrecken wuchs er rasch ins Riesenhafte. »Geh!«, stieß er dröhnend hervor. »Lauf um dein Leben. Oder du wirst in den Trümmern von Thauburg sterben.«

Als die Benommenheit von Ilfa wich und sie sich ächzend aufrichtete, sah sie zwei Schrate einander in den Armen liegen. »Das ist Tylwyth«, erklärte Fryll leichthin. »Obwohl er ein Abenteurer ist, gehört er zur Familie. Nie glaubte ich, ihn wiederzusehen.«

Tylwyth blickte Ilfa um Verzeihung heischend an. »Hätte ich gewusst, wer du bist, hätte ich natürlich nicht auf dich geschossen.«

Von irgendwoher erklang ein dumpfes Rumoren. Eine schwere Erschütterung durchlief den Boden, und in den Wänden entstanden sich ausweitende Risse. »Raus hier, solange wir es noch können!«, schrie Fryll.

Sie hasteten die Treppe hinab, während hinter ihnen die ersten Mauersteine ausbrachen. Der Kampflärm war leiser geworden. Doch erklangen vielstimmige entsetzte Schreie vom Burghof her. Das Tosen eines verheerenden Sturmes übertönte bald alles andere.

Als Ilfa und die beiden Schrate ins Freie gelangten, hing eine undurchdringliche, schwarze Wolke über Thauburg. Kalauns furchterregende Gestalt wölbte sich immer größer werdend in den Himmel auf. Ein Wirbel von Finsternis umtoste ihn.

Kruuks und Mangoreiter flohen gleichermaßen vor dieser schrecklichen, unbegreiflichen Erscheinung. Die letzten der Kämpfenden ließen voneinander ab.

»Gwynn ...«, hallte eine unheimliche Stimme über das gerodete Land, fing sich in den Wipfeln des Waldes und wurde von dort zurückgeworfen. Eine blendende Flut von Blitzen schien die Finsternis zu zerreißen. Obwohl Ilfa schützend die Hände auf die Augen presste, war ihr, als müsse sie in einem Meer von Feuer vergehen.

Dann trat endlich Stille ein. Eine unheimliche Stille nach dem Chaos.

Als Ilfa wieder halbwegs sehen konnte, waren Kalaun und die Schwärze verschwunden. Von Thauburg zeugten nur noch schwelende Trümmer. An unzähligen Stellen stieg Rauch auf.

Ein weiter Himmel spannte sich über dem leidgeprüften Reich. Zwischen verwehenden Wolken hindurch fiel ein einzelner Lichtstrahl herab. Kündete er vom Morgen einer neuen Zeit?

Die Mangoreiter faulten im Tageslicht.

Epilog

Tage nach diesen Geschehnissen stand fest, dass die Kruuks sich im Schattenwald niederlassen wollten. Da nicht anzunehmen war, dass sie von heute auf morgen ihre ursprüngliche Wildheit verlieren würden, blieb den Unterweltlern keine andere Wahl, als anderswo hinzuziehen. Weder Mythor noch Ilfa oder Roar konnten ihren Einfluss geltend machen. Die Kruuks hatten Opfer gebracht und betrachteten den Schattenwald deshalb als ihren Besitz. Aber jetzt ließ es sich überall auf der Oberfläche wieder leben.

Die Schrate wollten in den Hinterwald zurückkehren. Die Gefahr, dass Dunkelkrieger um das Zeitelmoos ihre Lager aufschlugen, war nun endgültig gebannt. Da es somit keine Gegner für die zehn Tausendschaften Lichtkämpfer unter Führung des Heroen Tubrass aus den Steppen der Stürme gab, würden auch diese hoffentlich nicht mehr einmarschieren, wo auch immer sie sich gerade befinden mochten – den Weg nach Thauburg hatten sie jedenfalls nicht gefunden.

Tylwyth hatte sich noch nicht entschieden, ob er Fryll und dessen Gefährten in die Heimat begleiten oder erneut der Verlockung unbekannter Fernen folgen sollte. Die Schrate waren außerstande, sein Zögern zu begreifen.

Und Mythor – nun, er hätte mit Ilfa zusammen im Hinterwald sesshaft werden oder auch bei den Kruuks ein angenehmes Leben führen können, auch ohne seine Erinnerungen. Kurz hatte er überlegt, sich auf die Suche nach dem Heer des Tubrass zu machen, der ihn zu kennen schien – doch hätte dies auch bedeutet, dass er seine Erinnerungen zurückbekommen hätte? Mythor wusste es nicht. Und

Kalauns Worte hallten in ihm nach: *Sei froh, dass du keine Erinnerung hast ...*

Letztlich aber wollte das Schicksal es anders. Er war zusammen mit Ilfa auf der Jagd, als das Heulen eines Wolfs sie lockte. Sie fanden weder Spuren, noch wurden sie des Tieres ansichtig. Aber als sie umkehren wollten, brach vor ihnen ein schwarzes Einhorn aus dem Dickicht des Waldes hervor, und über den Wipfeln der Bäume ließ ein weißer Falke seine Rufe erklingen.

»Ich habe es immer geahnt«, sagte Ilfa mit leiser Stimme, als fürchte sie, Einhorn, Wolf und Falke zu verscheuchen. »Diese drei Fabeltiere sind deine Wegbereiter; sie werden dich deiner Bestimmung zuführen.«

Mythor ließ seine Erlebnisse im Schattenland noch einmal vor seinem geistigen Auge ablaufen: von seinem Erwachen in den Katakomben von Ugur als Gefangener von Eroice und die Rettung durch Ilfa über die Reise durch den Hinterwald, den östlichsten Teil des ehemaligen Reiches der immer noch von vielen Geheimnissen und Widersprüchen umgebenen Aegyr; über den Finsterwald mit der Himmelsfestung, die nun wieder von den Einflüssen des Chaos befreit war, und wo Eroices Trugburg ihr Ende gefunden hatte; bis hin zum Schattenwald, das engere Herrschaftsgebiet der Aegyr mit Burg Elschwoog in seinem Zentrum sowie Kalauns Feste Thauburg.

Hatte sein Eingreifen einen Unterschied gemacht? War es ihm gelungen, das Gebiet des Aegyr-Reiches wieder zu einer Insel des Lichtes zu machen? Er hoffte es. Und er hoffte, dass die Schrate, die Krause Tildi, der Taetz Barborur, die Baummenschen um Courmin, Wroggo und seine Unterweltler und wie sie alle hießen auch weiterhin in Freiheit würden leben können.

Schließlich nickte er zögernd.

»Ich glaube, wir sollten ihnen folgen.«

ENDE

Nachwort

Nach fast einem Jahr sind Mythors so farbenfrohe wie gefährliche Erlebnisse im Schattenland nun zu Ende: Kalaun hat sein verdientes Ende gefunden, und Mythor, immer noch seiner Erinnerung verlustig, zieht zusammen mit Ilfa neuen Abenteuern entgegen.

Uns bleibt hier nur noch, einen Blick darauf zu werfen, wie sich die Serie nach diesen zehn Heftromanen entwickelt hat – und einen kurzen Blick auf das zu werfen, was hätte werden können, wäre MYTHOR nicht 1985 so plötzlich eingestellt worden …

Der »kleine« (und im Vergleich zu Band 100 eher unauffällig daher kommende) Jubiläumsband 150 sieht die beiden an einem neuen Handlungsort: dem Drachenland. Ein Traum, der mit seiner Vergangenheit zu tun zu haben scheint, zieht Mythor dorthin.

Die Leserkontaktseite von Band 150 informiert uns, dass der »Neuanfang« nach dem »großen Einschnitt« (also die hier neu veröffentlichten Taschenbücher) eher als »Zwischenspiel« zu betrachten sei, das zu nun bevorstehenden Großereignissen überleite.

Mythors Aufgabe ist es in den nächsten Bänden, die sechs verfeindeten Clans des Drachenlands (Drachen-, Falken-, Löwen-, Einhorn, Wolfs- und Schlangenclan) zu einen. Gleichzeitig erfahren wir, dass wir uns am Beginn eines neuen Großzyklus' befinden, der den Namen »Buch der Alpträume« trägt und sich mit dem Orden der Alptraumritter beschäftigt.

Wieder einmal müssen sich Mythor und Ilfa in einer sowohl ihnen als auch dem Leser fremden Umgebung behaupten. Sie werden früh versklavt, können aber schon bald fliehen. Dabei findet Mythor endlich die fehlenden Teile seines Ichs in Form eines Doppelgängers, mit dem er nach einem harten Kampf verschmilzt und wieder sein altes Selbst wird – einschließlich aller Erinnerungen. Alte Bekannte tauchen auf – Sadagar, Gerrek, Coerl O'Marn –; kurz: Dem Leser wird klar, dass der bekannte Überbau der Serie nach und nach wieder eingeführt werden wird.

Erste Elemente hatten sich ja schon früh in die Schattenland-Romane eingeschlichen: Wer noch einmal in das erste Taschenbuch zurückblättert, findet dort in beiläufiger Erwähnung Schattenwale und Pfader, beide aus dem Schattenzone-Zyklus bekannt; und auch die Haryien, durch Sgnore würdig vertreten, sind in dieser Hinsicht alte Bekannte. Der Xandor hingegen geht sogar auf Band 4 der Heftromanserie zurück.

Es gelingt Mythor im Lauf der nächsten 12 Bände, die Clans von Drachenland zu einen und zu einer Insel des Lichts werden zu lassen. Gleichzeitig erhält er einen Überblick über die Lage in der seit ALLUMEDDON veränderten Welt. Die Mächte der Finsternis sind nach wie vor nicht geschlagen, und Mythors Aufgabe ist wichtiger denn je.

So bricht er denn auf, um dem von den Toten zurückgekehrten Coerl O'Marn im Kampf gegen die Scharen der Finsternis beizustehen, und gründet unterwegs in rascher Folge weitere Inseln des Lichts. Dabei erhält er Unterstützung durch versprengte Amazonen und gelangt mit ihrer Hilfe in das neue Land Ameristan, das gigantische »Mittelland«.

Dort besteht Mythor einige Abenteuer, die ihm in erster Linie neues Wissen über die Vergangenheit der Welt sowie die verschollenen Kapitel des Buchs der Alpträume eintragen. Besonders wichtig ist eine wahrhaft besorgniserregende Information: Das Erwachen von Gorgan, dem »Ewigen Krieger«, und Vanga, der »Ur-Hexe«, steht kurz bevor – Ereignisse, die den auch nach ALLUMEDDON noch schwelenden Konflikt zwischen den nach diesen beiden Personen benannten Kontinenten auf die Spitze treiben würden!

Noch während Mythor auf der Suche nach den Kapiteln des Buchs der Alpträume ist, erwacht Gorgan tatsächlich – und zieht die Macht über die Heere der Lichtwelt an sich. Was anfangs wie ein großer Vorteil für die Seite des Lichts aussieht, entwickelt sich schnell zum Problem, als Gorgan nach einer siegreichen Schlacht gegen die Horden der

Finsternis beschließt, sich nun seines eigentlichen Problems anzunehmen: dem Eindringen in die Südwelt, um die Auseinandersetzung mit Vanga, seiner ehemaligen Gefährtin und späteren Feindin, zu suchen. Dies seinerseits ruft die Ur-Hexe in die Welt zurück, und die entscheidende Auseinandersetzung bahnt sich an.

Im Rahmen von Gorgans Zug in die Südwelt trifft Mythor Fronja wieder – und lernt ihre gemeinsame Tochter kennen: Lichtkind, der eine wichtige Rolle im Schicksal der Welt zugedacht ist. Fronja verzichtet schließlich auf Mythor und wird zu einer Zaubermutter; Mythor und Ilfa hingegen, die sich dem Willen der Hexen der Südwelt widersetzen, werden nun gnadenlos gejagt.

Und während die beiden auf der Flucht sind, während Gorgan seine Macht weiter ausbaut, während neue, beunruhigende Omen auftauchen, das letzte und wichtigste Kapitel des Buchs der Alpträume immer noch verschollen ist und der Sternenfall die Welt zu verändern droht …

… wird die Serie mit Band 192 eingestellt, mitten im laufenden Zyklus. Dies, so W. K. Giesa auf der Leserkontaktseite von Band 192, käme zustande »nicht durch die Verkaufszahlen, sondern durch höhere Gewalt und auch für die Mitarbeiter des Verlages überraschend«.

Wie überraschend das Ende wohl in der Tat war, zeigt sich allein schon daran, dass bereits die ersten Pläne für die Handlung nach Band 200 entstanden waren (mehr dazu weiter unten). Zurück bleibt ein fast vollendeter Zyklus; laut Information auf der Leserkontaktseite von Band 185 hätte der Zyklus zum Buch der Alpträume mit Band 193 enden sollen und der laufende Großzyklus mit Band 199.

Das Manuskript zu Band 193, »Nykerien erwacht« von Hubert Haensel, ist zu diesem Zeitpunkt bereits fertiggestellt. Es erscheint im Frühjahr 1986 in Ausgabe 36 von *Magira*, dem literarischen Magazin des Ersten Deutschen Fantasy-Clubs (EDFC). Der Roman ist in der Tat zumindest ein Teilabschluss, da der Sternenfall alle zu diesem Zeitpunkt in der Handlung befindlichen großen Zauberbücher zerstört und nur das fünfte Kapitel des Buchs der Alpträume unauffindbar bleibt. Ab diesem Zeitpunkt wäre der Einfluss der Magie großteils aus der Handlung genommen worden, die sich ab hier voll auf den Gorgan-Vanga-Konflikt und somit das Ende des Großzyklus' konzentriert hätte.

Wirklich beendet war das Manuskript aber zum Zeitpunkt der Verkündung der Einstellung nicht, was einige Anspielungen zeigen. Gerrek hat gegen Ende des Romans eine Art Vision: »Zweihundert …. Ich weiß nicht, was das bedeutet, aber Zweihundert hätte etwas Wunderbares gebracht. Kennst du jemanden, der so heißt?« Und später erwähnt Gerrek gegenüber Mythor zwei Namen »von Göttern, die deinen Tod beschlossen haben …: Sierek Rebuaz und Lebap Ttatsar.« (Es ist anzunehmen, dass dies auf die Reorientierung des Verlagsprogramms nach dem Aufkauf des Zauberkreis-Verlags durch den Pabel-Verlag anspielt, der 1985 erfolgte.)

Wie der Zyklus letztlich hätte enden sollen, zeigen Hugh Walkers Abschriften der Exposés der Bände 194 bis 199 sowie die von Peter Terrid bereits verfassten Folgen von »Mythors Welt« für die Bände 193 bis 197, die ebenfalls in dieser Ausgabe von *Magira* abgedruckt sind:

Es kommt nach einem militärischen Unentschieden zwischen den Kräften der Nord- und der Südwelt letztlich zu einem direkten Duell zwischen Gorgan und Vanga. Die beiden, nun aufgrund ihrer Ambitionen und Machtgelüste vollständig von ihren negativen Emotionen übernommen, löschen sich gegenseitig in einer verheerenden Explosion aus. Dies ist besonders tragisch-ironisch, da die beiden eigentlich von den Lichtgöttern aus den Teilen und Tugenden verschiedenster Menschen »gebaut« worden waren, um gegen die Finsternis zu kämpfen.

Die in der Explosion freigesetzten negativen Energien suchen sich ein neues Ziel: Xatan, den obersten Heerführer der

Finsternis! Der allerdings wird von Lichtkind und dem in rasender Schnelle heranwachsenden Sohn Gorgans besiegt; die beiden Kinder werden von nun an zusammen die Welt Vangor regieren.

Mythor aber, der mittlerweile auch bei Gorgan in Ungnade gefallen ist und die Auseinandersetzung (und nahezu die gesamten Bände 198 und 199) als Gefangener Xatans verbringt und eher wenig zur Auflösung beiträgt, wird an einen unbekannten Ort verschlagen und lässt die trauernde Ilfa zwangsweise zurück …

Nach dem Entwurf ab Band 200, abgedruckt in *Magira* 37 (Frühjahr 1987), hätte dann ein Zeitsprung die Handlung unterbrochen. Das neue Konzept sollte den Titel »Welten der Phantasie« tragen, Band 200 »Ritter von Vangor« heißen. Geplant war, Mythor an Bord eines riesenhaften »Göttergefährts« zu schicken, das das Multiversum bereist, um nach Spuren der Splitter des fünften Kapitels des Buchs der Alpträume zu suchen.

Dieses Konzept sollte es ermöglichen, Abenteuer in einer Vielzahl unterschiedlicher Welten und wechselnder Länge zu beschreiben, die durch einen losen Handlungsbogen zusammengehalten werden – der Zweck der Mission des Weltenschiffes ist in Vergessenheit geraten, nur Mythor erkennt die Zusammenhänge nach und nach. »Das Weltenkonzept«, so das Ende des Arbeitspapiers, »bietet die Möglichkeit für große und kleine Zyklen, in die neue Leser jederzeit einsteigen können und sich sofort zurechtfinden.«

Wie die Serie nach Band 200 ausgesehen hätte, ist anhand des vorliegenden Materials schwer zu sagen: Neben einer vagen Beschreibung des Gefährts, seiner Aufgabe und einigen wichtigen Personen finden sich nur sehr kurze Handlungsskizzen für die Bände 200 und 201. Es ergibt sich natürlich sofort die Frage, inwiefern sich unter den genannten Prämissen die stets strikt beschworene Abwehr von SF-Elementen in MYTHOR hätte aufrechterhalten lassen.

Leider werden wir es nie erfahren.

Ganz zu Ende ist die Geschichte von MYTHOR damit aber noch nicht: Von August 2000 bis Februar 2002 erschienen als Sammler-Edition beim Weltbild-Verlag die ersten 51 Bände (will meinen, der erste Zyklus) in überarbeiteter Form in insgesamt 17 Büchern (also drei Heftromane pro Buch). Zusätzlich veröffentlichte Hugh Walker 2000 mit *Fluch der Schattenzone* einen neuen MYTHOR-Roman, der chronologisch vor Band 1 der Serie spielt und sich mit Mythors Erlebnissen in Churkuuhl beschäftigt. Dabei fällt der atmosphärisch dichte Roman allerdings in die Falle, im Verlauf seiner Handlung bereits so viel von den späteren Hintergründen der Serie zu verraten, dass der Autor unserem Helden am Ende des Buches die Erinnerung an die beschriebenen Ereignisse nehmen muss, damit die eigentliche Geschichte widerspruchsfrei ihren Lauf nehmen kann.

Nach diesen 18 Weltbild-Bänden wurde es wieder still um MYTHOR – bis zur vorliegenden Schattenland-Taschenbuch-Reihe, herausgegeben von FanPro ...

Noch einige Informationen zu den Autoren der in diesem Band vertretenen Romane:

Peter Terrid alias Wolfpeter Ritter (1949 – 1998) wandte sich bereits im Verlauf seiner Studienzeit der Schriftstellerei zu: Tagsüber studierte der Kölner Geschichte, Soziologie und politische Wissenschaften, abends verfasste er seinen ersten Roman. *Das Pendel der Zeit*, ein packend geschriebenes Zeitreise-Abenteuer, kam 1970 in der Heftreihe »Terra Nova« heraus. Rasch folgten weitere Romane, darunter der vierbändige »Delta Ursa«-Zyklus, der thematisch Jack Vances Alastor-Romane vorwegnahm. Grund genug für Terrid, das ungeliebte Studium nach der Zwischenprüfung sausen zu lassen und sich vollends auf das Wagnis der freien Schriftstellerei einzulassen.

1973 steuerte Terrid zwei Romane zur Fantasy-Serie DRAGON bei. Im Folgejahr begann er seine Mitarbeit an der

ATLAN-Serie, die er bis zur Einstellung der Serie 1988 aufrechterhielt, und 1976 gab er in der PERRY RHODAN-Serie seinen Einstand. Von 1980 bis 1985 schrieb er insgesamt 31 Romane für MYTHOR; zu seinen bevorzugten Figuren gehörte der Steinmann Sadagar.

Peter Terrids Stärke war neben oft humorvollen und sarkastisch-witzigen Romanen, die nie in Zynismus verfielen, das unauffällige Einbringen seiner allgemeinen Belesenheit sowie seiner Liebe zum Kochen, die die Lektüre zum Vergnügen machten.

Hubert Haensel (geb. 1952) kam im zarten Alter von acht Jahren durch die Comic-Serie »Nick der Weltraumfahrer« mit der Science Fiction in Berührung.

Der gelernte Bankkaufmann versuchte sich 1977 an einer Kurzgeschichte für den Story- Wettbewerb des Kelter-Verlages und belegte prompt den 2. Platz. 1978 erschien sein erster Roman in der TERRA ASTRA-Reihe, und ab 1979 verfasste Haensel Romane für die ATLAN-Serie (insgesamt 38).

1980 stieg der Autor in die Fantasy-Serie MYTHOR ein, und um seinen Kampfszenen eine entsprechende Authentizität zu verleihen, übte er in seinem Arbeitszimmer mit einem japanischen Katana, einem Samuraischwert, das sich immer noch in seinem Besitz befindet, todbringende Hiebe und Bewegungsabläufe. Ab 1982 war Hubert Haensel auch in der Taschenbuch-Reihe der PERRY RHODAN-Serie vertreten.

Als Hubert H. Simon war er die treibende Kraft für die Mystery-Serie »Die Abenteurer«, und einen großen Wurf landete er mit dem ersten Band der KOSMOS-CHRONIKEN, in dem die Lebensgeschichte von Perry Rhodans Freund Reginald Bull geschildert wird. Seit 1996 schreibt Hubert Haensel auch an der größten Weltraumserie PERRY RHODAN mit und bearbeitet seit Band 81 (2003) die »Silberband«-Buchausgabe.

Rainer Nagel, Mai 2010

ATLAN
Kreta-Zyklus
Hans Kneifel
ATLAN
Lotse im Sandmeer
Hans Kneifel
ATLAN
Insel der Winde
Hans Kneifel
Historisch-phantastischer Roman
ATLAN
Das schwarze Schiff
Hans Kneifel
Historisch-phantastischer Roman
Lotse im Sandmeer • ISBN 978-3-89064-188-1
Insel der Winde • ISBN 978-3-89064-195-9
Das schwarze Schiff • ISBN 978-3-89064-196-6
Fantasy Productions GmbH
Postfach 4013, 40687 Erkrath, www.fanpro.de
FANPRO

Löwin und Mantikor	J. Hahn und K. Kaeb	107. Roman	249-9
Toras von Havena	Christian Labesius	108. Roman	168-3
Hjaldinger-Saga II: Sturm	Daniela Knor	109. Roman	245-1
Der erste Kaiser	Daniel Jödemann	110. Roman	247-5
Eiswolf	Linda Budinger	111. Roman	248-2
Der Kreis der Sechs	Michael Masberg	112. Roman	169-0
Die Paktiererin	Dietmar Preuß	113. Roman	158-4
Im Schatten der Dornrose	Bernard Craw	114. Roman	136-2
Galotta 3: Der Aschengeist	Ludwig/Wachholz	115. Roman	229-1
Answin 2: Verrat	Michelle Schwefel	116. Roman	455-4
Kamaluqs Schlund	Stefan Schweikert	117. Roman	137-9
Nachtrichter	Dorothea Bergermann	118. Roman	138-6
Isenborn 1: Stein	Bernard Craw	119. Roman	141-6
Isenborn 2: Erz	Bernard Craw	121. Roman	142-3
Der Kristall von Al'Zul:			
Land ohne Gesetz	Anton Weste	Al'Zul 1	231-4
Stadt der Geister	Martina Nöth	Al'Zul 2	232-1
Wald der Verlorenen	Linda Budinger	Al'Zul 3	233-8
Am Finsterquell	Gernot Vallendar	Al'Zul 4	234-5
Aufs Schafott	Florian Don-Schauen	Al'Zul 5	235-4
Hundstage:			
Hundesöhne	Carolina Möbis	Hundstage 1	131-7
Hundswache	Henning Mützlitz	Hundstage 2	132-4
Hundeleben	Christian Humberg	Hundstage 3	133-1
Hundeelend	Dorothea Bergermann	Hundstage 4	134-8
Hundsfott	Carolina Möbis	Hundstage 5	135-5
Drakensang:			
Das Ferdoker Pergament	Florian Don-Schauen	120. Roman	139-3
SCHATTENLAND		ISBN 978-3-89064-	
Am Morgen einer neuen Zeit	Kneifel/Walker	Roman	189-9
Die Himmelsfestung	Terrid/Haensel	Roman	190-4
Wald der Masken	Horst Hoffmann	Roman	191-1
Spiel der Götter	Kneifel/Walker	Roman	192-8
Die Klüfte der Unterwelt	Terrid/Haensel	Roman	193-5

ATLAN X		ISBN 978-3-89064-	
Lotse im Sandmeer	Hans Kneifel	Kreta 1	188-1
Insel der Winde	Hans Kneifel	Kreta 2	195-9
Das schwarze Schiff	Hans Kneifel	Kreta 3	196-6

ATLAN		ISBN 978-3-89064-	
Totentaucher	Wim Vandemaan	Lepso 1	486-8
Die acht Namenlosen	Christian Montillon	Lepso 2	487-5
Befreiung in Camouflage	Michael M. Thurner	Lepso 3	488-2
Die Psi-Kämpferin	Achim Mehnert	Rudyn 1	171-3
Das Sphärenrad	Rüdiger Schäfer	Rudyn 2	172-0
Acht Tage Ewigkeit	Michael H. Buchholz	Rudyn 2	173-7
Das Relikt der Macht	Hans Kneifel	Illochim 1	174-4
Im Bann der Gatusain	Achim Mehnert	Illochim 2	175-1
Der Traum des Navigators	Rüdiger Schäfer	Illochim 3	176-8
Rico	Arndt Ellmer	Roman	177-5
Planet der Silberherren	Uwe Anton	Monolith 1	178-2
Todeszone Zartiryt	Rüdiger Schäfer	Monolith 2	179-9
Echo der Verlorenen	Hans Kneifel	Monolith 3	184-3
Der Silbermann	Marc A. Herren	Monolith 4	185-0
Ceres am Abgrund	Manfred H. Rückert	Monolith 5	186-7
Sprung ins Jenseits	Achim Mehnert	Monolith 6	187-4
Rhaens Ruf	Rüdiger Schäfer	Höllenwelt 1	197-3
Das Erwachen	Achim Mehnert	Höllenwelt 2	198-0
Dämmerung über Höllenwelt	Hans Kneifel	Höllenwelt 3	199-7
Im Schutz des Paladin	Rüdiger Schäfer	Marasin 1	065-5
Tschirque, der Kreuzwächter	Achim Mehnert	Marasin 2	066-2

SHADOWRUN		ISBN 978-3-89064-	
Chromscherben	M. A. Stackpole	Anthologie	550-6
Shadowrun – Die 6. Welt	Hrsg. T. Hamelmann	Reader	540-7
Wiener Blei	Leo Lukas	41. Roman	555-1
Nachtstreife	Björn Lippold	46. Roman	558-2
Auf dem Sprung	Harri Aßmann	49. Roman	567-4
Töne der Unendlichkeit	Harri Aßmann	50. Roman	569-8
Elementares Wissen	Harri Aßmann	52. Roman	570-4
Die Anfänger	Ivan Nedic	54. Roman	572-8
ASH	Lara Möller	57. Roman	574-2
Pesadillas	Maike Hallmann	58. Roman	575-9

Vertigo	Maike Hallmann	59. Roman	581-0
Hand am Hort	Sebastian Schaefer	60. Roman	583-4
Flynns Weg	Lara Möller	61. Roman	585-8
Shelley	André Wiesler	62. Roman	580-3
Matrixfeuer	Hrsg. Beck / Hallmann	63. Anth.	587-2
Born to Run	Stephen Kenson	64. Roman	564-3
Im Namen des Herrn	André Wiesler	65. Roman	594-0
Quickshot	Lara Möller	66. Roman	595-7
Giftmischer	Stephen Kenson	67. Roman	565-0
Wiedergänger	Maike Hallmann	68. Roman	593-3
Feuerzauber	André Wiesler	69. Roman	519-3
Im Fadenkreuz	Petra Prinz	70. Roman	543-8
Kettenhund	Alexander Wichert	71. Roman	548-3
Fallen Angels	Stephen Kenson	72. Roman	549-0
GmbH	Christian Riesslegger	73. Roman	463-9
Machtgelüste	Jason M. Hardy	74. Roman	484-4
Cash Flow	Christian Riesslegger	75. Roman	483-7
Böses Erwachen	André Wiesler	76. Roman	473-8
Der Schattenlehrling	Boris Koch	77. Roman	482-0
Aftershocks	J. Raabe / J. Helfers	78. Roman	485-1
Fatimas Tränen	Alex Wichert	79. Roman	513-1
Für eine Handvoll Daten	Stephen Dedman	80. Roman	571-1
Flammenmeer	Jan-Tobias Kitzel	81. Roman	497-4
Digitaler Albtraum	Thorsten Hunsicker	82. Roman	123-2

CLASSIC BATTLETECH		ISBN 978-3-89064-	
Schrapnell	Hrsg. M. Immig	Anthologie	551-3
Wahnsinn & Methode	Michael Diel	1. Roman	592-6
Clangründer: Abkehr	Randall N. Bills	2. Roman	596-4
Das Schwert und der Dolch	Ardath Mayhar	3. Roman	425-7
Über dem Gesetz	Michael Diel	4. Roman	517-9
Clangründer: Traum	Randall N. Bills	5. Roman	597-1
Die Albatros-Akte	Reinhold H. Mai	6. Roman	526-1
Warrior: En Garde	Michael A. Stackpole	7. Roman	545-2
Warrior: Riposte	Michael A. Stackpole	8. Roman	546-9
Warrior: Coupé	Michael A. Stackpole	9. Roman	547-6
Früchte voll Bitterkeit	Ritter & Schreiber	10. Roman	458-5
Katze unter Bären	Arous Brocken	11. Roman	490-5
Clanwächter	Arous Brocken	12. Roman	491-2

In Ungnade	Chris Hartford	13. Roman	475-2
Mission Kiamba	Arous Brocken	14. Roman	493-6
En Passant	Michael Diel	15. Roman	479-0
Duo Infernale	Carolina Möbis	16. Roman	498-1
Karma	Bernard Craw	17. Roman	454-7
Royal Flush	Carolina Möbis	18. Roman	620-6

HARDCOVER		ISBN 978-3-89064-	
Sturm über Windhaven	Martin & Tuttle	Roman	531-5
Die Flamme erlischt	George R. R. Martin	Roman	530-8
Dead Man River	George R. R. Martin	Roman	529-2
Die »Eis und Feuer«-Saga:			
Eisenthron	George R. R. Martin	1. Roman	532-2
Königsfehde	George R. R. Martin	2. Roman	533-9
Schwertgewitter	George R. R. Martin	3. Roman	534-6
Krähenfest	George R. R. Martin	4. Roman	535-3

WEITERE TITEL		ISBN 978-3-89064-	
Tor der tausend Sonnen	Hanns Kneifel	Roman	602-2
Cugel in der Unterwelt	Michael Shea	Roman	470-7
Cugels Irrfahrten	Jack Vance	Roman	462-2
Das Voynich-Rätsel	Florian F. Marzin	Roman	541-4
Vor Adam	Jack London	Roman	524-7
Am Anfang war das Feuer	J. H. Rosny	Roman	525-4
Der große Heliumkrieg	M.A. Stackpole u. A.	Anthologie	563-6
Lexikon der Fantasy-Literatur	Hrsg. Alpers u. A.		566-7
Galaktische Odyssee	Hanns Kneifel	Roman	603-9
Hanky und der Tausendschläfer	Marvin Roth	Roman	999-3

Dies ist eine Bibliographie und kein Verzeichnis lieferbarer Titel.
Es ist leider nicht möglich, alle Titel vorrätig zu halten.
Sollten Sie Fragen haben, kontaktieren Sie uns bitte unter

Fantasy Productions GmbH
Postfach 4013, 40687 Erkrath
www.fanpro.de

FANPRO